मन आँगन

गरिमा वर्मा

हिन्द युग्म
hindyugm.com
BLUE

ISBN : 978-81-948444-5-7

प्रकाशक:
हिंद युग्म ब्लू
सी-31, सेक्टर-20, नोएडा (उ.प्र.)-201301
फ़ोन- +91-120-4374046

मुद्रक : श्री मैत्रे प्रिंटेक प्रा. लि., ए-84, सेक्टर-2, नोएडा
आवरण : रंजन सिंह

पहला संस्करण : 2021
मूल्य : ₹150

Mann Aangan
A collection of short stories by *Garima Verma*

Published By
Hind Yugm Blue
C-31, Sector-20, Noida (UP)-201301
Phone- +91-120-4374046
Email : sampadak@hindyugm.com
Website : www.hindyugm.com

First Edition : 2021
Price : ₹150

मन आँगन
(कहानी-संग्रह)

मेरी यह किताब मेरे माँ और पापा को समर्पित है, जिन्होंने मुझे एक यादगार बचपन और उसे याद रखने वाला एक सुंदर मन दिया।

आभार

इस अनजान से लंबे सफर पर चलना जब शुरू किया, तो मन में बस कहानियाँ थीं, जिन्हें मैं अपने पाठकों से बाँटना चाहती थी। बाहर की अंग्रेजी दुनिया में रहते और काम करते हुए जैसे हिंदी लिखने की आदत ही छूट गई थी। शुरू के कुछ दिन तो इंग्लिश की-बोर्ड पर हिंदी लिखने की कशमकश में बीत गए और फिर पुराने लैपटॉप पर कुछ एप डाउनलोड कर शुरू हुई मेरी यह रोमांचक यात्रा। इन रास्तों पर जब भी ठिठकती या थकती थी, तो कुछ ऐसे लोग थे जिन्होंने हर बार सहारा दिया, रास्ता दिखाया और आगे बढ़ने का हौसला दिया। इन लोगों का आभार व्यक्त किए बिना यह किताब और मेरी कहानी पूरी नहीं कहलाएगी।

सबसे पहले धन्यवाद दूँगी, मेरे सबसे अच्छे दोस्त और पति 'असित' का, जिन्होंने मेरे बचपन के सँजोए यादों और किस्से-कहानियों को मेरे अंदर आज तक हरा-भरा रखने का माहौल दिया। जिनके साथ किताब को निखारने की चर्चा में ना जाने कितनी चाय की प्यालियाँ ठंडी हुईं। मेरे बच्चों 'अर्जुन' और 'विक्रम' का दिल से आभार, क्योंकि इन कहानियों को सुनकर निकलती उनकी खिलखिलाहट ने मुझे हर बार और अच्छा लिखने की प्रेरणा दी। मेरी माँ 'ममता वर्मा' का, जिन्होंने अपनी ममता का आँचल हमेशा ही बनाए रखा और बचपन की ऐसी कुछ बातें-घटनाएँ याद दिलाईं जो मैं भूल चली थी। पापा 'समीर वर्मा' का, जिन्होंने यह एहसास दिलाया कि उनकी 'गरिमा' यह भी कर सकती है। मेरी बड़ी बहन स्वाती और छोटी बहन गीतिका के प्यार का, जिनके कारण बचपन के दिनों की वह सुखद यादें आज भी उतना ही सुकून देती हैं। शादी के बाद वाले

मेरे घर 'धूप-छाँव' के पूरे परिवार, जिन्होंने हर पल मेरा साथ दिया।

धन्यवाद देना चाहूँगी जानी-मानी लेखिका 'इला प्रसाद जी' (दीदी) का, जिनके सानिध्य ने भरोसा दिलाया कि मेरी कहानियाँ रोचक हैं और इस किताब के जरिये बना हमारा यह रिश्ता अनमोल। 'श्री सुरेश ऋतुपर्ण जी' का, जिन्होंने मेरी एक कहानी अपनी पत्रिका 'हिंदी जगत' में प्रकाशित की। आभार व्यक्त और नमन करूँगी प्रसिद्ध लेखिका दिवंगत 'श्रीमती मृदुला सिन्हा जी' का, जिनके साथ की गई इस किताब की चर्चा से पनपे विश्वास ने मुझे अपने लक्ष्य की ओर अग्रसर रखा। 'हिंद युग्म प्रकाशन' और उनकी पूरी टीम, खासकर इसके संपादक 'वसीम अकरम' जी का आभार, जिन्होंने मेरे इस 'मन-आँगन' को हर घर के आँगन तक पहुँचाया। इंडिया और अमेरिका के कुछ खास दोस्त तनुजा गामी (दीदी), दीपा चेमेरी, पारुल शाह, श्रुति, सुमन सिंह, अभिनव सब्यसाची, शिल्पी दुबे, प्रमोद कुमार और श्वेता कुमार का धन्यवाद, जिनके दिए गए फीडबैक वाले मैसेज पढ़कर मन जोश से भर जाता था। उन सभी लोगों को आभार, जिनका नाम मैं यहाँ लिख ना पाई, पर मन में हमेशा के लिए अंकित हैं। उन सबका धन्यवाद जिन्होंने मेरी कहानियों, ब्लॉग और कविताओं को सराहा और प्रोत्साहित किया। लॉस एंजिल्स के इस आँगन का, जिसमें मेरे बचपन का आँगन लिखा गया। मेरे दादी-बाबा और बचपन वाले आँगन का, जिनमें बसी अनगिनत कहानियों को मीलों दूर से लिखते हुए मैंने फिर से कुछ दिन वहाँ गुजारे।

पूरे दिल से धन्यवाद 'आपका' जिन्होंने मेरी यह किताब पढ़ने का मन बनाया, इसे खरीदा और अपना बहुमूल्य समय दिया। आशा है, आपके मन में बसे आँगन को आप इस किताब के जरिये एक बार फिर से घूम आएँगे।

गरिमा वर्मा

लॉस एंजिल्स, अमेरिका

क्रम

पृष्ठभूमि	11
आँगन : एक परिचय	14
होली का आँगन	22
एकादशी पूजा	36
रिजल्ट वाले 'समोसे'	48
आँगन की 'दुर्गा'	62
शादी वाला आँगन : भाग-1	78
शादी वाला आँगन : भाग-2	99
जन्म-मृत्यु	134
सिमटता-सा 'आँगन'	155
आँगन : एक धरोहर	167

पृष्ठभूमि

"माँ, ये आँगन क्या होता है?"

"आँगन..." उस समय अर्जुन के मुँह से सिर्फ एक 'शब्द' जैसे प्रतीत हुआ, मैंने उसके सवाल का जवाब देते हुए कहा, "आँगन मतलब कोर्टयार्ड।"

"अच्छा कोर्टयार्ड। हम्म... ओके।" इतना बोल वह हेडफोन लगाकर व्यस्त हो गया।

अपने नौ साल के बेटे के पूछे इस सवाल और उससे भी ज्यादा विचलित करने वाले अपने इस आधे-अधूरे से जवाब को सुनकर मैं ठगी-सी रह गई। मन को सँभाल, बेटे की तरफ घूमकर मैंने जवाब को पूरा करते हुए कहा, "आँगन को अंग्रेजी में कोर्टयार्ड कहते हैं, पर घर के आँगन की परिभाषा तो बहुत गहरी होती है, बेटा।"

"क्या मतलब माँ?" मुझे सामने खड़ा देख, हेडफोन हटाते हुए उसने उत्सुकता से पूछा।

"आँगन, घर का वह सजीव हिस्सा है, जो घर के अंदर बीचों-बीच होता है। हर किसी के कमरे का दरवाजा और उसमें रहने वाले लोगों के मन का दरवाजा आँगन में ही तो खुलता है। एक तुलसी चबूतरा और चापाकल भारत के अधिकांशतः घरों में होता है। तुम्हें सुनकर आश्चर्य होगा, पर छोटे शहरों और गाँवों में ऐसे घरों में 30-40 लोग भी इकट्ठे रहते हैं।" अपने बचपन की दुनिया में वापस जाते हुए मैं बहुत अलग महसूस कर रही थी।

तीन वर्ष के छोटे अर्जुन को लेकर हम अमेरिका आ गए थे। अपने जिस बड़े से भरे आँगन की मैं बात कर रही हूँ, वह तो कई साल पहले ही परिवार के लोगों

के छोटे शहरों से बड़े शहरों में हो रहे पलायन की वजह से सिमट-सा गया था। पुश्तैनी मकान के उस आँगन को तोड़ा किसी ने भी नहीं, पर टूटते या कमजोर होते दीवारों की जगह नए दीवार बनवाए जिनके बनने के साथ ही आँगन की जरूरत भी थोड़ी सिमट-सी गई।

अर्जुन मेरी बातें ध्यान से सुन रहा था, "मैंने तो बहुत मजे किए हैं अपने इस बचपन वाले 'आँगन' में। तुम्हें, जो कहानियाँ मैं सुनाती हूँ, वो सब इसी आँगन की तो हैं। होली वाली, धूप में पकते अचार की चोरी वाली, शादियों के नाच-गाने वाली, बुढ़िया दादी और बुढ़वा बाबा वाली। आँगन में सोकर जागते हुए तारों को निहारने वाली। कितनी सारी बातें और यादें जुड़ी हैं हमारी उस घर से जिसको नए घर बनने के बाद हम 'उ डेरा' कहने लगे थे। आज भी जब बचपन और उस आँगन को याद करती हूँ तो चेहरे पर एक मुस्कान आ जाती है और मेरा मन फिर से बच्चा बनने को मचल उठता है।

"उ डेरा... जहाँ सूटकेस रखने के बाद हम आज भी सबसे पहले जाते हैं, वही न माँ?"

"बिलकुल वही वाला।" उसके बालों को सहलाते हुए मैंने कहा।

"पर अब तो वहाँ कोई रहता नहीं, थोड़ा बंद-सा लगता है, मंदिर है न माँ वहाँ?"

अब उसकी उत्सुकता और बढ़ गई थी, जिसे देख मुझमें एक अलग-सी स्फूर्ति आ रही थी। अचानक बहुत सारी बातें याद आने लगीं और मन किया कि बस बोलती ही रहूँ।

"सुबह आँख खुलते ही सबसे पहले हम आँगन में आते थे, बाथरूम भी आँगन के रास्ते होते हुए पीछे की तरफ था। छुट्टी के दिनों में हम पूरे दिन धमाल करते, कभी धप्पों-गोटी, कोना-कोनी, अंताक्षरी, राजा-मंत्री, डेनगा-पानी, चोर-सिपाही सब खेल खेलते थे। और सिर्फ हम बच्चे ही नहीं, बड़े भी शामिल होते थे इन खेलों में। कोई अपने बरामदे में बैठा सब्जी काटते हुए जुड़ता तो कोई अखबार पढ़ते हुए। इन खेलों की अंपायर होती थीं 'मास्टर ऑफ ऑल', हमारी बुढ़िया दादी। कोई भी बेईमानी नहीं चलती थी, बहुत मजा आता था, अर्जुन क्या बताऊँ!"

अर्जुन को वैसे भी इंडिया और मेरे बचपन की बातें सुनना अच्छा लगता था।

"मतलब हर दिन का अलग मजा, वाऊ! मस्ट बी सो मच फन मॉम!" उसने खड़े होते हुए कहा।

"हाँ बेटा, मुहल्ले और आँगन, दोनों के ही अलग मजे थे।"

"पर अब क्यों नहीं होता घर में आँगन मॉम?" उसके इस सवाल ने जैसे आज के परिवर्तन की कोरी सच्चाई को बचपन के उन यादों के ऊपर डाल दिया।

लंबी साँस खींचते हुए मैंने कहा, "पता नहीं बेटा, अब काफी साल हो गए, सब कुछ बदल गया है। अब घर की डिजाइन आर्किटेक्चर में आँगन का होना 'आउट ऑफ फैशन' है। आँगन की जगह कमरे बड़े हो गए हैं। वो देखो, तुलसी का पौधा तो मैंने यहाँ भी लगाया है, पर यहाँ आँगन वाली बात कहाँ!"

"मॉम, तुमने जो बातें मुझे बताईं, वो सब और लोगों को क्यों नहीं बताती?" कुर्सी पास खींचकर बैठते हुए उसने पूछा।

"कौन-सी बात?" मैंने पूछा।

"तुम किताब क्यों नहीं लिखती? अपनी बचपन की बातों को सबको बताओ, शायद लोगों को भी उनका बचपन याद आ जाए। और क्या पता वो अपने बच्चों को भी वही यादें देना चाहें। ऐसा अगर हो तो कितना अच्छा होगा न माँ!"

उसकी आँखों में एक चमक थी। उसकी बातों को सुनकर लगा जैसे सारी बीती बातें आँखों के सामने चलने लगी हों। मन किया जैसे अभी ही सब लिख डालूँ।

"सही बोल रहे हो तुम, मुझे ये करना चाहिए। हो सकता है, तुम सब फिर से आँगन में खेल पाओ।"

"आज हम मैगी खा लेंगे माँ, आज मंगलवार है, नाना कहते हैं न, अच्छा दिन होता है। तुम आज ही शुरू करो, ठीक है।"

स्टडी का दरवाजा बंद कर वह कमरे से निकल गया। मुझे उसमें अपना बचपन दिख रहा था। लैपटॉप खोलते ही मेरी उँगलियाँ की-बोर्ड पर अपना काम तेजी से करने लगीं।

और इस तरह अमेरिका के लॉस एंजिल्स शहर में रखी गई 'मन आँगन' पुस्तक का नींव।

आँगन : एक परिचय

"1, 2, 3, 4, 5... आज एक फिर कम है।"

ऊपर कमरे की खिड़की पर बैठी, मैं नीचे कुएँ के पास घूमती मुर्गियों को गिन रही थी। "एक सफेद वाली मुर्गी नहीं दिख रही है।" मन-ही-मन बुदबुदाई। "हे भगवान! आज फिर एक मुर्गी चोरी हो गई।" खिड़की से पलंग और पलंग से चप्पल पर कूद मैं सीधे बाहर दरवाजे पर जाने को निकली। सामने के घर वाले बाबा हाथ में डंडा लिए अपने दरवाजे पर तैनात खड़े थे।

'तैयारी देखकर तो लगता है आज सच में मुर्गी चोर पकड़ा जाएगा।' यही सोचते हुए मैं थोड़ा और तेज भाग रही थी। कहीं बाहर निकलते मुझे देर हो गई और चोर पकड़ा गया, तो क्या फायदा। मुझे तो पता ही नहीं चल पाएगा की चोर था कौन? पर ठीक समय से मैं बाहर पहुँच गई और तभी, "ये देखिए, चाचा जी आपकी मुर्गियों का चोर यहाँ है।" दूर से आवाज आई। पड़ोस के बाबा आगे, उनके पीछे मोहल्ले के कुछ जवान मतलब तेज भागने वाले लोग खड़े थे। भीड़ थी, इसलिए चोर को ढूँढती हुई मेरी 'जासूसी आँखें' सबसे पीछे रह गईं। अपनी चारदीवारी के अंदर से ही गमले के ऊपर गमला रख एक पैर हवा में कर खड़ी तो हो गई थी, पर गिरने की संभावना शत-प्रतिशत थी, इसका अंदाजा था।

'बस एक बार चोर का पता लगा लूँ, फिर नीचे आ जाऊँगी। आखिर मेरा भी फर्ज बनता है मुहल्ले में हो रही घटनाओं पर नजर रखने का।' यह सोच मैं अडिग खड़ी रही और साथ ही बीच-बीच में बोझ तले दबे गमले को भी हिम्मत देती रही। आगे इतनी भीड़ घेरे थी कि कुछ दिख नहीं रहा था, किसे पकड़ा है इन्होंने। 'लगता है कोई बच्चा है, या फिर कोई बहुत छोटे कद का कोई है,

इसलिए सब नीचे देख रहे हैं?' मैं खुद से ही बातें कर रही थी।

गमला पुराना था इसलिए ज्यादा देर टिक नहीं पाया, पर टूटने के पहले मुझे एक पूँछ वाला चोर दिखा गया। "ये क्या? ये तो हमारा डमडम है, पर इसने क्यों की चोरी?"

यहाँ 'हमारा' कहने से मेरा मतलब 'ये' हमारा पालतू है ऐसा नहीं, बल्कि मुहल्ले की गलियों में जितने भी कुत्ते रहते थे उनको हम अपना ही मानते थे। उनको समय पर खाना देना, ठंड के दिनों में उनका विशेष ध्यान रखना हमारा काम था। हल्के भूरे रंग का ये कुत्ता मेरी दीदी का सबसे पसंदीदा था। वैसे, नामकरण तो हमने मोहल्ले के तकरीबन सभी कुत्तों का कर रखा था, पर यह नाम 'डमडम' बड़ा प्यारा लगता था। खाना मिलने के कारण सभी कुत्ते हमारे घर के आस-पास ही रहते और किसी भी परिवार के सदस्य खासकर "माँ" से विशेष स्नेह भी रखते थे। वफादारी में इस जीव से बढ़कर क्या हो सकता है, माँ के बाहर निकलने पर इनका झुंड उन्हें आदर सहित मुख्य सड़क तक छोड़कर आता। ये था हमारा मोहल्ला 'मिश्राटोला' जो दरभंगा शहर के पुराने मुहल्ले में से एक था। कई प्रकांड पंडितों, वैद्य-हकीमों, प्रसिद्ध शिक्षकों और मेरे परदादा 'वकील साहब' का मुहल्ला। तीन तालाबों हराही, दिघही और गंगासागर से घिरा। सिनेमा चौक पर स्थित छोटे 'हनुमान मंदिर' के दर्शन करने और किला वाले पुराने 'मजार' पर चादर चढ़ाने लोग दूर-दूर से आते थे।

आज के 'मुर्गी चोर अभियान' के ही जैसे रोज कुछ-न-कुछ छिट-पुट मनोरंजक कार्यक्रमों के लिए हम मुहल्लावासियों के दिल में इसका अपना स्थान था। खैर, चोर पकड़कर भीड़ छँटी और लोग अपने घर गए।

दोपहर का समय था। गर्मी शुरू हो गई थी। इसी मोहल्ले में स्थित है, मेरा ये पुश्तैनी दोमंजिला मकान, जिसे अब हम 'उ डेरा' कहते हैं। 1930 के दशकों में बना ये मकान पहले ऐसा नहीं था। बाबा बताते हैं, "पहले सिर्फ एक नीचे वाला कमरा और एक और कमरा ही था, फिर सगे-संबंधी आते गए, शादियाँ होती गईं, कमरे बनते गए, आँगन फलता-फूलता गया। अब इस घर में सब मिलाकर करीब 10-12 कमरे थे, 8 नीचे 4 ऊपर, जिसमें करीब 30-32 लोग स्थायी रूप से और 8-9 दूर-दराज के रिश्तेदार हमेशा ही रहते थे। कोई परीक्षा देने आया है, तो कोई बीमारी का इलाज कराने। किसी की नई नौकरी लगी है, तो

कोई शादी के सपने ले कर आया है, ऐसे कई कारणों से लोगों का आना-जाना लगा ही रहता था।"

इस घर के 'आँगन' का वर्णन करूँ, तो उसे घर का सबसे सजीव हिस्सा, जो सर्वथा लोगों से खिलखिलाता रहता था, कहना अतिशयोक्ति नहीं होगा। आँगन ही घर का केंद्र बिंदु था, सुबह उठने से लेकर रात को सोने तक सब ज्यादातर बरामदे और आँगन में ही रहते। चहल-पहल पूरे दिन लगी रहती। घर के बीचो-बीच स्थित हमारा आँगन सुशोभित था, लाल रंग के कपड़े से लिपटी हरी भरी तुलसी जी और हल्के रंग से रंगे लाल किनारे वाले तुलसी चबूतरे, एक चापाकल और एक सरकारी नल (जो अपने समय के हिसाब से पानी देता ना कि आपकी जरूरत से)। आँगन को घेरे चारों ओर बरामदा और फिर कमरे। सभी के कमरे उनकी शादी के साल के हिसाब से नए या पुराने थे, जो दरवाजे के रंग के हल्के होने के हिसाब से समझ में आते थे।

घर के सबसे बड़े सदस्य मेरे परदादा-परदादी थे, जिनको हम प्यार से बुढ़वा बाबा और बुढ़िया दादी, कहते थे। मेरे परदादा, मतलब बुढ़वा बाबा अपने जमाने के नामी वकील थे। गौर वर्ण, ऊँची कद काठी में आज भी उतने ही प्रभावशाली दिखते थे। बुढ़िया दादी भी शांत मन और सुंदर काया की स्वामिनी थीं। ये दोनों लोग परिवार के स्तंभ थे। उनका आँगन में आराम कुर्सी पर बैठकर हमें देखना भर ही हममें स्फूर्ति का संचार करता था। आज शनिवार का दिन है, मेरे दादाजी के कचहरी से आने का समय भी होने ही वाला है।

"भाई, वह जो आगे बड़ा दोमंजिला घर है न, बस वही दरवाजे पर रिक्शा रोक दीजिए।" सफेद पतलून-कमीज, काला कोट पहने ये मेरे 'बाबा' हैं। शनिवार को हाफ डे है। कचहरी कर वापस आ रहे हैं, अक्सर शनिवार को कचहरी के बाद सब्जी मंडी से पूरे सप्ताह भर की सब्जी खरीदते घर आते थे।

"आपको जानता हूँ मैं बाबू और आपके पिताजी को भी।" रिक्शा वाले ने रिक्शा रोक उतरते हुए बताया।

छोटे शहरों की सबसे अच्छी बात ये होती है कि यहाँ सब एक-दूसरे को जानते हैं। एक तो हम यहाँ काफी लंबे समय से हैं और दूसरा परदादाजी नामी वकील थे, सब जानते थे उनको। हालत यह थी कि बस अड्डा या रेलवे स्टेशन पर दादाजी का नाम बोला और रिक्शा या ऑटो वाले लोग खुद ही पहुँचा देते,

कोई गली याद रखने की जरूरत नहीं।

"मंजू माँ जरा पानी ले आइए, रिक्शा वाले के लिए।" पेशे से वकील और मन से समाजसेवी दादाजी ने कहा। दादाजी के घर पहुँचकर आवाज लगाने के पहले ही हम सभी बच्चे मंजू माँ के साथ अपनी टोकरी लेकर नीचे खड़े मिलते। ऐसा कभी न हुआ कि बाबा आए और हम बाहर फाटक के पास खड़े न मिलें। पता नहीं हमें इन सब्जियों को रिक्शा से चुनकर अंदर आँगन तक लेकर आने में क्या आनंद आता था? आलू-प्याज छोड़कर बाकी सारी सब्जी हम बच्चे ही लेकर आते थे, लड़ते-झगड़ते 'ये परवल मैं लेकर जाऊँगी', 'इस गोभी को कोई हाथ न लगाना', 'तुमने मेरी मूली को क्यों अपनी टोकरी में रख लिया?' और न जाने क्या-क्या कह हम आपस में झगड़ते थे।

"तुम दोनों टमाटर आधे-आधे कर लो, वरना सारे दब जाएँगे, खाने के पहले ही चटनी बन जाएगी इनकी।" मंजू माँ ने खीजकर कहा।

मंजू माँ और उनका परिवार काफी लंबे समय से हमारे यहाँ काम करते थे। परिवार का एक अभिन्न हिस्सा थीं, हमसे ज्यादा ये हम सब की पसंद-नापसंद को जानती थीं; कौन चाय में कितनी चीनी लेता है, किसे पराठे अच्छे लगते हैं, कौन रोटी खाता है, कौन-सी सब्जी किसे पसंद है, सब कुछ। लिखना-पढ़ना तो नहीं आता था, पर परचून की दुकान में कभी एक पैसे का भी हिसाब गलत नहीं होने देती थीं। एक बार हलवा बनाने के लिए दुकान से लाया बेसन पुराना निकाल गया, तो खुली पैकेट वापस कर पूरे पैसे ले आई थीं। सजने-सँवरने की शौकीन मंजू माँ बस अपने सामने के दो दाँतों से परेशान थीं। दाँत थोड़े ऊँचे और बाहर की तरफ निकले हुए थे, जिसके कारण थोड़ी दुखी रहती थीं। वैसे सुनी-सुनाई बात यह थी कि एक बार किसी से इनकी कहा-सुनी ज्यादा बढ़ गई तो चिढ़कर उसने इनके निकले दाँतों के बारे में कुछ कड़वी बातें सुना दी थीं। घर आकर दादी से पैसे लेकर नया ब्रश खरीदने गई थीं और तभी से नीम, आम, अमरूद सबके दातुन भी इस्तेमाल कर चुकी थीं। बड़ी जोर लगाकर दातुन करती कि शायद उनके ये बाहर की तरफ आए दाँत, थोड़े पीछे चले जाएँ।

आईने में खुद को निहारतीं और बोलतीं, "फर्क चवन्नी बराबर भी नहीं है।" पर अगर सिर्फ दाँत की बात हटा दें तो काफी खुशमिजाज थीं हमारी मंजू माँ।

मुख्य दरवाजे से अंदर आने के लिए, एक कम रौशनी वाला गलियारा था,

जिसे 'डेहरी' बोलते थे, जो आँगन में खुलती थी। आँगन के बीच में एक मड़वा था, जिसे मँझले बाबा की शादी के समय पक्का करवाया गया था। घर में हर साल एक शादी तो होनी थी, इसलिए बुढ़वा बाबा ने स्थायी रूप से ही बनवा दिया था। मड़वा हल्का गुलाबी रंग का था, जिसके बीच में छह पत्तियों वाले एक फूल की नक्काशी थी, चारों और भी शायद कुछ बना था, मुझे ठीक से याद नहीं। बीच वाले फूल की डिजाइन हम दीवाली के रंगोली में उतारते थे इसलिए अच्छे से याद है। हम मड़वा और आँगन में अक्सर डेंगा-पानी खेला करते थे, या बारिश होने पर बरामदे से मड़वा तक ईंट लगाकर उस पर चलते और जिसका भी पैर पानी में पड़ता वह खेल से बाहर। खुद के बनाए इन तरह-तरह के खेलों को खेल हम बहुत खुश होते और मंजू माँ को आग्रह करते की वह आँगन से ईंट न हटाएँ। उसी पानी में कागज के नाव भी चलाते और इनकी दौड़ भी होती, इस बरामदे से उस बरामदे तक। दादाजी बरामदे पर बैठे हमें देखते और उनका छाता हमारे साथ बारिश में आँगन की सैर पर निकलता था।

"सब्जी आ गई है, मड़वा पर रखी है।" दादी ने आँगन से सभी को आवाज लगाई।

किचन सभी के अलग थे पर बाजार से सब्जी एक साथ ही आती थी। मड़वा पर हम बच्चे सब्जियों के टीले लगाते। टमाटर, परवल, गोभी, कद्दू, हरि मिर्च, लाल साग, पालक साग, भिंडी, नेनउआ सब और सभी अपने पसंद और जरूरत के हिसाब से ले जाते। इस बड़े घर में बुढ़वा बाबा बुढ़िया दादी के साथ मेरे दादाजी अपने तीन भाइयों और उनके पूरे परिवार के साथ रहते थे। इन लोगों के अलावा भी घर में दो-तीन परिवार और रहते थे और दादाजी के बहनों मतलब हमारी फुआ-दादी लोगों का आना-जाना निरंतर लगा रहता। कभी-कभार दादी लोगों के मायके से भी लोग आते-जाते रहते थे। कुल मिलाकर घर में लोगों की कोई कमी नहीं थीं। झगड़े भी होते थे, हँसी मजाक भी।

मेरे पापा बताते हैं कि उनके बचपन का आँगन तो और भी अच्छा था। सभी का खाना भी एक जगह बनता और सब एक साथ बैठकर यहीं आँगन में खाते थे। रोटियाँ की बड़ी थाक लगती थी, सब्जियाँ बड़ी हाँडी में बनती थी। खाना बनाने वाली मिश्राइन बड़े ही प्यार से सभी के लिए खाना बनाती थीं। फिर समय के साथ धीरे-धीरे सभी खाना अपने किचन में बनाने लगे, पर एक-दूसरे के यहाँ

खाना और सब्जियों की कटोरियों का आदान-प्रदान चलता रहा। बुढ़वा बाबा और बुढ़िया दादी से भरपूर स्नेह और उनका खयाल सभी रखते थे।

परिवार का साथ और मोहल्ले के लोगों का आपसी प्यार सबसे ज्यादा रविवार को सुबह नौ बजे रामानंद सागर की 'मंगल भवन अमंगल हारी' के सुरों में उमड़ता दिखता। मुहल्ले में टेलीविजन सबसे पहले हमारे घर ही आया था, इसलिए सभी लोग सुबह नहा-धोकर रामायण देखने हमारे यहाँ ही जुटते थे। कुछ टीवी के सबसे पास वाली जगह लेने के लिए 15-20 मिनट पहले ही पहुँच जाते थे। मंजू माँ भी इतवार के दिन थोड़ा जल्दी काम करने आती थीं, जिससे नौ बजे तक मूल काम निपटाकर आराम से बैठकर रामायण देख सकें।

छोटकी दादी की एक बहन थी, जिन्हें हम 'मौसी दादी' बोलते थे, वह रामायण पूरी भक्ति भाव से देखती थीं। हाथों को जोड़ सुखासन में जमीन पर मंत्रमुग्ध होकर उनको बैठे देखकर कुछ लोगों को हँसी भी आती थी।

"मौसी, आप अपनी चाय ले लीजिए, रामायण देखते समय पी लीजिएगा।" पापा ने मजाक से उनको कहा।

हाथ-पैर धोकर रामायण देखने वाली मौसी दादी खीज गईं और बोलीं, "ना-ना... क्या बोलते हैं आप, भगवान जी के सामने और हम चाय पीएँगे? ये पाप हमसे ना होगा।"

उस समय मैं तो छोटी थी पर मौसी दादी को पापा बहुत दिन तक यह कहकर तंग करते थे इसलिए आज भी यह बातें मेरी यादों में है। रामायण चलते समय किसी से कोई कड़वी बात नहीं कहता था, एपिसोड खत्म होने पर ही लोगों को दिखता कि बगल में कौन बैठा है। दरवाजे के बाहर चप्पलों की बड़ी झुंड लग जाती और आते-जाते चप्पलों की हेर-फेर भी बहुत होती थी। राम जी मतलब 'अरुण गोविल' और सीता जी 'दीपिका' की छवि तो लोगों ने जैसे मन में बसा ली थी। यह तो थी रामायण की बात। इसके बाद जब पहली बार लैंडलाइन फोन लगा, तब की बात भी कुछ ऐसी ही थी। फोन की घंटी जब पहली बार बजी थी तब पड़ोसी के चेहरे पर उसकी खुशी ज्यादा दिखाई दी थी। उसके बाद तो आस-पास के सभी घरों के रिश्तेदारों का हाल-चाल वाला फोन हमारे ही यहाँ आने लगा। ऐसे तो अच्छा ही था लोगों का हाल समाचार मिलता रहता, पर चाय पत्ती, दूध और चीनी का खर्चा बढ़ गया था।

मेरी स्मृति चित्र के इस 'आँगन' में मैंने अपने जीवन के कुछ अनमोल पलों को पृष्ठों में उतारने की कोशिश की है और सालों बाद उन लम्हों को फिर से जिया है। कई ऐसे वर्णन है, जिन्हें लिखते समय हम हँसते-हँसते लोट-पोट हो गए और कुछ ऐसे भी हैं जिन्हें याद कर आँखें इतनी भर आईं की कम्प्यूटर्स की-बोर्ड दिखाई नहीं दे रही थी। कुछ कहानियों में ऐसे सवाल हैं जो उन दिनों मेरे मन में पनपते तो थे, पर कभी पूछ न पाई। कुछ ऐसे काल्पनिक पल या किरदार भी हैं जो सामाजिक रूढ़िवादिता के खिलाफ मेरे रोष को दर्शाते हैं। अगर मैं अपने अंतर्मन के उन प्रश्नों को उस समय आँगन में उठा पाती तो शायद ऐसा होता।

इस पुस्तक के आगे की कहानियों में आपको जो बच्चे दिखेंगे वह हम बहनें, चाचा के बच्चे, काल्पनिक किरदार और पड़ोस के कुछ आते-जाते बच्चे हैं। आप मिलेंगे बड़की दादी, मेरी दादी, मँझली दादी और छोटी दादी से, इसके अलावा भी एक दादी हैं जिनको हम छोटकी दादी कहते थे, जिनके बनाए मूँग के चोखे और मछली का स्वाद अब भी मेरे मन में है।

कहानी में मेरे माँ-पापा, चाचा-चाची का जिक्र कई जगहों पर मिलेगा। इन मुख्य पात्रों के अलावा हमारे घर-आँगन के शृंगारक जैसे शंकर जी (पाक कला में निपुण, मराठी, दक्षिण भारतीय, मुगलई हर तरह के खानों के जानकार), रामा जी (शंकर जी के छोटे भाई), राजू-पँचा (पुराने काम करने वाले), धोबी भैया उनकी पत्नी, मकबूल साहब (दर्जी) के अलावा थोड़े और भी पात्र और चरित्र हैं जिन्हें आप कहानियों में समय दर समय मिलेंगे।

और हाँ साथ में अपना परिचय भी दे दूँ 'मैं' हूँ इस कहानी की 'कथा वाचक'। स्कूल में मुख्य किरदार की भूमिका निभाने की कोशिश कई बार की, पर नाकाम ही रही। क्या पता था अपनी ही कहानी में मुख्य भूमिका निभाने का अवसर मिल जाएगा और आँगन के इस प्यार में मैं भी नायिका बन जाऊँगी। करीब 10 साल की उम्र से ही मैंने आँगन और उसके महत्त्व को समझना शुरू कर दिया था। बड़ी होने पर, इस आँगन से अपने नए घर में गई तब जीवन की कुछ और बारीकियाँ समझ आईं। कई तरह के खट्टे-मीठे अनुभवों से मिलकर बनता हैं हमारा 'जीवन', जीवन को अपनापन और प्यार से सींचता है हमारा 'परिवार' और माँ के आँचल के जैसे आपको धूप और तेज तूफान से सुकून देता है हमारा आँगन। हमारा 'आलय' हमारा 'घर'। आगे के अध्यायों में वर्णन है

होली के आँगन का, एकादशी के प्रांगण का, बुढ़िया दादी के हाथों से कागज पर सजे उनके मन का, भंडार के चाबियों से खनकते आँगन का, नई दुल्हन के शृंगार का, कन्यापूजन की सच्चाई का, परीक्षा के पहले खाए दही-गुड़ के विश्वास का, परीक्षा के नतीजों के समोसों का, दादी के कमरे में टँगे परदे की खुशबू का, अक्तूबर महीने के पारिजात के पावन सुगंध का, बाबा के रेडियो पर सुगम संगीत की आवाज का, दादी के हारमोनियम के सुरों से सजे रामायण की चौपाइयों का और इन सभी के बीच धीरे-धीरे परिपक्व होते मेरे बचपन का।

स्वागत है आप सभी का इस किताब 'मन आँगन' के जरिये मेरे घर मेरे आँगन में।

होली का आँगन

'मार्च' के महीने में एक अलग ही खास बात होती है। फाल्गुन की शुरुआत तो जैसे होली के रंगों से ही होती है। हवा सूखी रहती है, पर सभी के मन शरोबार रहते हैं इन रंगों में, खासकर हम बच्चों के। मेरी माँ कहती है, "होली का त्योहार उन्हें अच्छा नहीं लगता क्योंकि ज्यादा काम के कारण काफी थकान हो जाती है। सप्ताह भर पहले से समान की लिस्ट बनाओ, सारी तैयारियाँ करो और होली के दिन तड़के सुबह उठकर पकवान बनाने में लग जाओ और तो और फिर रंग भी खेलो।" ऐसे दर्जन काम बताकर माँ होली के गाने गुनगुनाते हुए 'होली अंक' में छपे 'होली की रसोई' आर्टिकल पढ़ने लगी। माँ के इस उत्साह को देख मैं सोच में पड़ गई। होली के नाम पर नाक-भौं सिकोड़ काम की गिनती करने वाली इसी माँ को होली की टोली में हमेशा सबसे आगे देखा है। सिर पर आँचल रखे, कमर में रंगों के पॉकेट खोंस, माँ बिना रंग लगाए किसी को भी नहीं छोड़ती थी और थकान का तो नामो-निशान नहीं दिखता था मुझे उन पर।

जैसे ही माँ ने मुझे पलटकर देखा, मैंने सहमति में सिर हिलाते हुए कहा, "हाँ माँ, तुम्हें तो बिलकुल भी पसंद नहीं आता ये त्योहार। ऐसा करना इस बार तबीयत ठीक न होने का बहाना बना देना, घर पर ही रह जाना, टोलियों में मत जाना, कितनी थकान हो जाती है तुम्हें। ठीक है ना?"

"अरे ऐसे थोड़े ना अच्छा लगता है, साल-साल का पर्व है, बिना रंग लगाए रहना शुभ नहीं, थोड़ा बहुत खेल लूँगी।" माँ ने चहकते हुए जवाब दिया।

"फिर ठीक है।" कहकर मैं मुस्कुराने लगी।

इन होली की टोलियाँ के पीछे-पीछे हम बच्चे बाल्टी मग लेकर घूमते और

जब तक पूरा-का-पूरा मोहल्ला रंग नहीं जाता हम घर नहीं लौटते थे। लाल, पीले, हरे, गुलाबी रंगों में रँगी, माँ और चाचियाँ पहचान भी नहीं आती थीं। मेरी छोटी बहन रंगों में डूबी माँ को उनकी चूड़ियों से पहचानकर घर लेकर आई थी। अच्छा लगता है कभी-कभी इन बड़ों को भी बच्चा बनता देखकर। वैसे, अभी होली आने में थोड़ा समय था।

अगले दिन नाश्ता के बाद दादी ने मुझे आवाज लगाई, "जरा यहाँ तो आना।"

"क्या है, दादी, कुछ चाहिए आपको? पान का डब्बा ला दूँ?" मैंने पूछा।

"कितनी सयानी बच्ची है मेरी। हाँ पान तो खाऊँगी, पर पहले जरा कुर्सी लगाकर ठाकुर पंचांग तो उतार दे।"

"अरे अभी कल ही तो देखा था आपने, फिर से क्यों?" मैंने पूछा,

"अरी पूर्णिमा कब है जरा देख लूँ।" मैं वहीं खड़ी रही, अब दादी थोड़ा चिढ़कर बोलीं, "नहीं उतारेगी तो छोड़ दे, मैं किसी और को बुला लूँगी।"

"आप पान खाइए, मैं दीदी को आवाज लगती हूँ, वो कुर्सी पकड़ लेगी।" उसने कुर्सी पकड़ी और मैंने पंचांग को दीवार की ऊपर वाली कील से निकाला।

इसे सम्मान के साथ निकालना और आदरपूर्वक वापस रखना, ये भी एक बड़ा काम था। "दादी, जब इस पंचांग की जरूरत हर सप्ताह पड़ती है तो इसे कहीं नीचे क्यों नहीं टाँगते?"

"नहीं-नहीं, उसकी वही जगह ठीक है, आराम से टँगी रहती है। अच्छा है कि ऊपर है वरना तुम बच्चे कब की चित्रकारी कर चुके होते उसके ऊपर। मैं अभी देखकर वापस देती हूँ। टाँगकर ही हटना वहाँ से।"

उनकी पतले बालों की मुड़ी-सी चोटी को हाथ से घुमाते हुए मैंने बोला, "आप आराम से देख लीजिए, मैं रख दूँगी।" उन्होंने होलिका, पूर्णिमा सब की तिथि देखी और देर तक देखने के बाद बाबा को शिकायती लहजे में बोला, "पंडित जी, को बुलाहट भेज दिए? अरे होली के तिथि के बारे में बात करनी थी।" बाबा और मैं दादी के हाथ में ठाकुर पंचांग और उसमें बने होली के दिन की फोटो को देख रहे थे।

"दादी ये तो लिखी है होली की तारीख यहाँ।" मैंने पंचांग में बनी होली की फोटो की ओर इशारा करते हुए कहा।

"हाँ, वह तो दिख ही रहा है मुझे, पर एक बार पंडित जी भी बोल देते तो तसल्ली हो जाती। अच्छा लगता है घर में ब्राह्मण-पंडित आते-जाते रहें।"

घर में पंडित जी और शांति दोनों ही रहे तो अच्छा है, यह सोच मैं और बाबा चुप ही रहे। और बाबा ने जल्दी ही पंडित जी के घर संदेश भेजा।

बुढ़िया दादी और बुढ़वा बाबा की आराम कुर्सी की जगह आँगन में तय थी। एक ऐसी जगह जहाँ से हर तरफ देखा जा सकता था। दादी वहीं बैठी सब पर नजर रखतीं। बाहर वाले दरवाजे के गलियारे में, हम बच्चों के खेल में, सब्जी काटते शंकर जी की आलू के आकारों में... या घर की बहू-बेटियों पर। यहाँ तक कि कोने में बैठी बर्तन माँजती मंजू माँ की कढ़ाई की चिकनाई पर भी, दादी से कुछ भी छुप नहीं सकता था। फूल डाली में रखे पूजा के गुलाब अगर किसी ने निकाल लिए तो वह भी दादी वहीं से गिन लेती थीं, मुझे तो बड़ा असमंजस होता कि दादी इतनी दूर कैसे देख सकती हैं!

"कल पंडित जी सुबह आएँगे।" ये मालूम चला। सुबह सब जल्दी उठकर, उनके आने के पहले नहा-धो लेंगे।" दादी ने अपना फरमान सुनाया।

सुबह हम सब 9 बजे तक लगभग तैयार थे। आँगन भी धो-पोंछकर साफ कर दिया गया और पंडित जी के बैठने के लिए बीच में आसनी लगाई गई। बस, अब इंतजार था उनके आने का, जो उनकी साइकिल की स्टैंड लगाने की आवाज से, अंदर से ही मालूम चल जाता था।

जल्दी ही बाहर वाले कमरे के तरफ से आँगन में आते दिखे पंडित जी। सफेद रंग का 'कुर्ता-पजामा' हाथ में लाल रंग के कपड़े में लिपटी उनकी "पोथी" और कंधे पर लाल-उजले रंग की धारियों वाला गमछा। हर मौसम में वह एक काला छाता अपने साथ रखते जिसे वहीं दरवाजे की कुंडी पर लटकाते। सालों चलने वाला उनका काला जूता भी वहीं आराम फरमाता। उम्र में पंडित जी बुढ़वा बाबा से छोटे थे, बाबा इनको प्यार से 'पंडित शुक्ल' कहते।

"आइए पंडित शुक्ल, आसन ग्रहण करिए।" प्रणाम पाती के तुरंत बाद ही दादी ने मेरे चचेरे भाई की तरफ इशारा करते हुए बोला, "पंडित जी जरा इसके लिए कुछ उपाय करिए, गिरता बहुत है।"

"मूँगा गले में पहनना सही रहेगा इनके लिए।" आधी आँखें बंद कर ऐसे बोले जैसे, साक्षात भगवान ने ही बताया हो। चाचा का बेटा, जो अभी गिरने वाली

उम्र में था, इधर-उधर देखने लगा।

"ठीक है, आप अगली बार आते समय ले ही आइएगा।" दादी ने संतोष के साथ उनसे आग्रह किया।

पंडित जी के पास हर समस्या का समाधान था, परीक्षा में पास करने से लेकर शादी-ब्याह सब, सिर्फ किसी रत्न या पूजा से हो जाता था। बातों-बातों में चाय भी आ गई। बाबा के साथ थोड़ी देश-दुनिया की खोज-खबर, दादी के साथ रत्नों की बातें और बाकी लोगों को कुछ-ना-कुछ अच्छा बोलकर जाने से पहले उन्होंने अपनी पोथी निकाली एक मिनट में होली की तारीख बताई और दक्षिणा ले बिना प्याज-लहसुन का खाना खाकर चले गए। तो अब हम होली की तारीख जान गए थे इसलिए अब उसकी तैयारी शुरू हो सकती थी।

उसके पहले, एक बात बताना मैं भूल गई, वह थी पंडित जी के मोजे और हमारे जीत की कहानी।

तो होता कुछ यूँ था की हमारे यहाँ हर महीने सत्यनारायण की पूजा होती जिसे पंडित जी करवाते। उनके पैरों के मोजों में मौसम के हिसाब से कभी कम कभी ज्यादा छेद होते थे। हमारा खेल यह था कि दाहिने और बायें दोनों पैर के छेदों के बीच अंदाज लगाया जाता कि कौन-सा पैर जीतेगा, दाहिना या बायाँ? जब वह कथा पढ़ रहे होते तो कोई दो बच्चे पंडित जी के दोनों तरफ बैठते और सावधानी से इन मोजों की छेद को गिनते। जिस भी तरफ के मोजों में छेद ज्यादा वह बच्चा शर्त जीत जाता। इस जीत के मजे हम प्रसाद के लड्डू से करते जिसमें हारने वाला जीतने वाले को अपनी लड्डू से आधा तोड़कर देता। बहुत ही अलग और मजेदार खेल था यह।

गिनते-गिनते होली और उसके लिए नए कपड़े की लिस्ट बनाने का दिन भी आ गया। खाना खाकर खीर की कटोरी ले हम सब आँगन में चटाई डालकर बैठ तय कर रहे थे कि इस बार खरीदारी करने कौन-कौन जाएगा।

"हम लड़कियाँ तो जाएँगी ही क्योंकि हमें दुपट्टा अपनी पसंद का ही चाहिए।" दीदी ने बोला और हम बहनों ने सर सहमति में हिलाया। बात हो गई तय, कल शाम हम सब बहनें माँ और चाची के साथ हमारे खानदानी दुकान जाएँगे और सभी बच्चों के लिए एक जैसे हल्के रंग की सूती थान से कपड़ा कटेगा।

इन हल्के रंग के कमीज के ऊपर पतले शिफॉन वाले लाल, नीले, पीले, गुलाबी प्रिंट के दुपट्टे खूब फबते हैं। सभी ने अपने पसंद से जी भर खरीदारी की। घर लौटने से पहले दरभंगा टावर की फेमस लस्सी दुकान में मावा-सी भरी एक गिलास लस्सी हम जरूर पीते थे। इस दुकान की लस्सी आज भी वैसे ही गोल-मटोल गेंदा फूल की माला पहने घड़े में एक गोल-मटोल भैया बैठकर मथते रहते हैं। आप जब भी दरभंगा जाएँ इस लस्सी को जरूर पिएँ और अगर आपने पी है तो उसका स्वाद याद करना ना भूलें।

कपड़ों के खूब सारे बैग्स रखे थे गाड़ी में। दस-बारह सूती साड़ी थी, जो पसंद आई वह रखकर बाकी दुकान वापस भेज दी जाती थी। मंजू माँ को उनकी होली वाली साड़ी इस बार पतली बॉर्डर वाली चाहिए थी और ठकुराइन को छींटेदार प्रिंट वाली। तीस मिनट एक्स्ट्रा लगे थे, दुकान में इनकी पसंद की साड़ी चुनने में। खूब सारे सफेद नीले 'नवीन वस्त्रालय' लिखे पैकेट सँभालते हुए हम गाड़ी से उतरकर सीधे दादी-बाबा के पास आए, दादी उन कपड़ों से ज्यादा हमारी खुशी देखकर खुश हो रही थीं। सारे कपड़े को छूकर देखती और तारीफ करती पर हमारा दुपट्टा इस साल भी उन्हें पतला ही लगा था।

अब कपड़ों को सिलवाने के लिए बारी थी हमारे खानदानी दर्जी (मास्टर साहब) को बुलवाने की प्रक्रिया की। वैसे मास्टर साहब की सिलाई मुझे कुछ खास पसंद नहीं थी, पर क्या करें घर के रिवाज की कि होली के कपड़े वही सिलेंगे। मकबूल साहब भी शायद साल भर होली के इंतजार में रहते होंगे। कम-से-कम 6-8 जोड़े कुर्ता-पाजामा, 8-10 ब्लाउज, 7-8 साड़ी की फॉल पिको और हमारे सलवार कमीज। इनको तो होली में ईद जैसी खुशी होती होगी। वैसे अपने हाव-भाव से मकबूल साहब ने कभी भी हमें इस खुशी की भनक ना लगने दी। कभी भी एक बुलावे पर नहीं आए- कभी 'नमाज पढ़ने गए हैं' तो कभी 'खाना खाकर आएँगे', यही जवाब लेकर बुलाने वाले वापस आते, उनकी दुकान और घर से। हमारा उनका ऐसे इंतजार करना, हर साल की बात थी। वैसे किसी साल ऐसा भी नहीं हुआ की होली में हमने नए कपड़े ना पहने हों, इसलिए चिंता की कोई बात वैसे नहीं थी।

फिर जाकर एक शाम दुबले-पतले, छोटे कद के मास्टर साहब उजले रंग के कुर्ता-पाजामा पहने गले में लाल रंग का फीता लटकाए हमारे घर की ओर

आते दिखे। छत पर शाम में खेल रहे हम सब, जल्दी-जल्दी भागते हुए नीचे उतरे और आँगन आकर मास्टर साहब के आने का एलान किया।

चलो, दर्शन हुए मास्टर साहब के, जाओ जाकर मेरे कमरे से कपड़े के पैकेट के साथ पान का डब्बा भी ले आओ। हम आँगन में तैयार बैठे थे, उनके इंतजार में, पर उनका दरवाजे से आँगन तक का सफर काफी लंबा था। पहले वह बाहर दादाजी पापा के साथ बैठते, फिर पापा चाय पूछते तो पहले बोलते, "अभी तुरंत ही पान खाया है बाबू, नहीं पीएँगे।" फिर पाँच ही मिनट में पान थूककर आते और कहते, "चाय और पानी दोनों ही मँगवा दीजिए, पी ही लेता हूँ।"

पापा, जिन्होंने बस अभी ही चाय वापस भेज दी थी, ने फिर चाय के लिए आवाज लगाई। मंजू माँ, जो बस सब्जी काटने बैठी ही थीं, मन-ही-मन बुदबुदाते हुए उठी और बाहर चाय देकर आईं।

"और कितनी देर लगेगी मकबूल चाचा को अंदर आने में दादी?" मैंने मुँह बिचकाते हुए पूछा, "ये अंदर क्यों नहीं आ रहे हैं?"

"अच्छा-खासा हम ऊपर खेल रहे थे। तुमने ही जल्दी चलो का हंगामा किया था।" भाई ने चिढ़कर मुझे देखते हुए कहा।

मंजू माँ, जिन्हें अब तीसरी बार एक चम्मच चीनी के साथ बुलाया गया था, कमर में साड़ी खोंसते हुए बोलीं, "बाहर मास्टर साहब मस्जिद, दुकान और अपनी बकरी की बातचीत में लगे हैं इतनी जल्दी तो अंदर न आएँगे।" अब दादी भी थोड़ा परेशान हो रही थी, अंदर से ही आवाज लगाकर बोलीं, "मास्टर साहब, अगर चाय-पान हो गया हो तो, थोड़ा आँगन में भी आ जाते, बच्चे कब से इंतजार में हैं।" दादी की आवाज जाते ही तुरंत बाहर की बैठकी खत्म हुई और बाबा के साथ मकबूल साहब भी अंदर आए। दादी को आदाब कर वह फीता और कलम निकालकर खड़े हो गए। "छोटे बच्चों से शुरू करिए।" दादी बोलीं।

सभी बच्चों ने बिना ज्यादा हिले-डुले अपना नाप दिया। एक चीज जो मैं बहुत देर से देख रही थी वह थी 'मास्टर साहब की कलम और उनकी कान'। हर बार नाप अपनी नोटबुक में लिखकर बड़ी ही कुशलता से कलम अपने कान के पीछे अटका लेते और कलम भी चुपचाप वहाँ अटकी रहती थी। इनके कान थोड़े लंबे और मुड़े से हैं शायद, सोचा जब मैं नाप देने जाऊँगी तो जरा झुककर देखूँगी।

वैसे मास्टर साहब को मुस्कुराते हुए हम में से किसी ने भी नहीं देखा था,

इसलिए उनसे कुछ पूछना थोड़ा मुश्किल-सा था। फिर भी नाप देने के समय मैंने जब उनके कान के तरफ झुककर देखना चाहा, तो उन्होंने तुरंत बोला "सीधी खड़ी रहें मुन्नी।" मैं झट से सीधी हो गई। मास्टर साहब के नाप लेने के बाद हम, थोड़े बड़े बच्चों ने अपने कपड़ों की डिजाइन बताई और पिछले साल वाले कपड़ों के अच्छे नहीं होने की शिकायत भी की। शिकायत सुनकर भी उनकी कोई खास प्रतिक्रिया ना देख हमें पता था, इस बार भी चूड़ीदार में चूड़ी नहीं पड़ेगी और उनको पैर की एड़ी पर पिन से ही अटकाना पड़ेगा।

मेरा मन ऐसे ही चिढ़ा-सा था, "क्या फायदा ऐसे नए कपड़ों का, जो पहनकर मजा ही ना आए।" रात को खाना खाते वक्त मैंने बोला भी।

"A आकार की कमीज आजकल फैशन में है, पर इनके बनाए कमीज में कभी भी शेप नहीं दिखता।"

"अरे अब छोड़ो भी, होली की शाम को नए कपड़े में सब अच्छे ही लगते हैं।" माँ ने रोटी देते हुए कहा।

"हाँ और दुपट्टा इतना सुंदर है तुम्हारा, A या B कोई भी आकार नहीं दिखेगा किसी को।" दीदी ने भी माँ का साथ दिया।

"हाँ वह तो है, पर मैं बिलकुल आखिरी बार ही सिलवा रही हूँ इनसे, अब दुबारा नहीं सिलवाऊँगी मैं।"

"कहाँ तुम सब कपड़ों की बातें लेकर बैठ गए, कल रंग पिचकारी खरीदने चलना है ना, याद है कि भूल गए?"

"एकदम याद है, ये भी कोई भूलने की बात है। दादाजी, भाई तो कल नींद में भी पिचकारियाँ पसंद कर रहा था।" बाबा के कंधे से झूलते हुए मैंने बताया।

सुबह नहा-धोकर बच्चों की सभा बैठी। दीदी सभी के रंगों की फरमाइशें लिख रही थीं और साथ में हम कलम को कान पर अटकाने की कोशिश भी कर रहे थे। माँ और चाची ने याद कराया, "गुलाल अच्छा वाला लेना है नहीं तो रंगों से रगड़े गालों में बहुत चुभते हैं।" दीदी ने कागज के गुलाल के साथ ब्रेकेट में लिखा- (बिन चुभने वाला)।

'दरभंगा टावर' पर बाबा के दोस्त जाफर साहब की रंग-पिचकारी की दुकान थी। यहाँ हमारा स्वागत गरमा-गरम जलेबी से होता था। प्लास्टिक वाले स्टूल पर बैठ, पत्ते के दोने में जलेबी खाने का वह आनंद मुझे आज भी उन

गलियों में खींच ले जाता है। चाशनी लगे हाथों को वहीं रोड किनारे वाले चापा कल से धोने के बाद हम पिचकारियाँ पसंद करते। वैसे हमारी नजर तो जलेबी खाते-खाते ही पूरी दुकान में बेस्ट पिचकारी की तलाश में घूमती रहती थी। पर बात सिर्फ पसंद की तो थी नहीं, इसलिए हम पास वाले नल पर जाकर उसको टेस्ट करते थे। पानी कितनी दूर तक जाता है, मतलब होली के दिन हम कितनी दूर से रंगों का हमला कर सकते हैं। आज इन पिचकारियों की जाँच ने हम सबके कपड़े थोड़े गीले कर दिए थे। घर आते ही हम सब को आँगन में खड़े कर अच्छी-खासी डाँट पड़ी थी।

"होली के पहले ही बीमार हो जाओगे, फिर करना इंतजार एक और साल होली खेलने का।" माँ ने गुस्से में कहा। हम सब सकते में आ गए। दो ही दिन रह गए हैं होली में, कोई खतरा नहीं ले सकते। ना बीमार पड़ने का और ना ही माँ को गुस्सा दिलाने का, नहीं तो होली खेलने के घंटे कम कर दिए जाएँगे।

होली की और एक खास बात थी, वह थी उस दिन बनने वाले बेहतरीन पकवान। हमारा परिवार बहुत बड़ा था और चार अलग किचन थे। हर किचन की कुछ खास पकवान होती थी, जैसे मेरी दादी के हाथ की बनी मटन, 'छोटी दादी' के हाथ की बनी आलू कटहल की सब्जी, दूसरी दादी के हाथ की बनी कढ़ी, चाची के हाथ के बने मालपुए, बुआ के हाथ के नारियल वाले लड्डू और माँ के हाथ की बनी सब कुछ जैसे दही बड़े, पुलाव, छोले, आलू की सब्जी, मछली और तरह-तरह के अचार। हम में से सभी को ये खट्टी-मीठी चटकारी चीजें बहुत भाती थीं और इन सब में सभी का पसंदीदा था आलू का अचार। इसे बनाने या इसके तैयार होने में काफी कम समय लगता था, इसलिए माँ इसे 1-2 दिन पहले ही बनाती थी।

आज माँ को कुकर में आलू डालते देख मैं समझ गई थी कि आज क्या बनने वाला है। मैंने इस बीच किचन के कई चक्कर लगाए और सोचा आज माँ को मदद करूँगी। इधर दादी भी गोभी गाजर वाली अचार में लगी थी। मैं और दीदी दोनों ही आज अचार की खुशबू ज्यादा-से-ज्यादा बटोरने के लिए पूरे समय किचन में ही थे। मिनटों में अचार धूप में रखने को तैयार था, माँ ने दोनों बरनी आँगन में रख दिए। गर्मी के दोपहर में सब अपने कमरे में आराम करने चले गए थे। माँ थक गई थी, इसलिए उनकी आँख लग गई। इस बीच करीब दो से

तीन बार मैं और उतनी ही बार दीदी बाथरूम जाने को उठी। आलू के अचार के पास से गुजरते हुए, बाथरूम जाने का मतलब तो आप समझ ही गए होंगे। पहली बार नमक चखने के बहाने और दो से तीन बार थोड़ा और खाने के बहाने मैं आँगन में गई। दीदी भी शायद यही कर रही होगी। उफ्फ, क्या अचार बने थे, हर बार अचार वाली उँगलियाँ मुँह में डालते हुए लगता माँ के हाथों में जादू है। कुछ देर में माँ भी उठ गई और अलमारी से होली खेलने के लिए सभी के कपड़े निकालने लगी। "थोड़े मोटे वाले कपड़े ज्यादा ठीक रहेंगे, ना चिपकेंगे ना ठंड लगेगी।" माँ ने कहा।

"जींस पहनना सबसे अच्छा है माँ, उसमें पॉकेट भी तो होते हैं। रंग रखने के लिए।"

"मेरे लिए छह पॉकेट वाला पैंट ही निकाल दो।" दीदी बोली। माँ ने सभी के कपड़े निकाल दिए और हम होली के लिए तैयार थे।

"अचार अंदर रखकर आती हूँ, जालीदार में। चलाया है क्या तुम दोनों ने एक बार भी उसे, या भूल गई?" माँ के अचानक पूछे इस सवाल का जवाब देने में हम दोनों बहनें हकलाने लगीं, न हाँ बोल पा रहे थीं ना ही नहीं। हिम्मत जुटाकर बिना माँ से आँखें मिलाए 'मैं अचार अंदर रख देती हूँ माँ, तुम छोड़ दो' कहा। क्योंकि मैं नहीं चाहती थी कि माँ आधे हो गए अचार को देखे, पर माँ तब तक नीचे जा चुकी थी।

"अरे रुक जाओ, जरा मिला तो दूँ।" माँ ने रस्सी पर टँगे कपड़े उतारते हुए कहा। जैसे ही माँ ने अचार की बर्नी का कपड़ा हटाया, लगा जैसे अब वह आधा भी नहीं बचा। आज मालूम चला की नमक चखने वाले लोगों की संख्या आँगन में काफी ज्यादा है। कुछ उँगलियों के निशान तो उस पर साफ दिखाई दे रहे थे, इधर गोभी का अचार जस-का-तस पड़ा था। अब आँगन ठहरा घर के बीचो-बीच, सभी दरवाजे आँगन में ही खुलते थे और गर्मी की दोपहर तो वैसे ही काफी लंबी होती हैं। पर बर्नी आधी खाली देखने पर भी माँ के चेहरे पर कोई भाव नहीं आया, लगा जैसे माँ को पता था ये होने वाला है।

"जो कपड़े गीले हैं, उन्हें ऊपर अलना पर डाल दो।" मुझे ऐसा कहकर माँ सूखे कपड़े और बर्नी लेकर अंदर चली गई। इतने से बचे अचार को देख मैं बिलकुल अपराधी-सा महसूस कर रही थी, पर मन में यह भी उत्सुकता थी कि

और किस-किस ने खाया अचार को? मैं किचन में झाँकने गई कि आखिर माँ कर क्या रही है। माँ और अचार बनाने की तैयारी कर रही थी।

"पर, दीदी कल तक बन जाएगी क्या?" चाची ने चाय में नींबू डालते हुए कहा।

"इसमें गरम पानी डाल देंगे, तो धूप के बिना भी अच्छी बनेगी।" माँ ने मुस्कुराकर जवाब दिया।

यह सुन मेरी खुशी का ठिकाना ना था। देखिए इस बाल मन की सरलता अभी कुछ पल पहले जो अपराधबोध से भरा था, अब झट से खुश हो गया। "वाह! और अचार, मजा आ गया तब तो। चलो अच्छा है, इसी बहाने और अचार बन जाएगा, एक-दो दिन बाद तक चलेगी, निमकी या मठरी के साथ तो इस आचार का स्वाद दो गुना हो जाता है।"

शाम को बाहर आँगन में दादी सभी को सँभलकर चलने को बोल रही थी। क्या हो गया? सोचकर जब हम आँगन में गए तो देखा कि कुम्हार के यहाँ से कुछ मिट्टी के बर्तन, दही के लिए मटकी और सबसे खास मिट्टी का घड़ा आ गया था। यह वही घड़ा था, जिसमें रखी जाएगी बाबा के हाथों से बनी होली स्पेशल ठंडई। उसकी तो बात ही कुछ और होती थी।

दोनों तरह की ठंडई बनती, एक मावा वाली और एक मावा के साथ मिली भाँग वाली, जो सिर्फ बड़े लोगों के लिए ही होती थी। यह रखी भी ऊँची मेज पर जाती थी कि कोई बच्चा चाहकर भी पी ना पाए। वैसे भी हम बच्चों को इतनी फुर्सत ही कहाँ होती थी होली के दिन। खुद की हुड़दंग से ही हम परेशान रहते थे। वैसे, बाबा जब आँगन में ये मटका लेकर ठंडई बनाने बैठते, तो हम बच्चे काफी मदद करते थे। क्योंकि बाबा का कुछ बनाना साल में सिर्फ दो बार ही होता था, एक गर्मी के मौसम में बेल का शरबत और दूसरी ये होली की ठंडई।

काजू, किशमिश, इलायची, गुलकंद डालकर बहुत ही मजे से रेडियो के होली के गाने के साथ बाबा दही को घोंटते थे। 'होलिया में उड़े है गुलाल और जोगी जी सारारारा होली है...' जैसे गानों से बच्चों में उत्साह पाँच गुना हो जाता था।

सामान रखने के लिए आँगन में सबके लिए अलग-अलग जालीदार (छोटी अलमारी) रखी थी, हर के रसोई के सामने। होली के समय ये जालीदार खाने की चीजों से पूरी भरी रहती थी और उसकी हिफाजत के लिए उसमें लटकता था एक

छोटा ताला (दबाकर बंद करने वाला)। इसकी चाभी भी छोटी-सी ही होती थी। आते-जाते खेलते-कूदते हम इस ताले के खुले छूट जाने की गलती और नारियल के लड्डू, दही और सत्तू की कचोड़ी के बीच खुद को बैठे देखने के सपने देखते और दूसरी तरफ दादी रात को भी उठ बार-बार इस ताले को खींचकर दिखवाती थी- "मजबूती से बंद तो है ना?"

हम मना करते तो कहती, "रात में बिल्ली घूमती है आँगन में, अगर दही में मुँह लगा दिया तो सारा फेंकना पड़ेगा। तुम सबके लिए तो पूरी जालीदार है जब जो मर्जी खाओ।" हम असहमति में सर हिलाते थे। बिल्ली की मजबूरी हम से ज्यादा कौन जान सकता था भला।

"कल होली है।" चाचा ने रात को खाना खाते वक्त जोर से बोला तो हम बच्चे खुशी से उछलने लगे। "अरे पानी गिर जाएगा। ध्यान से उछलो।" माँ ने कहा।

"पानी तो कल गिरेगा भाभी।" चाचा ने चुटकी ली और रेडियो की आवाज हमारी हँसी में घुल गई। हम सब सुबह के इंतजार में सोने चले गए। जाने के समय बिल्ली वहीं बाहर की तरफ बैठी दिखी। 'बेचारी बिल्ली', अनायास ही मुँह से निकला। सुबह दादी की आवाज से नींद जल्दी ही खुल गई। मैंने आँख मीचते हुए नीचे देखा तो दादी आँगन में गुस्से में कुछ बोल रही थी। सामने बुत बने खड़े थे, घर में काम करने वाले सभी।

मैंने दीदी को उठाया। "दीदी जल्दी उठो, लगता है होली खतरे में हैं।" जल्दी से अपनी चप्पल पहन मैं नीचे भागी। सोचा पहले माँ से पुछ दादी के मिजाज का जायजा ले लूँ, फिर आँगन में जाऊँगी।

"गुड मॉर्निंग बेटा! इतनी सुबह-सुबह उठ गई!" माँ ने मुझे देखकर कहा।

"दादी क्यों गुस्सा कर रही हैं माँ?" मैंने डरते हुए पूछा।

"अरे कुछ नहीं, सब ठीक है।"

मैं ब्रश लेकर आँगन में गई। दादी सच में गुस्से में थीं। बात-बात में पता लगा कि कल जिसने भी रात में आखिरी बार जालीदार खोला था, उसने ताला नहीं दबाया था। मैं सन्न रह गई। "मतलब बिल्ली की पार्टी हो गई रात को, हे भगवान!" मैं जोर से बोली, फिर जब पीछे मुड़कर देखा तो पाया कि सब कुछ तो ठीक ही है, दही, कचोड़ी, लड्डू सभी अपनी जगह पर ही थे। पर जालीदार

में लटका ताला बंद, मतलब दबाया नहीं गया था।

मुझे लगा दादी ने शायद देखा नहीं, इसलिए पास जाकर बोली, "दादी, सारा खाना तो ठीक है, आप बेकार ही गुस्सा कर रही हैं। किसी भी खाने की चीज को बिल्ली ने 'हाथ' मतलब 'मुँह' भी नहीं लगाया।"

दादी ने आँखें बड़ी कर के देखा, "तुम्हें क्या लगता है, मुझे नहीं पता कि खाना बच गया है? मैं तो बस इनको सतर्क कर रही हूँ कि अगर खा लेती बिल्ली तो आज क्या होता।" दादी ने समझाया।

बड़ी आँखों का मतलब समझ, मैं हकलाते हुए बोली, "हाँ सही बोल रही हैं दादी आप... ये 'तो' को तो हम बिलकुल नहीं छोड़ सकते।" आधा खुला ताला भी अपनी किस्मत पर इतरा रहा होगा शायद। खैर दादी को अपने-पान की याद आई और ये अदालत बरखास्त हुई। सब कुछ सामान्य होता देख, वहीं आराम कुर्सी पर बाबा ने फिर से रेडियो की आवाज तेज की और बालों में तेल लगवाने लगे। सभी ने कपड़े बदले और जैसे ही घड़ी ने दस बजने का इशारा किया, हमारी पहली शिकार थी हमारी प्यारी बुढ़िया दादी। ऐसा लगता था जैसे लाल रंग उनके ही लिए बना हो... बहुत फबता था उनके ऊपर। फिर एक-एक कर हम सबके गालों पर रंग लगाते और हर बार 'होली है' जरूर बोलते। साढ़े ग्यारह होते-होते हम बोर हो गए थे।

"माँ तुम लोग की होली कब शुरू होगी?" दीदी ने पूछा! तभी प्लास्टिक की बाल्टी लेकर रंगों के साथ आते दिखे छोटे चाचा, वैसे अभी माँ को कुछ दही बड़े और तलने बचे थे। पर हर बार की तरह इन आखिर में बने बड़ों में होली के रंग का स्वाद था।

अब आँगन में बड़ों के होली का हंगामा तेज हो गया था। नल के चलने की आवाज और बाल्टियों में रंग घोलने की आवाज साफ बता रही थी कि आज होली है। हम बच्चे उछल-उछलकर ताली बजाते और गाना गा रहे थे। कभी चाचा, कभी चाची तो कभी माँ को रंग सप्लाई करना हमारा काम था। उछलकर, बैठाकर, गिरकर, नाक सिकोड़कर, या गले लगाकर, रंगे तो सब जाते थे और आँगन रंगीन पानी से भर जाता था। पत्तल में बची आधी पूड़ी, आधा पुआ, गलती से कुर्सी पर छूटे कपड़े, चप्पल, सब रंग जाते थे एक-दूसरे के रंग में। रामा जी, शंकर जी की उजली धोती और मंजू माँ के सील पर पड़े मसाले में भी रंग। सबसे

मजेदार बात तो ये लगती कि पानी भरे नल चलाकर कोई और बाल्टी खींच ले जाए कोई और... और रंगा जाए उसके रंग से कोई और, क्या मजेदार दिन थे। आँगन के इन रंगों की रंग निखरती थी दादी बाबा की खुशी से भरे चेहरे पर।

आपस में रंग खेलने के बाद यहाँ से निकलती थी हमारी टोली, मोहल्ले में। पिचकारी, रंग, बाल्टी, मग, डफ सब लेकर 'जोगी जी सारा सारा रा रा...' गाते हुए बड़े लोगों की, फिर लड़कों की और फिर हम लड़कियों की टोलियाँ। कोई रोक टोक नहीं, मजे से नाचते-गाते, रंगों से बचते-बचाते। होली के त्योहार की हर बात मुझे अच्छी लगती, पर सबसे अच्छी बात लगती कि इस त्योहार को किसी दूसरे के साथ मनाने के लिए उसका नाम, उसका काम और उसका पता पूछने की जरूरत नहीं पड़ती थी। सामने से जो आ रहा है, उसके गालों पर रंग नहीं दिख रहा है, बस इतना ही काफी था। इन रंगों ने तो मुहल्ले के कई झगड़े सुलझाए हैं, दो घरों के बीच उठे दीवारों के बीच गेट भी बनवाए हैं। कभी किसी का झगड़ा होता तो लोग बोलते, "होली आने दो, सब ठीक हो जाएगा।"

लेकिन जैसे सिक्के के दो पहलू होते हैं वैसे ही कुछ लोग होली का इंतजार छोटे मोटे हँसी मजाक या किसी को तंग करने के लिए भी करते दिखते थे। "होली आने दो, ऐसा रंग लगाएँगे कि हटाते-हटाते हालत पस्त हो जाएगी।" या "बुरा ना मानो होली है, ये मेरी बिखबोली है।" ऐसे वाले फिकरे भी सुने हैं मैंने। रंगों को खेल जब हम थके-हारे घर लौटकर आते तो शुरू होता असली कार्यक्रम और वह था रंग छुड़ाने का कार्यक्रम।

दही, साबुन, बेसन, तेल, नींबू और पता नहीं क्या क्या... दादी के सारे नुस्खे हम अपनाते थे। दादी हमारा आईना भी बनती और साथ में पेपर से रंग छुड़ाने के नुस्खे भी पढ़ती थी। खैर कितना भी कर लो, रंग को जितना हटना होता था उतना ही हटता था, उससे ज्यादा नहीं। सब रंगने वाले को खरी-खोटी सुनाकर नहाने जाते थे, एक के बाद एक। फिर थोड़ा आराम कर सब शाम को नए कपड़े पहनकर गुलाल की तैयारी करते। वैसे आपको याद करा दूँ, मास्टर साहब ने हर साल की तरह इस बार भी चूड़ीदार में चूड़ियाँ नहीं बनाई थी और कमीज के आकार की तो बात ही नहीं थी। होली की बधाई देने शाम में बाहर काफी लोग आए थे, पापा ने रंग और पुए, दही बड़े थोड़े और मँगवाए थे। हम जब बाहर गए तो मकबूल मास्टर साहब और उनके साथ उनके कुछ बच्चे भी बेंच पर बैठे

दिखे। ईद वाले नए कुर्ते में मास्टर साहब एकदम अलग से लग रहे थे। बाबा को आगे बढ़कर उनको गले लगाकर गुलाल लगाते देख दीदी के पीछे, हाथों में गुलाल लेकर मैं भी उनके पैर पर रखने के लिए आगे बढ़ी। उन्होंने बड़े ही प्यार से मुस्कुराकर कहा- "होली मुबारक मुनिया बेटी!"

"आपको भी चाचा!" अभी उनको मुस्कुराता देख मैं सारे कमीज की परेशानी भूल गई थी, तभी चाचा ने दीदी को बुलाकर रुमाल के साथ कुछ पैसे दिए और कहा "ये रही आप बच्चों की होली।"

"पर चाचा, इसकी जरूरत नहीं।" दीदी ने कहा।

तभी उनके साथ आए एक बच्चे ने कहा, "आपी हम तो ईद में ईदी लेने से बिलकुल मना नहीं करते। फिर आप होली लेने से भला क्यों मना कर रही हैं?" दीदी ने मुस्कुराते हुए चाचा से होली ले ली।

धीरे-धीरे शाम और इस साल की होली ढली। हम सब थक गए थे, मुहल्ले की चहल-पहल शांत हो चुकी थी और आँगन भी शांत लग रहा था। एक सुबह से उछल-कूदकर रहे हम बच्चे नीचे वाले कमरे में ही सो गए थे और पापा एक-एक कर हमें कमरे में पहुँचा रहे थे। पापा के कंधे पर लटकी मैं आँगन के छोटे गढ़ों में ठहरे होली की रंगीन पानी को लालटेन की रौशनी में झिलमिल करती देख रही थी।

मेरा आँगन भी ऐसे ही कई रंगों में हर दिन रँगता है... बिलकुल आपके आँगन की तरह।

एकादशी पूजा

पौ फटते ही सूरज कि रौनक सबसे पहले मेरे आँगन में ही झाँकने आती थी। लोगों की चहल-पहल, चापाकल का चलना, बाबा के रेडियो से निकलती सुगम संगीत की आवाज और नीचे आँगन में जलते चूल्हे से निकलते धुएँ की महक। बाँस वाले मोटे झाड़ू से बरामदे को धोती मंजू माँ के झाड़ू की खड़-खड़ और ऊपर से गिरते पानी की लगातार आती आवाज के बीच भी अगर कोई सो रहा हो, तो ये समझ लेना चाहिए की या तो वह इंसान काफी थका है, या फिर आज संडे है।

वैसे हफ्ते में आने वाले इस इकलौते छुट्टी के दिन की कद्र सिर्फ हम बच्चों को ही होती थी, ऐसा हमें हर सप्ताह महसूस होता। थोड़ा ही सही, पर अगर सब संडे की कद्र करें, तो कितना अच्छा होता। घर के कुछ नियमों को, जैसे सुबह देर तक न सोना, नहाने की हड़बड़ी का होना, इन सबको इग्नोर कर देना छुट्टी के इस दिन को खास बनाने वाली कुछ जरूरी बातें थीं। इन सभी बातों को ध्यान में रखते हुए, अगर माँ अपनी छुट्टी स्पेशल पकवान बना दे, तो फिर तो क्या कहने। दादी भी अपनी अहम भूमिका निभाते हुए आज के दिन अगर भगवान जी को छुट्टी दे दें और सुबह-सुबह पूजा की घंटी ना बजाएँ, तो फिर सोने पे सुहागा वाली बात होती। वैसे भी रोज एक ही भोग खा-खाकर भगवान जी भी बोर हो गए होंगे, ऐसा मेरे छोटे भाई को लगता था।

आज वही खास दिन, छह दिनों बाद आया और माँ ने हर दिन के जैसे ही बिलकुल सुबह-सुबह ही खिड़की से परदा हटा दिया। बाहर से आती चमचमाती रौशनी और आँगन से आती आवाजों के बावजूद हम भाई-बहन बिस्तर छोड़ने

का नाम नहीं ले रहे थे।

"अरे माँ अभी सिर्फ सात ही तो बजे हैं।" मैंने तकिये को कानों के ऊपर रखते हुए कहा।

"प्लीज माँ... आज संडे है, कुछ तो सोचो।" दीदी ने भी करवट बदलकर दुबारा सोने की कोशिश की।

"अरे, आज पूजा भी तो है, भूल गई तुम दोनों।" माँ ने हमें उठाने का प्रयास नहीं छोड़ा और चादर खींचते हुए बोली।

"पूजा तो रोज ही रहती है, आज क्या खास है ? सुबह से उठकर चारों दादी बारी-बारी घंटियाँ बजाती हैं। अब अगर आप और चाची भी इस पूजा मंडली में शामिल हो जाएँगी तो पूरे दिन ही घंटी गूँजेगी घर में।" मैंने आँखें बंद रखे पास सोई दीदी पर पैर चढ़ाते और चिढ़ते हुए कहा।

"अरे मेरी रानी बेटी, आज एकादशी है, वही जिसमें दादी आँगन में पूजा करती हैं।" माँ ने बड़े प्यार से याद कराया, "उठ जा मेरी रानी बिटियाँ।"

अब ये 'रानी बेटियाँ' सुनकर हम दोनों बहने उठ तो गए थे, पर घड़ी देखकर अपने ऊपर दया आ रही थी। हमारे बालों पर हाथ फेर 'गुड मॉर्निंग' बोल माँ नीचे चली गई।

"क्या गुड है इस मॉर्निंग में ? संडे को सुबह सात बजे उठ जाना क्राइम है क्राइम।" मैंने जोर से टूथपेस्ट को दबाते हुए कहा। गुस्से में ट्यूब से पेस्ट थोड़ी ज्यादा ही दब गई और ब्रश के ऊपर से गुजरती हुई नीचे गिर गई। उस को उठाने और साफ करने में मेरा गुस्सा भी थोड़ा कम हो गया, या यूँ कहें कि टूथपेस्ट की झाग में घुल गया और मैंने गुस्सा थूक दिया।

"वैसे अच्छा ही हुआ, सुबह-सुबह कौन गुस्सा करता है।" मैंने दीदी को कहा।

"हाँ, अभी मुँह फुलाकर घूम रही थी, अब दादी अम्मा बन जाओ तुम।" दूध का गिलास उठाती दीदी ने मुँह बनाकर अपनी राय दी।

"वह तो हैं।" दूध पीने से बने मूँछ को जीभ से चाटते हुए मैंने हँसते हुए कहा।

हम दोनों गिलास और बैठने के लिए एक-एक मोंढा ले, आँगन की होती साफ-सफाई के बीच बुढ़िया दादी की आराम कुर्सी से सटकर एक सूखे कोने में

बैठ गए। उस कोने को छोड़कर बाकी पूरा आँगन गीला था और उस पर चलने से फिसलकर गिरने कि चिंता मुझे सबसे ज्यादा थी। वैसे भी पिछले साल के अनुभव के बाद तो आज के दिन थोड़ा कम चलना ही समझदारी थी।

"पूजा की साफ-सफाई के नाम पर कोई गिरना नहीं चाहिए, सभी अपना पैर और चप्पल दबाकर चलेंगे।" दादी ने मुझे देखते ही सबसे पहले इसकी घोषणा कर दी थी।

"दादी पूजा तो शाम को होनी है, तो अभी से क्यों साफ-सफाई ?" मैंने पूछा।

"अरे पूजा-पाठ के दिन घर सुबह से गंदा थोड़े ना छोड़ दूँगी, अजीब बात बोल रही हो ? दादी इस सवाल से अब चिढ़ चुकी थीं, क्योंकि सुबह से करीब दो-तीन बार कुछ और लोगों ने भी यही सवाल किया था। दादी को चिढ़ता देख दीदी ने बात सँभालते हुए बोला, "नहीं मतलब... हम कहाँ खेलेंगे दादी, पूरी दोपहर ! छुट्टी ऐसे ही खत्म हो जाएगी हमारी, ना आने का पता चलेगा ना ही जाने का। फिर कल से स्कूल शुरू वही भाग-दौड़, होमवर्क सब।" दीदी जब भी ऐसे एक्टिंग करके बोलती थी तो मुझे उसकी एक्टिंग कम ओवरएक्टिंग ज्यादा लगती थी। पर दादी के सामने यह एक्टिंग हमेशा काम करती थी।

"अरी, मेरे वाले बरामदे पर खेल लेना... कौन-सा मैं ने मना किया है ?" दादी ने उसकी तरफ देखकर कहा।

"खेलेंगे तो फिर आप ही बोलेंगी क्या शोर मचा रही हो तुम सब। पिछली बार भी आपने खेल बीच में ही रुकवा दिया था।" दीदी ने याद करवाते हुए कहा।

"अरे उस दिन मेरे सर में दर्द हो रहा था न, इसलिए बोला था, पर आज बिलकुल ठीक है।" दादी ने मुस्कराते हुए जवाब दिया।

हम दोनों खुशी से उछलकर बोले, "फिर मत बोलना कि हल्ला हो रहा है... ठीक है ना दादी ?"

"हाँ एकदम, पर ज्यादा हल्ला भी मत करना। मेरा व्रत है, मुझे शाम तक कुछ भी नहीं खाना है, थोड़ा आराम कर लूँगी दोपहर में तो कमजोरी कम लगेगी मुझे। ठीक है, ना ?"

"हाँ-हाँ बिलकुल ठीक है दादी, आप आराम से आराम करिएगा। और चलो हम आपकी मालिश भी कर देंगे, अच्छी नींद आ जाएगी, आप सोना आराम से

अच्छी वाली 'दादी' हमारी।" बड़े प्यार से माथा चूमते हुए बोला उनको। आज भी जब बुढ़िया दादी की बात करें तो उनके कोमल से गाल अपने गाल को छू गए हो, ऐसा लगता है, आज भी सजीव है उनकी सारी बातें। ऊपर से सख्त और अंदर से बहुत ही कोमल थी, हमारी दादी। बाकी का पूरा दोपहर, फल मँगवाने, धुलवाने, भोग बनवाने और पूजा की तैयारियों में लग गया।

दोपहर में दादी का कमरा बहुत अच्छा लगता था, सफेद और लाल फूलों से बनी बॉर्डर वाली चादर, सफेद रंग पर छोटे लाल फूल वाले कपड़े से बना खिड़की पर लगा परदा सब बहुत सहज लगता था। दादी के पलंग पर लेटने से पंखे की हवा से हिलता वह परदा जब सर के ऊपर से उड़ता तो हर ओर डिटर्जेंट की खुशबू हवा में फैल जाती थी। बहुत ही अच्छा और ठंडा-सा रूम था, दादी बाबा का।

हमारी बातें दादी के साथ अगर शुरू हो जाएँ तो खत्म नहीं होती था। पर आज तो दादी व्रत में थी इसलिए हम बात नहीं कर रहे थे, उनको बोलने से थकान ना लगे ज्यादा कहीं।

माँ ने हिदायत दी थी, "दादी के कमरे में जाने का मतलब है, दादी को तंग नहीं करना, पता है ना तुम लोगों को ?"

"हाँ माँ नहीं करेंगे तंग, बस अब जाने दो।" हमने कहा।

"और सुनो, दादी जी भी वहीं सोते हैं। उनके चश्मे को छूना भी मत।" माँ ने झुककर छोटे भाई को सख्त हिदायत दी। उसने हाथ बाँधते हुए बोला, "ठीक है माँ, अब जाएँ हम ?"

"हाँ जाओ अब, एक घंटे में आ जाना वापस।"

दादी के कमरे में गए तो हम चुप चाप ही थे, पर दादी को शायद भूख लगी होगी इसलिए नींद नहीं आ रही थी। थोड़ी देर बाहर खेलकर हम उनके बगल में आकर लेट गए थे और फिर हम बाहर आँगन में ही आ गए थे। साफ आँगन, केला का पत्ता, हल्दी पिठार सब अलग-सा और शुद्ध लग रहा था।

"ये पूजा काफी समय बाद हो रही है ना दादी ?" आँगन में होती तैयारियों को ध्यान से देखते भाई ने पूछा।

"ये पूजा सिर्फ एक ही बार आती है पूरे साल में और इसको देव उठान एकादशी कहते हैं।" भाई को गोद में बैठाते हुए दादी ने कहा।

"आज के दिन ही भगवान जी उठते हैं, 3-4 महीने बाद।"

"क्या बोलीं आप दादी? भगवान जी सोते भी हैं और वह भी इतना लंबा? ये तो हमें पता ही नहीं था।" मैंने आश्चर्य करते हुए पूछा।

"और यहाँ धरती पर माँ हमें संडे को भी सुबह सात बजे ही उठाने लगती है। ये तो बिलकुल गलत बात है दादी।"

"हम्म! गलत बात तो है जरूर। आज बोलूँगी भगवान जी को, जब आएँगे तब। ठीक है ना?"

"वैसे दादी अगर ऐसा है तो फिर कुछ बातें मुझे भी बोलनी है भगवान जी से।"

"हाँ तो किसने रोका है, सब बोलो, अपनी-अपनी मन की बातें। भगवान सब की सुनते हैं, ये तो मुझे पता है।"

"अरे वाह जब ऐसा है तब तो मैं भी कुछ बोलना चाहूँगी भगवान जी से दादी।" अब माँ भी शामिल थीं।

"ठीक है, तो फिर आज तुम सब अपने मन की बातें एक कागज में लिखो और शाम को पूजा के बाद भगवान जी के पास रख देना, क्या पता किसकी बात सुन लें।" फूलों की माला बना रही दादी ने एकदम से कहा।

"वैसे हमें पता है कि आप सब मिलकर हमें बुद्धू बना रहे हैं... पर लिस्ट देकर कोशिश करने में क्या नुकसान है, कर ही सकते हैं।" समझदार दीदी के दिमाग में ये जबरदस्त खयाल आया। हम सब भी सहमत थे, अगर सिर्फ भगवान जी से बोल देने से मन की बातें पूरी हो जाएगी तो कितना मजा आएगा। हमने आपस में तय किया कि सभी अपनी बातें भगवान जी को लिखेंगे और हमने ये भी तय किया कि कोई किसी की 'विश लिस्ट' को नहीं पढ़ेगा।

बस फिर क्या था, सभी के हामी भरते ही हम सब सरपट अपने कमरों में भागे, पेंसिल-नोटबुक निकालकर सोचने लग गए। मन में मेरे लिस्ट इतनी लंबी थी कि समझ ही नहीं आ रहा था, कहाँ से शुरू करूँ। दीदी की तरफ देखा तो उसकी पेंसिल खूब तेज चल रही थी, भाई भी कुछ बना रहा था, रंगीन पेंसिल से। 'लिखने में तो ये शुरू से आलसी है, इसलिए सोचा होगा कि जो चाहिए उसकी तस्वीर ही बना देता हूँ।' मैंने मन-ही-मन सोचा।

जब आधी पेंसिल चबाने के बाद भी ना समझ आया कि क्या लिखूँ, तो

दीदी की मदद लेना ही सही समझा। "दीदी बताओ न मैं क्या लिखूँ? ज्यादा समय नहीं है अब।"

"पूरे दिन तो कुछ-ना-कुछ विश करती हो, अभी याद नहीं आ रहा तुझे। रोज की लिस्ट में से ही कुछ लिख दो न। मैं भी सोच ही रही हूँ, मैं अगर अपना बताऊँगी, तो तुम भी वही लिख लोगी। फिर हम दोनों का मिल जाएगा।" दीदी ने हड़बड़ी में अनमना-सा जवाब दिया और फिर से लिखने लगी। पर बात तो सही ही बोली, भगवान जी को असमंजस में डालना भी सही नहीं, अपना ही सोचती हूँ।

कुछ देर सोचने के बाद तो मुझे अचानक से इतनी बातें याद आने लगीं कि एक और पेपर लेना पड़ा। दीदी और भाई की लिस्ट तैयार थी और माँ उनके कपड़े बदलने ले गई थी। मुझे सिर्फ पाँच मिनट मिले थे माँ से, बहुत पीछे चल रही थी मैं।

'अरे! अब ये स्टैप्लर कहाँ से ढूँढ़ूँ मैं? हे भगवान, मुझे इन दोनों को साथ चिपकाने के लिए कुछ भी मिल जाए।' मैंने आदतन फिर से भगवान को ही याद किया और तभी सामने टेप दिखा, मैंने हाथ जोड़कर प्रार्थना की, "हे भगवान! ऐसे ही लिस्ट में से भी कुछ दे दीजिएगा। आपकी सुविधा के लिए नंबर एक और पाँच मेरी सबसे पसंदीदा है।" पूरी उम्मीद से मैंने जैसे-तैसे चिपकाया दोनों पन्नों को। नीचे वाला पन्ना थोड़ा मुड़ा-सा चिपक गया, पर जाने दो भगवान जी समझ लेंगे, सोचकर मैं जल्दी से कपड़े बदलने चली गई।

इस पूजा में सिर्फ घर के ही लोग होते हैं, बाहर का कोई नहीं। हाँ, पर बगल वाली बुआ को तो आप जानते ही हैं, उनका आना-जाना किसी भी समय, मौसम या निमंत्रण का मोहताज नहीं।

हम आँगन में बिछे चटाई पर जाकर बैठ गए। सारे बच्चों के हाथ में तिरछे फटे नोटबुक के पन्ने से बने उनके मन की सबसे मूल्यवान बातें थीं। वैसे, मुझे छोड़ बाकी सभी के पास सिर्फ एक ही पन्ना था। एक तो मेरा पन्ना दो और उस पर ठीक से नहीं चिपकने के कारण और भी मोटा लग रहा था। हम सभी ने अपने कागज बहुत ही सँभालकर अपनी गोद में रखे थे। दादी की बात कि, "ये सारी बातें तुम्हारे और भगवान जी के बीच की हैं, कोई किसी का नहीं देखेगा और ना ही दिखलाएगा।" सब को अच्छे से याद थी और सब इसका पालन भी कर रहे

थे, भले ही दूसरे के मन की बातें जानने की उत्सुकता आँखों में गोते लगा रही हो।

"तुम्हारी लिस्ट तो कुछ ज्यादा ही लंबी लग रही है, लगता है पूरी कहानी ही लिख डाली तुमने। हम्म, लगता है, हम सबके लिए भी कुछ-न-कुछ माँगा है तुमने।" माँ की ये बात सुन थोड़ा खराब लगा, क्योंकि मैंने किसी और के लिए कुछ भी नहीं माँगा था। "उफ्फ मुझे ये ध्यान क्यों नहीं आया? हे भगवान! कैसे भूल गई मैं, अब तो वापस जाकर कुछ लिख भी नहीं सकती। जाने दो भगवान जी तो सब देखते हैं, वह अपने-आप ही समझ जाएँगे कि मैंने सभी के लिए कुछ-ना-कुछ माँगना जरूर चाहा होगा।" यही सोचकर इस ग्लानि से अपने मन को दूर भी कर लिया मैंने। आज इन बातों को सोचकर हँसी आती है।

"सब लोग पूजा में मन लगाएँगे अच्छे से।" बाबा ने कहा। दादी सुंदर-सी लाल साड़ी पहनकर मड़वा से देवता घर तक चौक बनाने में लग गईं। मड़वा पर एक पीढ़ा रखी जाती थी और उस पर भी चौक बनती, फिर वहाँ से लेकर कुलदेवता घर तक एक रास्ता जैसा जिसे सीढ़ी बोलते थे, बनाई जाती थी।

माँ ने बताया था, पहले भगवान जी आकर यहाँ पीढ़ा पर बैठते हैं, फिर उनको पंडित जी के बताए शुभ मुहूर्त पर भोग लगाया जाता है, फिर वह एपन से बने सीढ़ी के रास्ते पूजा घर में प्रवेश करते हैं। आज के दिन के बाद, मतलब सारे भगवान लोगों के उठ जाने की पूजा को ही, 'देवउठान एकदाशी' बोलते हैं। अब इसके बाद सारे शुभ काम जैसे शादी-ब्याह, गृह प्रवेश, नई बहुओं का घर आना-जाना सब शुरू हो जाता है।

"मतलब अब चाचा की शादी हो सकती है?" मैंने पूछा।

"हाँ, बिलकुल हो सकती है, बस एक अच्छी-सी चाची मिल जाए पहले चाचा को।"

"माँ मुझे और दीदी को वही लहँगा चाहिए जिसकी डिजाइन तुमको दिखाई थी, याद हैं ना तुम्हें?"

"हाँ हाँ, बिलकुल याद है, उसके नीचे मैंने तुम्हारा नाम भी लिख दिया है।" तुम चिंता मत करो।

"कब पसंद आएगी चाचू को चाची, कब पहनूँगी वह वाला लहँगा?"

"अब इतनी उतावली भी मत हो, अभी समय है शादी में।"

"पहले पूजा में मन लगाओ, तुम सब। अगर भगवान जी, देख लेंगे, तुम्हें

आपस में बात करते, तो किसी की चिट्ठी खोल पढ़ेंगे भी नहीं, फिर समझ जाना तुम सब।" हम सब ने जल्दी से हाथ जोड़कर आँखें बंद कर ली, पर मन में बहुत सारी बातें उछाल मार रही थी, ध्यान ही नहीं लगा पा रहे थे। "भगवान जी कब पढ़ेंगे, कब पूरी करेंगे, हमारी इच्छाएँ।" बस मन में ये ही चल रहा था। मैं वैसे खुश थी कि मेरी लिस्ट थोड़ी लंबी है, कम से 3-4 विश तो पूरी हो ही जाएँगी। मैंने उँगलियाँ एक के ऊपर एक चढ़ाई और आँखें टिमटिमाने लगी।

सबसे ज्यादा आँगन में भागने वाला बच्चा मतलब मेरे भाई को चाची ने आज पकड़कर रखा था। क्योंकि जब तक पूजा हो नहीं जाती, तब तक हम लोगों को भगवान जी के जाने वाले रास्ते, (जिसको माँ ने चावल के एपन से बनाया था) को पार करना मना था। भाई को पकड़कर रखना ही सबसे सही था। पिछले साल का तो मैं क्या बताऊँ, एक आइसक्रीम वाले के चक्कर में मेरी चप्पल की छाप सीधी भगवान जी के लिए बने रास्ते में ही पड़ी थी। चप्पल की छाप जितनी ज्यादा नीचे आँगन में पड़ी थी उससे थोड़ी ज्यादा मेरे और घर के सब लोगों के शक्ल पर दिख रही थी। दादी की हालत तो मैं शब्दों में बयान नहीं कर सकती हूँ, पूरा आँगन सन्न!

उस समय, रोने के अलावा कुछ नहीं सूझा, मैं वहीं बुत बनी खड़ी रही और जोर से रोने लगी।

"अरे, अब इसमें रोने की क्या बात है, बच्चों का सब माफ होता है।" बाबा ने तुरंत कहा।

"हाँ, कोई बात नहीं। बस, अब तुम वहाँ से हट जाओ और मेरे पास आकर बैठो।" दादी की बातें सुन मेरे आँसू और तेजी से बहने लगे।

चाची भागकर गंगा जल ले आईं और फिर से वहाँ धोकर माँ ने फटाफट से चौका बना दिया।

मैं अभी भी सुबक रही थी, पर बुढ़िया दादी ने प्यार से मेरे गालों पर हाथ फेरते हुए बोला, "पगली अब तक रो रही है, देखो तो माँ ने पहले जैसा ठीक कर दिया, जादूगर जैसा।"

माँ सच में कोई परी है, जादुई डंडे वाली, कुछ कभी बिगड़ता नहीं की झट से ठीक कर देती है, सुबकती आँखों से माँ को देखती मैं सोच रही थी।

"बहुत अच्छे बड़ी बहू।" दादी को गुस्सा में ना देखकर माँ भी खुश थी।

मैं वहाँ बैठी-बैठी अपने पिछले साल की गलतियों में इतना डूबी हुई थी कि दादी की आवाज ही सुनाई नहीं दी। "अरे कहाँ खो गई? जरा कल से पानी तो लाओ, वहाँ पूजा का कलश धोकर रखा है।"

"अभी लाई दादी।" कहकर मैं अपनी पेपर वही छोड़, कलश तो उठा लिया, पर मन में यह डर था कि कहीं पिछले साल जैसी कोई गलती न दुहरा दूँ। "बस एकदम सँभल के जाना होगा मुझे, इस साल मैं फिर से गलती नहीं कर सकती हूँ।" खुद को कहा। पीछे मुड़कर देखा तो माँ की नजरें भी मेरी ही ओर थीं। मुझे अपनी ओर देखता देख माँ ने मुस्कुरा तो दिया पर जल्द ही फिर से झुककर वापस सेब काटने लगी, पर मुझे पता था कोने से माँ की आँखें मेरे ही ऊपर होंगी।

दादी ने मुझे ही क्यों बोला, चाची तो वहीं पर खड़ी थीं, वैसे इन सब कामों को धीरे और ध्यान से करने से गलती नहीं होती है और न ही कुछ टूटता ही है। खुद से बातें करते, सावधानी से पानी से भरा कलश लिए मैं दादी के पास पहुँची।

"अरे वाह, देखो तो कितने अच्छे से ले आई, जरा भी गिराया नहीं। शाबाश!" बुढ़िया दादी का 'शाबाश' घर में बहुत मायने रखता था।

बहुत ही अच्छा लगा मुझे सुनकर, माँ की तरफ इतराकर देख मैं अपनी जगह बैठ गई। "कभी-कभार गलतियाँ करना और उससे सबक ले अगली बार गलती न करना ठीक ही होता है।"

इस एकादशी पूजा में घर में रहने वाले लोगों के नाम पर मड़वा पर दादी कुछ बनाती थी, जो अब माँ बनाती है। मेरे पूछने पर माँ ने बताया कि घर की जितनी बहुएँ हैं, उनके लिए सिंधोरा (सिंदूर रखने वाला), लड़कों के लिए स्लेट-पेंसिल और घर की बेटियों के लिए काजल का कजरौटा बनता था।

"स्कूल तो हम भी जाते हैं, पर तुमने हमारे लिए स्लेट और पेंसिल क्यों नहीं बनाए?" मैंने माँ के बनाए हुए स्लेट को गिनते हुए कहा। वहाँ बैठे सभी मुझे देखने लग गए। बाल मुख से निकली ये बात कितनी बड़ी थी ये सब जानते थे।

मैं अभी भी माँ के जवाब का इंतजार कर रही थी। "ये ऐसे ही बनता आया है हमेशा से। जब ये पूजा शुरू हुई थी, तब घर में लड़कियाँ स्कूल नहीं जाती थीं इसलिए।" माँ ने मुझसे बिना नजरें मिलाए, नीचे देखते हुए कहा।

"ओह अच्छा, पर अब तो जाती है ना माँ लड़कियाँ स्कूल, तो अब बना

दो।" दीदी ने अपनी बात रखी।

वहीं बैठी दादी सारी बातें सुन रही थी। धीरे से कुर्सी से उठीं और माँ से बोलीं, "इसमें क्या है? घर में जितनी भी लड़कियाँ स्कूल जाती हैं, उनके लिए भी स्लेट बना दो बहू।"

"नहीं-नहीं कोई बात नहीं दादी, रहने दीजिए सालों से तो ये ऐसे ही बनता आया है ना, फिर हमारा इसमें बदलाव करना ठीक रहेगा क्या?" माँ ने झिझकते हुए पूछा।

"सब ठीक रहेगा, ये सारी प्रथाएँ हमने और हमारे पूर्वजों ने ही तो बनाई हैं, जिसमें समय और समाज के हिसाब से बदलाव लाना बहुत जरूरी है। नहीं तो समाज और हम आगे कैसे बढ़ेंगे?"

"चलो तुम हटो, मैं बनाती हूँ अपनी पोतियों के लिए कजरौटा के साथ स्लैट और पेंसिल भी। अब से हमेशा से ऐसे ही रहेगा, सुन लिया ना सब ने। मैं रहूँ या नहीं, पर लड़कियों की तख्ती और पेंसिल ये अब हमेशा रहेगी।" दादी ने हम लोगों के लिए भी भाइयों के जैसे ही बहुत सुंदर सी तख्ती बनाई, मैंने फिर से गिनती की और कहा, "अब ठीक है, बराबर-बराबर।"

पूजा अच्छे से संपन्न हुई और उसके बाद दादी ने सभी को टीका लगाया और फिर मिली हमें इस पूजा की खास प्रसाद, शकरकंद, केसौर और लड्डू। लड्डू वैसे चढ़ाए नहीं जाते थे, पर घर में सभी की पसंदीदा थी, इसलिए हर तीज-त्यौहार में मिठाई के नाम पर लड्डू भी जरूर मँगाया जाता था, देसी घी वाले।

"अरे हाँ, विश लिस्ट वाली बात तो बताई ही नहीं आपको।"

"सब अपनी पर्चियाँ लेकर यहाँ रख दें, मैं पूजा घर में रख दूँगी, भगवान पढ़ लेंगे। ध्यान रहे बच्चों, भगवान हमारी हरकतों पर नजर भी रखेंगे, इसलिए बदमाशी मत करना, हरी सब्जी, दूध और फल सब मिलेंगे खाने में और खाना छोड़ना नहीं है प्लेट में।" माँ और दादी ने असली मुद्दे की बात बताई। हम सब ध्यान से सुन रहे थे और सोच रहे थे, कोशिश करेंगे।

हम बच्चों के कागज रखने के बाद, देखा कि चाची भी एक कागज लेकर भागते हुए अपने कमरे से आईं, "चाची आपने भी बनाई है विश लिस्ट, बहुत अच्छा। माँ तुमने भी बनाई क्या?"

"हम्म बनाई तो है।"

"बहुत अच्छे, तुम सभी ने बनाई है। चलो तो सब अपना नाम भी डाल दो अपनी पर्चियों में।"

"लिख दिया है दादी।" हम सभी ने एक साथ कहा। माँ और चाची की आँखों में भी हमारी जैसी चमक और उत्सुकता थी, देखकर अच्छा लगा। बड़े भी कभी बच्चे बनते हैं तो अच्छा ही लगता है, मैंने मन में सोचा और जाकर माँ को प्यार से पकड़ लिया।

"चलो आओ तुम दोनों, आकर रखो यहाँ अपने कागज।"

"अब पूजा खत्म हो गई थी। दादी, इन सारी पूजा की चीजों को अंदर रख दूँ?" चाची ने पूछा।

"हाँ, रख देना, पर ठहरो जरा मैं भी तो रख दूँ अपनी विश लिस्ट।" दादी मुस्कुराती हुई बोली।

"अरे दादी आप भी।" हम सब आँखें बड़ी कर उनको देख रहे थे। हम बच्चे तो उछल-उछलकर तालियाँ बजाने लगे, मजा आ गया।

"तो और क्या। भगवान के सामने तो मैं भी छोटी ही हूँ।"

"बिलकुल!" पीछे से बुढ़वा बाबा हँसते हुए बोले।

"भगवान में विश्वास करना और उनके सामने अपनी बातों को रखना बहुत जरूरी है। भगवान सभी की सुनते हैं, अगर मन साफ और अपने ऊपर भरोसा हो तब तो और भी।" ऐसा कह दादी कपड़े बदलने चली गईं। वैसे दादी की विश लिस्ट सबसे ऊपर रखी थी और हवा के चलने से थोड़ी उड़कर खुल भी रही थी।

दादी की कागज को देखने की इच्छा हम सब को थी, पर बात तो पहले से तय थी- "कोई किसी की पेपर को नहीं देखेगा।"

"लगता है कागज पर कुछ बनाया है दादी ने। अरे ये तो इसी आँगन की ड्राइंग लग रही है!" तेज हवा से दादी का कागज खुल गया और दिखने लगा। आँगन, तुलसी चबूतरा, कुछ बड़े कुछ छोटे लोग सब एक साथ वही आँगन में बैठे बने थे। लोगों से भरा दादी के आँगन की यह इच्छा भगवान जी ने सुनी और पूरी भी की, पर ज्यादा लंबे समय तक नहीं।

आज मेरे घर के इस आँगन में इक्के-दुक्के लोग ही बस्ते हैं। आँगन के आधे हिस्से में तरह-तरह के फूल पौधे लगे हैं, जो अपने मौसम के हिसाब से खिलते

हैं और आँगन में खुशबू बिखेरते हैं। अच्छी बात यह है कि हमारी नहीं, तो आँगन फूलों पर बैठते भँवरों की गुंजन से ही गूँजता रहता है।

आँगन की याद तो बहुत आती है, पर अब हम सब भी मौसम की तरह ही कभी-कभी ही उस आँगन में जा पाते हैं।

रिजल्ट वाले 'समोसे'

आँगन में हल्की-सी रौशनी थी, लगता है जैसे सुबह हो गई हो। आज बिना माँ के आवाज दिए ही मैं उठ गई थी। ऐसा शायद ही कभी होता है, करवट बदलकर देखा, तो माँ-पापा दोनों ही अभी सोए थे।

"ये क्या! माँ तो अब तक सोई है और आँगन भी शांत है, क्यों भला? हमारे सुबह उठने के पहले तो आँगन में सब उठ जाते हैं, फिर आज क्या हुआ? माँ की तबीयत तो ठीक है ना? या मेरी तबीयत तो ठीक है न?" इतने सारे सवाल एक साथ कौंध रहे थे मन में। मैंने झटपट माँ का सिर हल्के से छूकर देखा, "चलो बुखार तो नहीं है।" सोचती हुई जब मैंने उलटे तरफ करवट बदला तो देखा, दीदी जागी है। वह जागी तो थी, पर बड़ी ही शांत आँखों से, ऊपर पंखे को देख रही थी।

मैंने अपने हाथों को उसके आँख के ऊपर हिलाकर पूछा, "क्या देख रही हो, दीदी?"

"आज शनिवार है।" दीदी ने ऊपर देखते हुए कहा।

"हाँ जानती हूँ, है शनिवार, तो क्या हुआ?" देखो तो, आज सब आराम से देर तक सोए भी हुए हैं। माँ को तो सोते हम शायद ही कभी देख पाते हैं। कितना शांत होकर सोती हैं ना माँ, उठते ही फिर भागदौड़ शुरू हो जाएगी।" मैंने वापस पलटकर माँ को निहारा और दीदी से कहा।

दीदी ने मेरी पीठ पर थपकी देते हुई बोला, "तुम भी ना!" कोई भी देर तक नहीं सो रहा है, घड़ी देखी है तुमने? अभी सिर्फ पाँच बजे हैं। आँगन में सब देर से नहीं, बल्कि हम जल्दी उठ गए हैं, काफी जल्दी।"

"सिर्फ पाँच ही बजे हैं, पहले क्यों नहीं बताया ? पूरी नींद खराब हो गई।" मैंने अफसोस करते हुए दुबारा सोने की कोशिश में चादर से अपने मुँह को ढक लिया। दीदी ने मेरी तरफ घूमकर फिर से अपनी आँखें चढ़ाईं और बोली, "आज वार्षिक परीक्षा के नतीजे वाला शनिवार है, पगली।"

"क्या, आज शनिवार है ? वह वाला, ओह ! अब मुझे समझ आया कि मेरा दिमाग सोने क्यों नहीं दे रहा है।" गंभीर होकर सोचने की नकल करते हुए मैं बोली !

"वैसे, तुमने तो अपना सारा दिमाग परीक्षा देने में ही निकाल दिया है, अब तो कुछ बचा ही नहीं होगा ना तुम्हारे पास, इसलिए बातें जल्दी समझ नहीं आतीं।" दीदी थोड़ा-सा परेशान थी, इसलिए मुझे ताना मार फिर से पंखे को देखने लगी।

"अब इतनी देर से तुम पंखे में क्या देख रही हो ?" मैंने उससे पूछ ही लिया।

"याद करने की कोशिश कर रही हूँ कि कौन-सी पेपर कैसी लिखी थी मैंने।"

"क्या बोल रही हो, उसमें कैसे दिखेगा ?" उसका यह अटपटा-सा जवाब सुन मुझे अजीब तो लगा पर पंखे में अपने बीते पेपर देखने की कोशिश मैंने भी की जरूर। एक-दो बार ध्यान लगाकर सोचने के बावजूद भी मुझे पंखे और उसके ऊपर चिपकी एक छोटी से मकड़ी के अलावा कुछ ज्यादा नहीं दिखा। समय की बारीकी और पंखे के ऊपर चिपकी छोटी-सी मकड़ी की मजबूरी को समझ 'जो बीत गई वह बात गई' वाली पापा के दोहे को चरितार्थ करना मैंने ज्यादा सही समझा और ज्ञान को बाँटते हुए कहा, "जो होगा देखा जाएगा, दीदी क्यों बेकार परेशान होती हो, छोड़ो भी।" कहकर मैंने उसकी आँख बंद कर दी और उसे तंग करने लगी। दीदी को थोड़ा तंग करना और ज्यादा हँसाना, मेरा पसंदीदा काम था।

"वैसे दीदी एक बात बताओ, ये परीक्षा वाला 'Parents Teachers Meet' हमेशा शनिवार के ही दिन क्यों होता है ?"

"जिससे रविवार के दिन हम परिवार के साथ बैठकर तय कर पाएँ कि आगे पढ़ाई कैसे करनी है, करनी है या नहीं और इस बार के परिणाम में क्यों नंबर कम आए, आदि-इत्यादि।" दीदी ने कहा।

"ओह!" धीमे से ओह के अलावा मेरे मुँह से और कुछ ना निकल पाया। अब इस बात पर ज्यादा कुछ बोलने या विचारने को रह नहीं गया था, इसलिए मैंने पंखे के ऊपर चिपकी मकड़ी को ही देखना सही समझा। जैसे मकड़ी धीरे-धीरे पंखे से छत पर गई वैसे ही देखते-देखते धूप की किरणें भी नभ से आँगन में उतरीं और हर दिन की भाँति सुबह की भाग-दौड़ शुरू हो गई।

आप तो सहमत ही होंगे कि परीक्षा की तैयारी करना, परीक्षा देना, परीक्षा के खत्म होने पर मजे करना और परीक्षा का परिणाम निकलना, ये चारों ही अलग बाते हैं। इन चारों का एक-दूसरे से कोई रिश्ता नहीं होना चाहिए। पर इस चेतावनी के बाद भी आप इसे एक-दूसरे से जोड़कर देखते हैं तो आपकी मर्जी, मैं क्या कह सकती हूँ। जहाँ तक मेरी बात है, मैंने तो इन चारों को अब तक अलग-अलग ही रखा है। गणित में सवाल का उत्तर गलत और बनाने का तरीका सही, या तरीका सही और उत्तर गलत के माया जाल में मैं सिर्फ कक्षा के दरवाजे तक ही फँसती, एक बार पेपर दे दिया तो हो गया, अब सोचकर क्या फायदा, अगले परीक्षा में देखा जाएगा।

वैसे, हम दोनों ही पढ़ाई में हमेशा से अव्वल थे, पर फिर भी परिणाम निकलने की चिंता होना स्वाभाविक है। सभी विषय का होना समझ में आता था, बस ये गणित मुझे कभी भी नहीं भाया, कितना भी Cos, Tan Theeta रट लो, जब भी सवाल हल कर किताब के पीछे लिखे उत्तर से मिलाओ, तो गलत ही होता था। पापा हमेशा कहते, "गणित रटने का नहीं समझने का विषय है।" पर ना गणित ने कभी मुझे समझा और ना मैंने कभी उसके नियमों या आकारों को समझने की कोशिश ही की। लिहाजा खींच तान कर इतनी ही दोस्ती थी की कभी भी मेरे रिपोर्ट कार्ड में लाल रंग नहीं लगा, टीचर ने हमेशा हिदायत दी- "वर्क हार्ड इन मैथ्स।" बाकी के सारे विषय मुझे अच्छे लगते थे और परिणाम भी अच्छा ही आता था। गणित के साथ मेरी डील थी, दसवीं के बाद ना मैं उसे याद करूँगी ना वह मुझे। बस तब तक का ही साथ था हमारा।

मेरे आँगन में पढ़ाई और खेल-कूद, में सब काफी रुचि लेते थे, आगे रहना सब को अच्छा भी लगता था। इसके बावजूद किसी की तरफ से भी हम पर पढ़ाई में अव्वल रहने का कोई दबाव नहीं था और पढ़ाई नहीं करने का हमारे पास कोई कारण भी नहीं था। इसलिए हम सब बहुत मन से पढ़ाई करते थे और

दीदी तो डॉक्टर बनने की चाह भी रखती थी। वैसे, मुझे भी कम ना आँकें इन बातों में, मुझे अच्छे से पता था की अभी भविष्य की चिंता करने का मेरा समय नहीं आया है, जब आएगा तब देख लेंगे।

"उठो तुम दोनों, जल्दी से तैयार हो जाओ, पापा बस नहाने ही जा रहे है।" माँ ने पंखे को बंद करते हुए कहा।

"तुम भी स्कूल चलोगी ना माँ?" मैंने पूछा।

"हाँ सोच तो रही हूँ, थोड़ा जल्दी भी हो जाएगा सब, हम दोनों जाएँगे तो।" माँ तुम मेरे क्लासरूम में चलना, पापा दीदी के क्लास में चले जाएँगे। और वैसे दीदी, तुमको पापा को कुछ दिखाना भी तो था ना, वह साइंस का सवाल, इसलिए तुम पापा को लेकर जाना।"

"माँ, मुझे तुमको वह गणित वाला सवाल भी तो दिखाना था।" किसी के कुछ भी बोलने के पहले मैंने सारी योजना बना ली थी, पापा के जगह माँ जाए मेरे साथ। माँ गणित विषय में काफी अच्छी थी, उनकी रुचि का विषय था इसलिए माँ मान गईं।

परीक्षा में पास हो गई तो दीदी 7th में और मैं 6th में जाने वाली थी और भेंट में पापा-माँ की तरफ से दीदी को घड़ी और मुझे बैडमिंटन रैकिट भी मिलने वाली थी। "दीदी तुम मुझे भी अपनी घड़ी दोगी ना पहनने को?" मैंने प्यार से पूछा।

"हाँ! पर कौन-सी घड़ी?"

"अरे, भूल गई? मिलेगी ना हमें उपहार में। मैं तो बहुत उतावली हो रही हूँ, अपने हाथों को आपस में रगड़ते हुए मैंने कहा। पहले नतीजा तो देख लो।" गणित में पास हो या फेल, दीदी ने मुस्कुराकर छेड़ते हुए कहा।

"कभी हुई हूँ फेल जो इस बार होऊँगी? तुम बस अपनी घड़ी मुझे भी पहनने देना, ठीक है?"

"नहीं, मतलब वही मैं कह रही थी, थोड़ा रुककर उपहार की बात करते हैं पापा से, मेरी प्यारी बहना।"

"हम्म, ठीक है।" मैंने स्वीकृति दी।

मेरे आँगन से, कोई परीक्षा देने जाए या उसका परिणाम लेने, इसका एक बहुत लंबा कार्यक्रम चलता था। पता नहीं ये सिर्फ मेरे ही आँगन की खासियत

थी या दूसरों के यहाँ भी होता होगा? मैं अक्सर सोचती थी। तो होता कुछ यूँ था कि परीक्षा के एक रात पहले हम अपना स्कूल बैग और पेंसिल बॉक्स तैयार कर मतलब पेन, पेंसिल, स्केल, इरेजर, शार्पनर सब अच्छे से रखकर सोते थे। सुबह जो भी पहले उठता, उस पेंसिल बॉक्स को उठाकर मंदिर में जहाँ, लक्ष्मी माँ, सरस्वती माँ सब होती थी वहाँ रख देता। फिर, स्कूल निकलते समय दादी या जो भी कोई पूजा घर में होता था, वह हमें हमारा समान देवताओं के पास से उठाकर देता था। इसके बाद हम साप्ताहिक दिन के हिसाब से उस दिन की जत्रा लेते थे। बिहार में 'जत्रा' लेने का मतलब होता है, उस खास दिन के हिसाब से घर से निकलते समय कुछ ऐसी खाद्य सामग्री का सेवन किया जाए जिसका उस साप्ताहिक दिन के हिसाब से खास महत्त्व है। निकलने से ठीक पहले उसका सेवन करने से काम अच्छा और सफल होता है। ऐसी मान्यता है। कई और प्रदेशों में लोग दही गुड़ खाकर निकलते हैं, पर हमारे यहाँ हर दिन कुछ अलग होता है, जैसे कभी राई, कभी अदरक। माँ इसको एक दोहे के रूप में याद रखती हैं–

"रवि मुख दर्पण, सोम मुख पान, मंगल के मेवा, बुध मिष्ठान।
बृहस्पत के दही, सुक के राई, शनि नहा के अदरक खाई।"

परीक्षा के दिन पास आते हम सोचने लगते किस दिन क्या जत्रा मिलने वाली है। राई खाने में बहुत कड़वी लगती इसलिए हम उसको अपने पेंसिल बॉक्स में डाल लेते थे। इन चीजों के साथ हमें भगवान के ऊपर से उतारे फूल भी मिलते थे। मैं उन फूलों को कई दिनों तक सँभालकर अपने बॉक्स में रखती थी, फिर सूख जाने पर मिट्टी में डाल देती। आज भी घर जाती हूँ, तो वापस आने समय माँ वैसे ही हमें देवी माँ के ऊपर से फूल उतारकर देती हैं।

अपनी कलम मंदिर में रखने की प्रथा के पीछे मानना यह था कि देवी-देवता अपना आशीर्वाद हमारे पेन, पेंसिल में डाल देते हैं और जब हम उससे परीक्षा लिखेंगे तो जवाब सही होने की उम्मीद काफी प्रबल होती है। यह बात वैसे, पूरे मुहल्ले में भी काफी विख्यात थी कि हमारे आँगन की देवी माँ ज्ञान की भंडार हैं। इसलिए, प्राय: ही हमारे पूजा घर में किसी-न-किसी की मेहनत और आशाएँ रखी रहती थीं। भगवान उसकी मेहनत के हिसाब से फल देने में कभी कोई कोताही नहीं करते थे। पापा से जब भी हमने इस बारे में बात की, उनकी बातों में भगवान

पर विश्वास करने के साथ ही अपनी मेहनत पर विश्वास करने की शिक्षा ज्यादा रहती थी। "तुम जितनी मेहनत करोगी, फल उतना ही मिलेगा, वैसे कभी-कभार थोड़ा ज्यादा आशीर्वाद भी मिल जा सकता है।" पापा की इस बात का असर हमारे दिमाग पर काफी हुआ था। जब भी पढ़ाई से ध्यान हटता तो, पापा की बात कानों में गूँजती थी और फिर पढ़ाई शुरू। इस एक्स्ट्रा आशीर्वाद की चाह में हर बार थोड़ी और ज्यादा मेहनत करते थे। मतलब कुल मिलाकर आपकी मेहनत+भगवान की पारखी नजर और आशीर्वाद+बड़ों की शुभकामना = परीक्षा में सफलता। पर, एक भावना जो हर सफलता-असफलता आदि से परे थी, वह था 'माँ का प्यार', जो परस्पर बरसता रहा। कोई शर्त नहीं कोई शिकायत नहीं, हर दिन एक समान। शायद इसलिए पापा कभी-कभार सख्ती कर भी देते थे, क्योंकि उनको पता था की माँ और उनकी ममता का आँचल हमें सँभाल ही लेगा।

सही समय पर सख्ती और सही समय पर प्यार दोनों ही एक कोमल बचपन, चंचल यौवन और परिपक्व इंसान के जीवन में बहुत महत्त्व रखती है।

परीक्षा के दिन सुबह की भाग-दौड़ के बारे में मैं क्या बताऊँ, सुबह जल्दी तैयार होकर, हम सब देवी-देवताओं और बड़ों को प्रणाम कर उनका आशीर्वाद लिए बिना नहीं जाते थे। इन सब में करीब आधे घंटे का समय लग ही जाता था, वह भी अगर हम जल्दबाजी करें तो। कोई छत पर कपड़े डाल रहा हो, तो नीचे आँगन से प्रणाम करना। कोई नहा रहा हो तो बाहर से, 'हम परीक्षा देने जा रहे हैं, देर हो रही है' की आवाज लगाते और उसके बदले 'हाँ, आशीर्वाद है, जाओ' की अस्पष्ट-सी आवाज आती, जैसे साबुन लगी हो चेहरे पर। समय कितना बचा है, उस हिसाब से किसी को गरदन हिलाकर प्रणाम, किसी को हाथ जोड़कर। इन आशीर्वादों का पिटारा पूरे आँगन से समेटकर, हम सरपट भागते थे स्कूल। साल भर की मेहनत और ढेर सारे आशीर्वाद ले मनोबल 100/100 का होता था। 'जो होगा देख लेंगे' वाली भावना होती थी।

वैसे इन प्रथाओं को मैं आज भी मानती हूँ और अपने बच्चों में भी इनको जीवंत रखा है। परिणाम जो भी हो आत्मविश्वास और भगवान पर विश्वास, सफलता की कुंजी है। इस जीवन के सफलता की कुंजी को पाना और उसको सही दिशा में घूमना दोनों ही बहुत जरूरी है।

यहाँ मेरे आँगन में परीक्षा परिणाम लेकर हमारे आने का इंतजार सभी को

होता था।

"दादी बाबा, हम वापस आ गए।" बाहर देहरी से ही आवाज लगाते हम अंदर आँगन तक पहुँचे। हम दोनों के हाथ में अपनी रिपोर्ट कार्ड थी।

"क्या हुआ, परिणाम ?" किसी ने छत से आवाज लगाई, तो किसी ने किचन से, कोई प्याज काटते हुए आँसू भरी आँखों से देख रहा था, तो कोई कमरे से झुककर पूछ रहा था। हम भी बीच आँगन में मड़वा पर कूद-कूदकर खुशी जाहिर कर रहे थे।

"अरी बता तो पास हो गई ना तुम दोनों, जल्दी बोलो फिर पान डालूँगी मुँह में। कब से हाथ में रखा हुआ है मैंने।" दादी ने कहा।

"हम पास कर गए।" मेरे बोलते ही चौके से कुकर में डाली दाल ने सीटी बजाई और पूजा पर बैठी दादी ने मंदिर की घंटी- "जय देवी माँ, सब आप की ही कृपा है।" दादी ने साड़ी का आँचल हाथ में लेकर भगवान को धन्यवाद देते हुए बोला, "उनको भोग लगाने के लिए रसगुल्ला पहले से ही मँगवा कर रखे थे।"

"चंदा मामा (मिठाई दुकान) का रसगुल्ला! वाह!"

"जरा तुलसी पत्ता तो ले आओ। पहले भगवान को भोग लगा लूँ, फिर तुम दोनों का मुँह मीठा करूँगी।" दादी खुश थीं। घर में इतने लोग थे कि एक बड़े मिट्टी के हाँडी से भरा रसगुल्ला पल में खत्म। अब तो पाँच रसगुल्ले भी ले आओ तो बच जाते हैं। मुझे याद नहीं, बचपन में कोई भी ऐसी खास खाने की चीज बच गई हो। हाथों-हाथ गरमा-गरम खाना खत्म हो जाता था।

"मुझे आज रसगुल्ले के साथ समोसा भी खाने का मन था। चंदा मामा दुकान के समोसे कितने बड़े और स्वादिष्ट होते हैं।" मैंने और दीदी दोनों ने आपस में बातचीत की, पर दीवार पर टँगी घड़ी के समय ने साथ नहीं दिया। "कोई फायदा नहीं ये लालच कर के, दोपहर के खाने का समय होने ही वाला है, इसलिए पापा माँ तो बिलकुल नहीं मानेंगे।"

"पर आज मैंने भी मन बनाया है दीदी कि खिचड़ी नहीं खाऊँगी।" मैंने दिमाग दौड़ाना शुरू किया और दादाजी के पास जाकर कहा, "आपको पता है दादाजी, दीदी ने साइंस में पूरी क्लास में सबसे ज्यादा नंबर लाए हैं।"

"अरे वाह! बहुत बढ़िया, डॉक्टरनी बनेगी मेरी पोती। और तुझे गणित में कितना आया ?"

"मुझे! मुझे पिछली बार से 10 नंबर ज्यादा, पूरे 70 आए हैं दादाजी।"

"अरे फिर तो समोसा बिलकुल बनता है।" दादाजी ने अपने-आप ही बोल दिया। हमारी बाँछें खिल गईं, पर माँ से डाँट सुनने का मन कतई नहीं था, इसलिए उदास शक्ल में बोली, "मेरा मन तो बहुत है खाने का, दादाजी, पर माँ ने खिचड़ी बनाई है, बरबाद हो जाएगी। आपको तो पता है न, शनिवार वाली खिचड़ी से माँ और दादी को कितना लगाव है।"

"अरे छोड़ो, तुम लोग रात को खा लेना वही खिचड़ी, मैं बहू को बोल देता हूँ।"

दादाजी को भी समोसे बहुत पसंद है, पर खाना मना है, दादी के तरफ से, वैसे हमारे लिए माँगने में कोई मनाही नहीं। उन्होंने झट से पॉकेट से पचास रुपये निकाले और कहा, "जाओ जाकर चाचा को बोलो, दादाजी ने गरम-गरम समोसे मँगवाए हैं, इमली की चटनी के साथ।"

"वाह! मजा आ गया।" हमारे मुँह में पानी तब तक आता रहा जब तक सुंदर बड़े उन समोसों को चटनी में डूबोकर मुँह में ना लिया हो। छनी तली चीजों में इतना स्वाद कहाँ से आता है, पता नहीं। दादी की परिभाषा के हिसाब से, समोसे, चाट, मिठाइयाँ, तले पकोड़े, यह सब ऊल-जलूल चीजें हैं और वह दादाजी के ऊपर बराबर नजर भी रखती थीं। पर तीन महीने में एक बार खाया समोसा, वह भी पोतियों की मेहनत के परिणाम का ऊल-जलूल कैसे हो सकता है। यही सोचकर, हम दोनों ने अपने समोसे में से आधा दिया था उनको, जो कुल मिलकर हो गया एक बड़ा समोसा। ये राज की बात तो हम तीनों ने मन में ही रखी थी। शायद राज रह भी जाता अगर दादाजी की कमजोर पेट और कमरे में गिरी समोसे की मटर ने हमारा साथ दिया होता। पेट भर समोसे खा हम तो जाकर सो गए, पर दादाजी के रूम में हो रहे सवाल-जवाब ने बाकी किसी को भी सोने नहीं दिया। अंतत: अजवाइन पानी ने दादी के गुस्से और दादाजी के पेट को शांत कराया। हम जब सोकर उठे तो दादाजी ने सारी कहानी फुसफुसाकर सुनाई। सजा के तौर पर आज रात और कल दोपहर तक उनको सिर्फ कद्दू की हल्की सब्जी ही मिलेगी खाने में।

"ये समोसा तो बहुत महँगा पड़ा।" गाल पर हाथ रखकर आँगन में रखे समोसे के खाली पैकेट को देखते हुए मैंने दीदी को कहा। "सब दादाजी के पेट

की गलती है, एक समोसा हजम नहीं कर पाई। चलो, छोड़ो अब कर भी क्या सकते हैं।"

इधर हमारे स्कूल का नया साल दो तीन दिन में शुरू होने वाला था। नई किताबें, नई क्लास रूम और नई क्लास टीचर। मतलब एक बार फिर से सब शुरू करने का मौका। एक उम्र तक जिंदगी भी हर कुछ दिन के बाद एक नए सिरे से शुरुआत करने का मौका देती है। और, यही जिंदगी एक उम्र के बाद मौका दे या ना दे, हमें दिखाई नहीं देता, दिखाई देती है भी तो सिर्फ एक नई शुरुआत करने में लगने वाली मेहनत। बचपन ही अच्छा था, जब हम सही-गलत सोचने से ज्यादा बिना हताश हुए नतीजा गलत होने पर भी, मेहनत शुरू से शुरू करने में विश्वास करते थे। सफलता-असफलता का ज्यादा प्रभाव नहीं पड़ता था, हम खुश रहते थे कि हमने कोशिश की, बस। वैसे, जीने का मूलमंत्र तो अभी भी वही है, बस खुद पर विश्वास करने वाली एक आवाज चाहिए, या वह आपकी हो, या किसी आपके अपने की।

बचपन की बात करें तो, नया क्लास शुरू होने के कुछ दिनों तक हम इस नए जोश में रहते हैं कि किताबें गंदी नहीं करेंगे, कॉपी के पीछे वाले पन्ने पर 'Tick Tac To' नहीं खेलेंगे, सारे पाठ टीचर के पढ़ाने के पहले ही पढ़ लेंगे, ताकि क्लास में जवाब देने में हाथ सबसे ऊपर उठा सकें और टीचर पर अपने 'होशियार बच्चे' की छाप छोड़ जाएँ। वैसे साल के 3-4 महीने होते-होते ये सब भावनाएँ बहुत प्रबल नहीं रहती।

"और ठीक ही तो है। कौन-सा ये आखिरी साल है अभी तो सालों पढ़ाई करनी है।" ये मेरा जवाब था दीदी को, जब उसने मुझे इस साल गणित में खास मेहनत करनी की सलाह दी।

कल सुबह से लेकर रात तक सभी ने आँगन में बैठकर नए किताबों में कवर चढ़ाए और हम स्कूल के नए साल के लिए उम्मीदों और आकांक्षाओं की नई संभावनाओं के लिए तैयार हो गए। एक दिन जब स्कूल से घर लौटे तो देखा कि आँगन में काफी सारे आलू रखे हैं। बस्ता किनारे रखकर हम भी सोचने लगे, अभी होली तो नहीं, जो आलू का आचार बनेगा, फिर?

"अरे आ गए तुम लोग? कैसा रहा पहला दिन?"

"अच्छा रहा माँ, मेरी सबसे पसंदीदा टीचर मेरी ही क्लास टीचर हैं।"

"अरे वाह! बहुत अच्छे और तुम्हारा?" माँ ने दीदी से पूछा।

"अच्छा है माँ, मेरी भी क्लास टीचर काफी अच्छी लगीं, नई आई हैं, केरल से। पर इतने आलू क्यों आए हैं?"

"आलू की चिप्स बन रही है, नाश्ता के लिए। चाचा की शादी की बात के लिए कई लोग आते रहते हैं न, तो उनके नाश्ता के लिए घर के चिप्स।"

"अरे वाह! जब भी तलेगी तो हमारे लिए भी थोड़ा-सा निकाल दीजिएगा ना मंजू माँ, हमें बहुत पसंद है ये।"

"बिलकुल, बाबू बस बनने में थोड़ा समय लग जाएगा, सबसे पहले आपको ही दूँगी।"

"मेहनत करने से सब अच्छा ही होता है ना माँ?" दीदी ने पूछा।

"हाँ! मेहनत करना तो मूल है, पर उसके अलावा भी काफी कुछ मायने रखता है। किसान के सिर्फ खेत में हल चलाने से फसल अच्छी नहीं होती, बल्कि मिट्टी की उर्वरता को देखते हुए सही मौसम में सही बीज के चुनाव से, समय पर खाद और कीटनाशक डालने से। इन सारी मेहनत के बाद जो फसल होती है, वही सही मेहनत की उपज होती है।"

"हाँ, जैसे ये आलू के पीछे इनको उगाने वाले किसान की और अब मंजू माँ की मेहनत लग रही है। माँ दादाजी कहाँ है?"

"अपने कमरे में।" माँ ने खाना निकालते हुए कहा।

"पता नहीं, आज क्या खाया होगा उन्होंने! उन्हें लौकी की सब्जी बिलकुल अच्छी नहीं लगती है। बेचारे एक समोसे की सजा तीन समय की लौकी।" हम दादाजी के बारे में सोचकर परेशान हो रहे थे।

"जल्दी-जल्दी खाना खत्म करो, आज खीर बनी है।" दादी ने कहा।

"खीर वाह! थोड़ी दादाजी भी खाएँगे क्या?"

"अम्मा ने ही बनाई है, पूछो जाकर।" छोटी दादी सलाह दी। हम अपनी खीर लेकर कमरे में दबे पाँव गए। पलंग के एक छोर पर दादी दूसरे पर दादा और उनके बीच में ना दिखाई देने वाला समोसा और उसका मटर, मतलब दोनों में बातचीत बंद थी। "हमें उनको समोसा नहीं देना चाहिए था दीदी।" सारी गलती हमारी ही है।"

"सच कहा, सामने बैठकर खाने से लालच तो किसी को भी आ जाएगा।"

दीदी ने खीर से भरे मुँह से कहा।

"मेरा तो फिर से खाने का मन करने लगा, समोसा।" मुँह में आए पानी को मैंने घोंटते हुए कहा।

"पहले एक समोसा निपटा लें, फिर दूसरा भी खा लेंगे। चलो अभी अंदर।"

दादी के और उनके कमरे का मिजाज आज थोड़ा अलग था। बाबा अपने जमाने के चर्चित वकील थे और दादी ने भी सिर्फ वकालत की डिग्री नहीं ली थी, बाकी सारे दाव-पेंच में माहिर थीं। हर बार सबूत के साथ तर्क तैयार रहता था। भगवान ने भी चुनकर बनाई थी इनकी जोड़ी। वैसे इनका झगड़ा कभी भी ज्यादा लंबा नहीं चलता था, पर थोड़ा-बहुत गुस्सा और नाराजगी हर दूसरे-तीसरे दिन जरूर होती थी।

"दादी, ये खीर बहुत अच्छी बनी है, पर आपने आज क्यों बनाई, आज तो कोई त्योहार नहीं है, फिर?" मैंने पूछा।

"ऐसे ही बस मन किया, इसलिए बना दिया।" दादी ने आँख बंद रखकर ही कहा।

दादी के हाथ की खीर सबसे ज्यादा दादाजी को पसंद है। दादी को खाना बनाना कुछ खास भाता नहीं था, मन किया तो बनाया नहीं तो नहीं। पर कुछ खास मौकों, जैसे जन्म दिन या शादी की सालगिरह पर वह कुछ-ना-कुछ जरूर बनाती थी। वैसे आज ये खीर क्यों बनी है, ये बात थोड़ी समझ आ रही थी।

"अच्छा दादी, हम तो सिर्फ यही बोलने आए थे की खीर बहुत अच्छी बनी है, सोचा, दादाजी को भी चखने को देंगे, पर रहने देते हैं, क्या जरूरत है।" ये कहकर हम वहाँ से जाने के लिए पलंग से उतरने लगे, इस उम्मीद में कि दादी जरूर रोकेंगी।

दादी तुरंत पलटीं, "अरे इसमें क्या है, चाहो तो दे दो, वैसे भी तुम लोग सब तो देते ही रहते हो दादाजी को। फिर ये तो घर की बनी खीर है, इसको खाने में क्या हर्ज भला?"

दादाजी अब हमारा नाटक समझ गए थे, इसलिए वह भी पीछे नहीं रहे। "नहीं रहने दो, अब मैंने भी तय किया है, जो कुछ भी मुझे पसंद है नहीं खाऊँगा। लौकी की सब्जी ही खाऊँगा, बुढ़ऊ हो गया हूँ ना मैं।"

बात यह थी कि दादी ने समोसे वाली बात की नाराजगी में दादाजी की बढ़ती

उम्र और उससे जुड़े शारीरिक परेशानियों को लेकर कुछ बोल दिया था, जो दादाजी को बुरी लग गई थी और अब वह उन्हीं बातों में खुद को बुढ़ऊ बताकर दादी को ताना मार रहे थे। पर दादी भी चुप नहीं रहीं, लगा जैसे दोनों ही काला कोट पहनकर एक-दूसरे के सामने बहस में मुखातिब हैं, "अरे मैं क्या अपने लिए बोलती हूँ, आपके ही सेहत के लिए बोला था। उम्र वाली बात में गलत ही क्या है? उम्र तो बढ़ ही रही है न हमारी। पर, मैंने बुढ़ऊ नहीं बोला था आपको।" दादी ने अपना पक्ष रखा।

दादाजी ने अब अपनी अखबार नीचे रख दी थी, "हाँ उम्र तो बिलकुल बढ़ रही है, पर क्या, मैंने तुम्हें कभी इसका एहसास दिलाया? मैंने तो हमेशा तुमको यही बोला कि तुम अभी भी वैसी ही लगती हो जैसी पचास साल पहले, मेरी मधुबाला जैसी।" कहकर दादाजी मुस्कुराए। मधुबाला की बात पर दादाजी की मुस्कुराहट छुपाए नहीं छुपती थी।

दादी थोड़ा भड़कते हुए बोलीं, "मेरी मधुबाला? मधुबाला आपकी कब से हो गई? जरा मैं भी तो सुनूँ... और वैसे भी वह सिर्फ दिलीप कुमार के साथ ही अच्छी लगती है।" इतना कहना था कि दोनों ही खिलखिलाने लगे।

"जय दिलीप कुमार! जय मधुबाला!" जब भी इनका जिक्र होता है, दादी-दादा के बीच झगड़ा पल भर भी नहीं टिक पाता। कहाँ ये झगड़ा समोसे से शुरू होकर अब दिलीप कुमार-मधुबाला पर खत्म हुआ। दादाजी ने पान का डब्बा मँगवाया और दादी के लिए मीठा पान बनाने लगे, मतलब अब कड़वे झगड़े पर पान की मिठास रंग लाएगी।

लीजिए आप पान खाइए, दादाजी ने दादी को पान पकड़ाई। दादी सिर्फ उनकी बनाई पान ही खाती थी और झगड़े के कारण उन्होंने भी पान नहीं खाई थी! दादी ने खुशी-खुशी पान लिया और हमें दादाजी के लिए खीर लाने भेजा। हम तो इंतजार ही कर रहे थे, सरपट भागे किचन में।

"माँ, दादाजी और दादी अभी चाय नहीं पीएँगे, अंदर हम खीर और पान की पार्टी कर रहे हैं। आखिरी सीन चल रहा है, देखना है तो आ जाओ।" मैंने चाय बनाने के लिए दूध निकाल रही माँ को कहा।

"हो गई दोस्ती?" खुश होते हुए माँ न पूछा।

"हाँ हो गई, इसी खीर ने कराई है सुलह। समोसे ने कराया झगड़ा और खीर

ने कराई दोस्ती। क्या बात है!" पापा ने कहा।

"खीर बनाई तो आपके ही लिए थी, सोचा था रात को दे दूँगी।" खीर की कटोरी देते हुए, दादी ने दादाजी से कहा।

"एक दिन और बना दीजिएगा, तीन बार लौकी की सब्जी खिलाई है आपने मुझे।" उनकी बातों पर हमें हँसता देख दादी ने बोला, "तुम दोनों बदमाशों को भी मिलेगी लौकी के समोसे। बहू को बोलती हूँ बनाने।"

"क्या समोसे लौकी के भी बन सकते हैं? हे भगवान! ये लौकी तो सर्वगुण संपन्न है।" मैंने बुआ दादी की नकल करते हुए कहा।

दादी अपनी हँसी दबाते हुए बोलीं, "बड़ों की नकल नहीं करनी चाहिए।"

"नकल कहाँ दादी, मैं तो याद कर रही हूँ उनको, अभी आती ही होंगी, शाम की रामायण के पाठ और उसके बाद की इलायची वाली चाय के लिए, पाँच बजने ही वाले हैं।"

ठीक तभी- "बहू, रामायण पाठ शुरू हो गई क्या?" बुआ दादी की आवाज आई आँगन से।

"आ गईं, दादी! हम भी बस आप ही को याद कर रहे थे, बड़ी लंबी उम्र है आपकी भी।" हमने मुस्कुराकर कहा।

बुढ़िया दादी भी अपना हाथ-पैर धोकर, चोटी बनाकर, लाल बड़ी बिंदी लगाकर, तैयार हो गई थीं, शाम के नित्य रामायण पाठ के लिए। आज भी लाल रंग के कपड़े में लिपटी रामचरितमानस की कई चौपाइयाँ दादी की ही आवाज में गूँजती हैं कानों में और ले जाती हैं फिर से उसी आँगन में जो अब मेरे घर में तो नहीं दिखता पर मेरे मन में जरूर रहता है।

मंगल भवन अमंगल हारी द्रबहू सुदशरथ अचर बिहारी
राम सिया राम सिया राम जय जय राम
होSSS, होइहै वही जो राम रचि राखा...

जब शाम में रामायण की चौपाइयों का पाठ होता तो मन इतना शांत हो जाता कि हम बिन बुलाए ही वहाँ आकर बैठ जाते थे। रामायण ग्रंथ रखने के लिए दादी के पास एक खास शीशम की लकड़ी से बना स्टैंड था, जिस पर बहुत सुंदर नक्काशी की हुई थी। आँगन के लाल रंग के कपड़े में सजी तुलसी

जी के चबूतरे पर जलता दिया और सामने के बरामदे में दरी पर बैठी रामायण गाती दादी, ये सब यादों में आज भी उतना ही सजीव लगता है। अगरबती की पवित्र सुगंध, दीये की चमकती लौ और रामायण की उन चौपाइयों ने आँगन के हर कोने को सींचा है। उस घर की मिट्टी आज भले ही कई शहरों, कई देशों में चली गई है, पर उस मिट्टी में जो नमी और उर्वरता है, वह आज भी उन दिनों जितनी ही है और हमेशा रहेगी।

आँगन की 'दुर्गा'

अक्तूबर की हवा में घुले पारिजात के फूलों की सुगंध में कुछ खास बात होती है। ये हमें पास आती 'दुर्गा पूजा' की सुगबुगाहट का आभास दिलाती हैं। इसकी खुशबू से रात में हमारे आँगन की खूबसूरती और सुकून दोनों ही दोगुनी हो जाती थी। मौसम काफी सुहाना होता था, इसलिए आँगन में बैठने के लिए हम सब रात का खाना थोड़ा जल्दी खाकर, अपनी 'मंडली' जमाते थे। जरा सोचिए, लालटेन की रौशनी के बीच चटाई पर सजे लूडो के खेल के निर्णायक मोड़ पर, जहाँ आपको पासे में सिर्फ एक आने का इंतजार हो और इसी बीच खेल को वहीं छोड़ आपको बुढ़िया दादी के लिए उनके प्रिय कैलेंडर 'ठाकुर पंचांग' को लाने जाना पड़े तो आप कैसा महसूस करेंगे?

जाएँगे, है न?

और मान लीजिए वापस आने के बाद, वहाँ न लूडो का बोर्ड दिखे और न ही गोटियाँ, तो अब आप क्या करेंगे? ढूँढेंगे, है न? मैंने भी यही किया। लूडो को वहाँ ना देख, मेरे साथ खेलता और अब हारने ही वाले मेरे भाई की खुशी का ठिकाना नहीं रहा।

"अरे लूडो कहाँ गई?" करीब दो बार और पूछने के बाद वहीं बैठे बातचीत में लगे लोगों को मेरी आवाज सुनाई दी, "माँ लूडो कहाँ गई?"

"अरे! यहीं तो थी अभी।" माँ ने इधर-उधर देखते हुए बोला, "यहीं तो खेल रहे थे तुम दोनों।"

"हाँ, वही तो, पर अब नहीं है यहाँ।" मैंने थोड़ा चिढ़ते हुए कहा।

"हम सब तो यहीं हैं उस समय से, सिर्फ बुआ आई हैं अभी-अभी।" चाची

ने बुआ की ओर देखते हुए कहा।

बुआ दादी वहीं नीचे बैठी थी। हमने मुड़कर देखा। "अरे यहीं तो खेल रहे थे हम, जहाँ बुआ दादी बैठी हैं, पक्के से उनके नीचे ही होगी बोर्ड।" मैंने उनकी तरफ देखकर कहा।

बुआ दादी को कुछ समझ नहीं आ रहा था कि हो क्या रहा है। उनके हाथ में नारियल की बर्फी और अमावट से भरी दो स्टील की कटोरियाँ थीं और मेरी लूडो की अचानक पनपी समस्या को देख चेहरे पर कुछ बहुत तीखा खाने का भाव था, "अरे मैं तो बस अभी ही आई हूँ।" उन्होंने सकुचाते हुए कहा।

बुआ थोड़ी भारी शरीर की थीं और गठिया का दर्द भी परेशान करता था, इसलिए थोड़ी देर भी खड़ी नहीं रह पाती थीं। सब की चुप्पी के बीच माँ को मामला समझते देर नहीं लगी और लगभग कूदते हुए बोली, "बुआ, अँधेरा है ना, आपको ध्यान नहीं गया होगा, यहाँ इनकी लूडो रखी थी, मैं देख लेती हूँ, आप जरा थोड़ा-सा खिसक जाएँ बस।" माँ ने जल्दी से सब ठीक करना चाहा।

जैसे मैं माँ की मदद के लिए आगे बढ़ने लगी तो माँ ने मुझे घूरकर देखते हुए कहा, "मैं कर रही हूँ ना, तुम वहीं रुको।" कहकर दूर रहने का इशारा किया।

"मेरी क्या गलती इसमें, अब कोई बैठ गया है तो बोलूँगी न मैं!" मैंने धीरे से बुदबुदाया, जिसे सुन दीदी ने चुप रहने का इशारा किया।

मैं वहीं से झुककर देखने लगी। जैसे बुआ थोड़ा उठीं तो उनके नीचे चिपककर 'सिसकती गोटियाँ', 'गेम बोर्ड' और 'मेरी जीत', तीनों ही दबी मिलीं। मैं सन्न रह गई, कुछ बोल पाती इसके पहले ही माँ ने मेरे मुँह में नारियल की बर्फी डालना ज्यादा सही समझा।

"कोई बात नहीं है, बाकी का खेल हम कल खेल लेंगे।" चाची ने बोर्ड और गोटियाँ समेटते हुए कहा। ठीक उसी समय लाइट भी आ गई और लगा जैसे आँगन का बल्ब ठहाका लगाकर हँस रहा हो। इतनी तेज रौशनी थी कि सब कुछ साफ दिखने लगा, मेरी रोने वाली शक्ल भी।

"अरी मुझे बिलकुल दिखाई नहीं दिया ये लूडो का बोर्ड यहाँ, नहीं तो बिलकुल नहीं बैठती!" अफसोस करती बुआ दादी ने कहा।

"कोई बात नहीं, दादी।" प्यार भरी मेरी आवाज को सुन माँ को लगा जैसे मीठी बर्फी का असर मेरे जबान पर भी हुआ है। "वैसे बर्फी काफी अच्छी बनी

है, बुआ दादी, थोड़ा अमावट भी दीजिए न।" मेरे मीठे शब्दों को सुन माँ को अपने कानों पर यकीन नहीं हो रहा था।

"हाँ-हाँ लो न, बस घर बैठी अभी बना ही रही थी, तुम लोगों की आवाज सुनाई दी, तो देने चली आई।"

"बहुत ही अच्छा किया बुआ दादी आप चली आईं और आकर यहाँ बैठीं।" मैंने लूडो की जगह पर इशारा करते हुए कहा। वैसे माँ को मेरी शांत बातों में एक तूफान का अंदेशा तो हो ही गया था।

"वैसे बर्फी बनी तो अच्छी ही है, पर लूडो की मेरी जीत की मिठास से ज्यादा अच्छी नहीं।" मैंने चिढ़कर जवाब दिया और अपने कमरे में चली गई। मेरे पीछे माँ और चाची दोनों मेरी बातों की रफू करने में लग गई।

"बहुत ही अच्छी बनी है बुआ, आप कैसे इतनी अच्छी बना लेती हैं, मुझसे तो बनती ही नहीं ये।" माँ ने झट से बर्फी अपने मुँह में डालते हुए बुआ को खुश करना चाहा। वैसे माँ को मीठा बिलकुल नहीं भाता, पर अभी एक पूरी बर्फी उन्होंने अपनी मुँह में डाल ली, बेचारी माँ। हम बच्चों की बदमाशियाँ माँ के माथे ही पड़ती हैं हमेशा।"

"बुआ, आपकी ये साड़ी भी नई लग रही है, खूब जँच रही है आप पर।" इधर चाची भी पीछे नहीं थीं, बुआ का मूड बदलने में। मैं और दीदी, ऊपर वाली खिड़की से अमावट का मजा लेते हुए नीचे होते तमाशे को देख रहे थे। माँ और चाची की मजबूरी देख खराब लग रहा था, पर हँसी भी आ रही थी।

"तुम भी, कुछ भी बोलती हो, गलत बात है।" दीदी ने कहा।

"ठीक है, कल से नहीं बोलूँगी।" उसके मुँह में अमावट का एक टुकड़ा डालते हुए मैंने कहा।

सब से अच्छी बातें सुनकर, 'सुबह फूल लेने आऊँगी' बोलकर बुआ चली गईं। माँ ने चैन की साँस ली और नीचे से ही मुझे थप्पड़ दिखाते हुए कहा, "आओ तुम नीचे।"

खैर, रात वाले सारे काम निपटाकर कमरे में आते-आते माँ का गुस्सा अब खत्म हो चुका था, जिसको स्पष्ट किया उनका हर रात की ही तरह हमारा माथा चूमना। कमरे में आकर माँ सबसे पहले पीछे वाली खिड़की खोलती, जिसके खुलते ही, कमरा फूलों की खुशबू से भर जाता था। वैसे, यह पेड़ बुआ के आँगन

में था और जैसे बुआ अपने घर से ज्यादा हमारे यहाँ रहती थीं, वैसे ही यह फूल भी उनके घर से ज्यादा हमारे घर में गिरते थे। उजले और नारंगी रंग के ये सुंदर फूल पूरी रात अपनी सुंदरता बिखेरते और सुबह होते ही जैसे, थककर जमीन पर सो जाते। इन पेड़ से फूल जहाँ गिरते, वहाँ छोटी दादी ने एक चादर डाल रखी थी। सुबह हमारे गेट के खुलते ही आस-पास के घरों से कुछ लोग और भी आते थे, इन फूलों को चुनने। मैंने कई बार सोचा, किसी सुबह जल्दी उठकर फूलों की चादर को समेटूँ, पर सुबह वाली अच्छी नींद की चादर से निकलना मेरे बस में नहीं था।

दुर्गा पूजा के दसों दिन सुबह दरवाजे पर आस-पड़ोस और मोहल्ले के लोगों की अच्छी चहल-पहल रहती थी। सुबह की चाय, उस दिन की खास पूजा की बातें, पूजा पंडाल की सुंदरता का बखान, माँ की प्रतिमा की खूबसूरती, लोगों की भीड़ में ठसमठासी की परेशानी, कौन आज कहाँ घूमने जाने वाला है, किसने मेले से क्या खरीदा, ये सारी बातें सुबह मेरे आँगन में ही तय हो जाती थीं।

वैसे पूजा के दिनों की छुट्टियों में हमारा सुबह का समय पूजा घर में ही बीतता था। बुढ़िया दादी की मदद करना, पूजा की तैयारी जैसे; माला बनाना, मैया के नए-नए कपड़ों में गोटे लगाना और फिर दसों दिन के अलग-अलग भोगों का स्वाद लेना, हमारा सबसे पसंदीदा काम था।

"दादी, ये वाले फूल मुझे भी बहुत पसंद है।" पारिजात की फूलों को माला में पिरोते हुए दीदी ने कहा।

"तुम्हें पता है, ये वाले फूल श्री कृष्ण स्वर्ग से लेकर आए थे। देवी-देवताओं को भी ये बहुत पसंद हैं, देवी दुर्गा को तो इस फूल से सजना बहुत भाता है। मेरी प्यारी-प्यारी पोतियाँ भी तो इनका ही रूप हैं।" कथा खत्म करके दादी ने दीदी की बनाई माला माँ दुर्गा को पहनाई और फिर डलिए में से एक फूल निकाल दीदी की बालों में लगा दिया।

"मेरे बाल तो छोटे है दादी।" मैंने फूल लेने के लिए अपना हाथ आगे करते हुए कहा।

"कोई बात नहीं तुम हाथ में रख लो, मेरी गुड़िया रानी।" दादी हमें बहुत प्यार करती थी और तरह-तरह से ये जताती भी थी।

हमारे देश में दुर्गा पूजा के समय 'कन्यापूजन' का विशेष महत्त्व है। श्रद्धालु,

कुँवारी लड़कियों की श्रृंगार, पूजा और भोग लगाकर माँ दुर्गा को प्रसन्न कर उनका आशीर्वाद पाते हैं। हम सभी लड़कियाँ इस दिन का इंतजार बेसब्री से करते। आस-पड़ोस के कई घरों से हमें दुर्गा अष्टमी या नवमी के दिन पूजा का न्योता आता और पूरी, हलवा और खीर खिलाकर, हमें देवी रूप में पूजा भी जाता था। हम सज-सँवरकर इतराते और उपहारों के साथ घर वापस आते थे। बड़े लोग आज के दिन हमारे पैर छूकर हमसे आशीर्वाद भी लेते, थोड़ा अटपटा लगता, पर हम शर्माते हुए उन्हें आशीर्वाद जरूर देते। हमारे घर में ये पूजा नवमी के दिन होती। आस-पास की कन्याओं, जिनमें कई हमारी दोस्त ही होतीं, को न्योता जाता और खेल-कूद पूजा-पाठ सब एक साथ ही हो जाता।

इस बार की दुर्गा पूजा और नव कन्या पूजा दोनों ही खास थी, क्योंकि इस बार पटना से हमारी बुआ और उनकी बेटी, मतलब हमारी प्यारी-सी 'कुसुम दीदी' भी आने वाली थी। कुसुम दीदी, मेरी दीदी से कुछ साल की बड़ी थीं, लेकिन हम तीनों बहनों का आपस में बहुत बनता था।

"इस बार तो कुसुम दीदी भी रहेंगी 'कन्यापूजन' में, कितना मजा आने वाला है।" दीदी और मैं आपस में बातें कर रहे थे।

"बस कल से इनकी धमा चौकड़ी चार गुणी हो जाएँगी अम्मा।" माँ ने आरती की थाली बनाते हुए कहा।

"बिलकुल, खूब मजे करेंगे। वैसे भी बुआ काफी दिन बाद आ रही हैं। माँ, हम तीनों बहनें एक साथ ही सोएँगे और अष्टमी को सलवार कमीज पहनेंगे। वैसे तो, कुसुम दीदी अधिकतर जींस पहनती हैं, पर उस दिन उनको भी सलवार पहनने को बोलेंगे, मजा आने वाला है।" माँ को अपनी सारी योजना बता हम टीवी देखने चले गए।

माँ, दादी और बुढ़िया दादी 'बुआ' के आने की तैयारियाँ और उनका कमरा ठीक करने बात करने लगी। बुआ के लिए कुछ उपहार, पूजा और कन्यापूजन के समान की दादी ने एक लिस्ट बनाई थी, जो माँ को लेकर आनी थी। माँ की पसंद बाबा दादी को बहुत भाती थी, इसलिए इस बार भी माँ ही जाने वाली थी। आज हमारे ड्राइवर साहब दूबे जी का आना नहीं हो पाएगा और बाजार जाना भी जरूरी था, इसलिए रिक्शा से जाना तय हुआ। रिक्शा से मार्केट जाने का मतलब सब कुछ साफ और खुला-सा दिखना, सामने से आती हवा भी सीधे मुँह पर

लगती है। पूरे रास्ते, मैं सड़क के दोनों तरफ देखती रहती और फिर माँ से तरह-तरह के सवाल भी पूछती। रोड किनारे भुट्टा (मकई) सेंकती महिलाएँ। बाजार में त्योहार के मेले की असली रौनक रिक्शा से ही तो समझ आती है। गाड़ी से घूमने में तो 'क्या देखे क्या छोड़ें' वाली बात हो जाती है। रास्ते में कुम्हारों के मोहल्ले से गुजरते समय सड़क के दोनों तरफ तैयार बनी मूर्तियाँ देखकर बहुत अच्छा लगता।

"माँ कितनी जल्दी बना लेते हैं, कुम्हार अपनी ये मूर्तियाँ। अभी कुछ दिन पहले ही तो मिट्टी रखी थी अब देखो बनकर तैयार भी हो गई।" माँ भी उन्हीं मूर्तियों को निहार रही थी। एक कोने में रखी तैयार मूरत में माँ दुर्गा की शक्ल और लंबे घुँघराले काले बालों को देखकर मुझे वह बिलकुल कुसुम दी के जैसी लगी, बिलकुल वैसे ही दिखती थी कुसुम दी। मैंने तुरंत माँ को दिखाया, "माँ वह प्रतिमा बिलकुल कुसुम दी जैसी लग रही है ना?"

"हाँ! कुसुम के जैसे ही लग रही है। तुम लड़कियाँ देखते-ही-देखते कैसे पल में बड़ी हो जाती हो, पता ही नहीं चलता। माँ बाबूजी कुम्हार की तरह उनको सींचते हैं, एक सुंदर रूप में काढ़ते हैं, बारिश तूफान से बचाते हैं, उनके जीवन को सुंदर पलों से सजाते हैं और फिर एक दिन वह घर से चली जाती हैं।" माँ जैसे अपने से ही बातें कर रही हो।

"क्या बोल रही हो माँ? देखो दुकान भी आ गया।" मैंने माँ को हिलाते हुए बोला, पता नहीं कहाँ खो गई थी, तुम। माँ की आँखें थोड़ी नम-सी लगी, आँचल से आँखों को पोंछते हुए कहा, "लगता है कुछ कचरा चला गया आँख में।"

हमने दादी की लिस्ट के हिसाब से सारी चीजें खरीदी, पूजा में आने वाली कन्याओं के लिए लाल चुनरी, आलता, बिंदी और कुछ किताबें भी। हमारे लिए भी माँ ने कुछ खरीदा और अपने लिए माँ ने लिया लकड़ी का बना एक ज्वैलरी बॉक्स। माँ ने सामान के पैसे दिए और हमारा रिक्शा घर की ओर निकल पड़ा।

दुर्गा पूजा में दसों दिन तक सभी बड़े छोटे एक साथ आँगन में मैया की आरती करते। शाम तक आँगन धुलकर, धूप-दीप की सुगंध के साथ तैयार हो जाता था और दुर्गा माँ की शेर पर सवार मंत्रमुग्ध करने वाली जीवंत प्रतिमा के सामने हम ठीक सात बजे आ जाते थे। दादी की हारमोनियम और मंजीरे के साथ 'दुर्गासप्तशती' और 'भवानी शतक' का पाठ होता।

सुबह उठते ही नहा-धोकर हम पूजा घर में पहुँचे, हर साल की तरह दादी ने इस साल भी वैसी ही 'कलश स्थापना' की थी। एक मिट्टी के बर्तन में मिट्टी लेकर उसमें ज्वार के बीज मिलाती और इसके ऊपर एक कलश में नारियल रखकर रोज इसकी पूजा की जाती थी। 4-5 दिनों में ये बीज अंकुरित हो जाते और दसवें दिन दुर्गा माँ को घर से विदा कर, दादी इन अंकुरित बीजों से निकले कोमल पत्तों जिसे 'जई' बोलते हम सब को देती थीं। हम इनको अपनी पेंसिल बॉक्स और किताबों में रखते थे। इनका महत्त्व हमने कभी पूछा ही नहीं। दादी को प्रणाम कर हम अपनी-अपनी जई लेकर अपने कमरे में चले जाते थे। दस दिन का शोरगुल भी इसके साथ ही खत्म हो जाता था।

"दादी, ये आप क्यों करती हैं?" हमारे मन में भी अब इन रीति-रिवाजों को जानने-समझने की जिज्ञासा जाग रही थी।

"ये घर की समृद्धि और उत्थान के लिए किया जाता है और हर अंकुरित बीज हमारे आगे बढ़ने का सूचक होते हैं। ये भी बताते हैं कि दुर्गा माँ हमसे खुश हैं और हमने उनकी पूजा और देखभाल अच्छे से की है। अब तो तुम दोनों भी बड़ी हो रही हो, ध्यान रखोगे ना इन बीजों का।"

"हाँ दादी! बिलकुल। देखो तो कितने बड़े हो गए हैं हम।" मैं अपने पंजे पर खड़ी होते हुए बोली। दादी ने मुस्कुराकर सहमति भरी। आज पूजा का पाँचवाँ दिन मतलब पंचमी थी और सुबह से दादी की आँखें घड़ी पर और कान बाहर से आने वाली गाड़ियों की आवाज पर लगी थी, बुआ जो आने वाली थी। दो या तीन बार पड़ोस की गाड़ी की आवाज पर बाहर भागने के बाद जाकर आई- 'बुआ की गाड़ी।' कुसुम दी और बुआ ही आए थे, फूफा जी कुछ दिन बाद आने वाले थे।

"कुसुम दी, तुम तो बिलकुल अलग ही लग रही हो, ये कब से पहनने लग गई तुम?" दीदी ने पीले रंग का कमीज सलवार और दुपट्टा लिया हुआ था।

"अब मैं यही पहनती हूँ, हमेशा।"

"पहले तो तुम इसे पहनना ही नहीं चाहती थी ना। कहती थी भाग नहीं पाती हूँ, सलवार में पैर फँसते हैं बोलती थी ना, अब क्या हो गया?"

"अब भागना ही छोड़ दिया।" माँ से गले मिलते हुए दीदी ने जवाब दिया।

"कितनी प्यारी लग रही है, मेरी कुसुम।" माँ ने उसके माथे को चूमते हुए, बीच में ही कहा।

"अंदर चलें, बुढ़िया दादी कब से आँगन के चक्कर काट रही हैं।" माँ ने बुआ की पीठ थपथपाते हुए कहा। ये बड़े लोगों का समझ नहीं आता है, बुआ के आने पर भी गले मिलकर रोते हैं और जाने पर भी। दादी, बुढ़िया दादी और बुआ तीनों बीच आँगन में गले मिलकर रो रहे थे- "मेरे आँगन में मेरी सोन चिड़िया आ गई है।" दादी ने रुँधे गले से 'तुलसी जी' को प्रणाम करते हुए झूम के कहा। अब चिड़ियों की चहचहाहट डाल-डाल चहकेगी। दादी को इतना खुश होते देख हम सब खुश थे। बुआ हर बार के जैसे इस बार भी हम सभी के लिए कुछ-ना-कुछ लाई थीं और मंजू माँ के लिए भी अलग से एक बैग था। किचन में सबके लिए चाय बनने लगी और हम कुसुम दीदी, को लेकर अपने नए खिलौने, ड्राइंग की किताब दिखाने कमरे में आ गए।

हमेशा चहकने और नई बातें सीखने और सिखाने को तैयार रहने वाली हमारी दीदी आज बहुत चुप-सी लग रही थी, "तुम थक गई हो क्या दीदी ?"

"नहीं तो, क्यों ?"

"तो एक जगह बैठी क्यों हो ? दादी ने कहा ना चिड़िया के जैसे फुदको।" कहकर हम दोनों उसके गोल-गोल फुदकने लगे। पर दीदी हमें सिर्फ देख रही थी।

षष्ठी, सप्तमी, आँगन में मंत्रोच्चार गूँजता रहा, अगरबत्ती धूमन की सुगंध, हारमोनियम और मंजीरे की आवाज, कलश से अंकुरित होते हरे-हरे पत्ते। उनको बढ़ता देखकर हम घर और लोगों की देखभाल और भी अच्छे से करते थे। हमें याद था, दादी ने हमें इन बीजों की जिम्मेदारी थमाते हुए बोला था कि इस घर की समृद्धि और कुशलता की सूचक है, 'ये बीज'।

बस कुसुम दी को छोड़कर बाकी सब ठीक ही लग रहा था। नवमी के दिन कन्यापूजन थी। "खीर पूरी की तैयारी हो गई है न बहू ?" दादी ने पूछा।

"हाँ अम्मा, और चने भी डाल दिए हैं, सुबह तड़के ही बना दूँगी।"

"अच्छा किया बहू... और आप, जलेबी भी मँगवा लीजिएगा।" दादी ने बाबा को याद कराया।

जिन कन्याओं को घर निमंत्रित किया गया था, उनको सुबह दस बजे का समय बताया गया था, क्योंकि फिर उसके बाद हमें भी कुछ घरों में कुँवारी खाने का आमंत्रण था। रात को खाने में माँ ने कुसुम दीदी के पसंदीदा आलू पराठे

बनाए थे, टमाटर की चटनी के साथ। वैसे बाकी घर के लोगों को भी कुसुम दी थोड़ी बदली-सी लग रही थी, पर किसी ने भी कुछ पूछा नहीं। खाना खाकर, हम सब आँगन में आकर बैठ गए, दादी की बातें और बुआ के किस्से। बहुत मजा आ रहा था।

"यहीं मड़वा पर ही कल दरी लग जाएगी और भोग लगेगा देवियों का, सुबह-सुबह फूलों की माला बना दूँगी। ठीक है ना अम्मा ?

"हाँ एकदम, ये तो समय ही है इन देवियों को खुश रखने का।"

कब से शांत बैठी कुसुम दीदी से अब रहा नहीं गया। "नहीं हूँ मैं कोई देवी और कोई भी लड़की देवी नहीं होती।" एकदम से खड़ी होकर बोलीं। गाल लाल और आँखें आँसुओं से भरी थी। आवाज में आक्रोश और संकोच था। हम सब सन्न थे, बुआ जल्दी से खड़ी हो गईं और उनको शांत कराने लगीं।

"मुझे नहीं होना बड़ी, मुझे नहीं बनना बड़ी। ये क्या हो गया है मुझे ? क्यों नहीं जा सकती हूँ, मैं कन्यापूजन में ? क्यों हूँ में अशुद्ध।" कहकर फूट-फूटकर रो पड़ी। मुझे और दीदी को कुछ भी समझ नहीं आ रहा था। माँ जल्दी से पानी लेकर आई।

"बात क्या है ?" बुढ़िया दादी ने बुआ से पूछा।

बुआ ने लंबी साँस लेते हुए कहा, "कुसुम अब बड़ी हो गई है माँ और 3-4 महीने पहले इसकी मेन्सेज शुरू हो गए।

"मेन्सेज ! ये क्या होता है ?" बुढ़िया दादी को समझ नहीं आया।

"मासिक धर्म, दादी।" बुआ ने जवाब दिया।

"हाँ, तो इसमें कौन-सी नई बात है ? सभी को ही होता है।" दादी ने हाथ से पंखे को फिर से झलते हुए कहा।

"हाँ माँ, ये होता तो सभी को है, पर इसका जो रूप अब मेरे ससुराल में है, वह वीभत्स है।" बुआ ने झिझकते हुए बताया। हम सब उनको आश्चर्य से सुन रहे थे। "घर में गाँव से मेरी 'चाची सास' आई हुई हैं और उनके हिसाब से महीने के वह चार दिन हमारा शरीर अशुद्ध हो जाता है, किसी एक कमरे में रहना होता है, सादा खाना मिलता है, जमीन पर बैठना, चटाई पर सोना, घर में बड़ों के सामने नहीं जाना। और तो और उसके बाद, अब कुसुम के खेल-कूद में भी रोक लग गई है, भाग लेने नहीं दिया जा रहा। घर में मेरे बहुत सारे नए

नियम बन गए हैं माँ इन दिनों के लिए। जब मेरे लिए इतना मुश्किल हो रहा है तो कुसुम कैसे सहेगी अपने शरीर और घर के इस बदलते स्वरूप को। इसलिए इस महीने इसको लेकर यहाँ आ गई। अभी घर में पूजा-पाठ का माहौल है और इसे एक कमरे में बिठा देंगे। सब खाएँगे खीर पूरी और इसे मिलेगी, रोटी और बिन मसाले की सब्जी। ना ही नए कपड़े पहनेगी और ना ही दुर्गा माँ के सामने ही जाएगी।" कहकर बुआ भी रो पड़ीं। सब शांत थे, दूसरे कमरे से टीवी पर न्यूज रीडर की आवाज आ रही थी।

हम दोनों बहने वहीं आँगन में चाची की गोद में लेटे हुए थे, सभी को लगा हम सो गए, पर हम दोनों जागे थे और सब सुन रहे थे। कुसुम दीदी को इस तरह बिखरकर रोते देख हम दोनों ही घबरा गए थे। दीदी माँ से लिपट गई पर मैं वही लेटी रही चुपचाप। माँ ने हमें बढ़ती उम्र के हिसाब से शरीर में होने वाली परिवर्तनों के बारे में बताया था। गुड टच और बैड टच की स्कूल में एक वर्कशॉप भी हुई थी और हमें सब समझ भी आया था। पर ये कौन-सा परिवर्तन है, जो इतनी तकलीफ दे रहा है शरीर और मन, दोनों को?

"माँ मुझे लगा था, जैसे-जैसे हम बड़े होते हैं, वैसे-वैसे लड़कियाँ दुर्गा माँ के जैसी हो जाती हैं। कुसुम दीदी के तो बाल भी लंबे और घुँघराले हैं।" मैंने फुसफुसाकर माँ के कानों में कहा और दौड़कर पूजा घर में रखी दुर्गा माँ की मूर्ति देखकर भागकर वापस आती बोली, "कुसुम दीदी, तुम अपनी चोटी अगर खोल लो तो बिलकुल दुर्गा माँ के जैसी ही लगोगी। है ना माँ? फिर तुम तो सबसे ज्यादा शुद्ध हुई।"

"और वैसे बड़ी तो मैं भी हो रही हूँ। छोटी दादी आपको दिखाया था ना मैंने, लंबी हूँ ना मैं? अब हम भी पूजा नहीं कर पाएँगे क्या माँ? और कन्यापूजन भी नहीं? नए कपड़े भी नहीं माँ?" सारी बातें एक साँस में बोल गई थी दीदी, पर जवाब किसी के पास भी नहीं था। सभी मूक बने देख रहे थे।

"माफ कीजिए भाभी! मुझे ध्यान ही नहीं गया कि बच्चियाँ यहीं हैं, मैं भी भावनाओं में बोलती चली गई।"

"कोई बात नहीं दीदी, अब ये भी बड़ी हो ही रही हैं, आज ना कल, ये सवाल इनके मन में आएँगे। हमारा समाज और हमारी सोच हमें मजबूर कर देती है इन सवालों से जूझने के लिए। वैसे यहाँ अच्छी बात तो ये है कि तुमने अपने

मन की बात बोली, कुसुम।" माँ, जो दीदी के सवालों से स्तब्ध रह गई थी, ने अपने आप को सँभालते हुए कहा। माँ का गला रुँधा और आँखें भरी थीं, पर चेहरा भावहीन था।

माँ ने हम तीनों बहनों को गले से लगाया और रूँधे आवाज से बोली, "कुछ भी नहीं होगा ऐसा और ना ही कुछ छोड़ना ही पड़ेगा, ना खेल-कूद और ना ही नए कपड़े पहनना। और पता है क्यों? क्योंकि, आज तुमने अपनी मन की बात बोली है। अब चलो सबसे पहले रोना बंद करो।" कुसुम दीदी के आँसू पोंछती हुई माँ बोली। समय के साथ हम सब को, प्रथाओं को, समाज को, रीति-रिवाजों को बदलना ही होता है और अगर ये ना बदलें तो आवाज उठानी होती है और बोलना होता है, जैसे तुमने आज बोला कुसुम।" माँ ने एक विश्वास के साथ दीदी को झकझोर कर कहा।

"जब कोई सुनता नहीं तो आवाज ऊँची करनी होती है और सही बात को तेज आवाज में बोलना बिलकुल गलत नहीं। है ना दादी?"

"बिलकुल सही बोल रही है बड़ी बहू। आवाज तो तुम्हें ही उठानी है और जब भी कभी बड़े गलत हों, तो छोटों को उन्हें सही रास्ता दिखाने का पूरा अधिकार है।"

"हम ये बिलकुल नहीं कह रहे बेटी (बुआ) की तुम्हारी दादी सास गलत हैं। वह अपने समय के हिसाब से शायद ठीक बोल रही हैं। हमारे समय में महीने के इन दिनों में बड़ी तकलीफ होती थी और इसलिए हमारे बड़े-बुजुर्गों ने ऐसी रीतियाँ बनाई की घर की बहू-बेटियाँ थके नहीं, उनको घर के काम ना करने पड़े, गंदगी से उनको संक्रमण ना हो जाए जो आगे जाकर उनको शारीरिक रूप से कमजोर कर दे। पर धीरे-धीरे इस शारीरिक प्रक्रिया को कुछ लोगों ने एक कुंठित नजरिया दे दिया। इन बेबुनियाद कुरीतियों ने समाज और हम सब को इन बेड़ियों में जकड़ लिया है। सबसे अजीब बात तो ये कि हम सब जानते समझते हुए इन गलत परिस्थितियों में किसी तरह से जीना सीख लेते हैं। ये भूल जाते हैं कि इन बेड़ियों को खोलने की चाभी सिर्फ हमारे अंदर ही है। पर आज तुम्हारी बातें सुनकर कुसुम लगता है मेरी बहू-बेटियों से समाज जरूर जागरूक बनेगा।"

दादी की इन बातों को सुनकर लगा जैसे एक ठंडी हवा आई और पूरे आँगन को पारिजात के फूलों की खुशबू से भर दिया हो।

"पर दादी ये नव कन्या पूजा में बड़ी लड़कियों की पूजा क्यों नहीं होती?" कुसुम दीदी का मन अभी भी बेचैन था। बाल मन पर जो अशुद्धियों की हीन भावना का 'लाल निशान' लगा था, उसको एकदम से धो देना मुश्किल लग रहा था। दस साल की उम्र तक हमारी पूजा करके हमें देवी का दर्जा देने वाले अब अचानक कहने लगे की मैं अशुद्ध हूँ? मैंने तो कुछ किया भी नहीं है दादी, मेरे शरीर और इनमें हो रहे इन बदलावों को तो भगवान ने ही बनाया, फिर मैं अशुद्ध क्यों? दुर्गा माँ में भी तो ये बदलाव आए होंगे ना माँ, फिर हमने उनकी पूजा करनी छोड़ दी?"

"इन सवालों का कोई जवाब नहीं, ये सवाल हर महीने मेरे मन में भी आता रहा, पर मैंने दूसरों से सवाल किए बिना खुद को समझाना ही ज्यादा सही समझा, वैसे मैंने भी हार नहीं मानी और जैसे-जैसे बड़ी होती गई, इन सवालों के जवाब पाने की कोशिश करती रही।" दादी आराम कुर्सी से थोड़ा उठकर बैठते हुए बोलीं।

हम सब दादी की बातें ध्यान से सुन रहे थे। वह बोलती जा रही थीं, "सबसे अजीब बात तो ये कि सही गलत का बिना पता लगाए ही हम इन प्रथाओं को अपनाने लगते हैं। मेरी दादी को, उनकी दादी ने, उनकी दादी ने उनकी दादी को बोला कि महीने के इन चार दिनों में तुम अशुद्ध हो, किसी के सामने भी नहीं आ सकती। जो भी तकलीफ या दर्द है अकेली झेलो। क्योंकि तुम एक लड़की हो। सोचो एक नन्ही 12 साल की जान जो इस सोच में डूबी है कि ये मुझे क्या हो रहा है, उसे उसकी दादी दूर दरवाजे पर खड़ी होकर उसे क्या छूना है क्या नहीं, क्या खाना है क्या नहीं ये बता रही हैं। यह एहसास होते हुए कि उसे कितना दर्द हो रहा होगा, वे यह नहीं पूछ पाती कि तुम्हारा दर्द कैसा है।" दादी की इन बातों में बहुत दर्द था। "मैं अक्सर सोचती, कितना गलत है ये, ये सब, ये लोग, ये समाज, ये रीति-रिवाज और ये 'घर', ये मेरा घर।"

दादी की इस कहानी की वह लड़की दादी ही थीं। "वह लड़की आप थीं दादी?" बुआ और माँ ने उनकी बात खत्म होते एक साथ ही पूछा।

एक दर्द-सी मुस्कान के साथ बुढ़िया दादी ने हामी भरी, "हाँ वह लड़की मैं ही थी।" आज मुझे कुसुम में, सालों पहले की मेरी अपनी बेबसी दिखी। पर उस दिन से मैंने यह तय किया कि ऐसी कोई प्रथा नहीं मानूँगी जो किसी को तकलीफ

दे। मैं अपनी बुआ के घर पढ़ने चली गई और बहुत पढ़ाई की। एक अच्छे पढ़े लिखे घर में शादी हुई और भगवान की कृपा और मेरी किस्मत से, मुझे ऐसा घर मिला जिस आँगन की दीवारें इन रूढ़िवादिता के लिए काफी ऊँची थी। वैसे मैंने तय भी किया था इन दकियानूसी अंधविश्वासों को अपने घर के चौखट के पास फटकने भी नहीं दूँगी। दादी की आवाज और मन का आक्रोश उनके हाथ के पंखे पर साफ दिख रहा था, बोलते हुए तेजी से झल रही थीं, पर इतनी हवा होने के बाद भी चेहरे पर पसीना था, उनके। "मैंने तो अपनी बहुओं को भी बोल रखा है, जिसको जो करना है अपनी स्वेच्छा से करें, किसी के दबाव में बिलकुल नहीं।"

"वैसे आज दुनिया बहुत बदल गई है दादी।" माँ ने तुरंत कहा। "विज्ञान, चिकित्सा, जीव विज्ञान, ये तो आज बच्चा भी जनता है। तीसरी क्लास से प्रजनन की पढ़ाई शुरू हो जाती है अम्मा। और कुसुम, ये तो नॉर्मल बायलॉजिकल प्रोसेस है, इसका तुम्हारे शरीर के अंदर होना ही बतलाता है कि तुम स्वस्थ हो। ये बिलकुल भी शर्म की बात नहीं, ये तो खुशी की बात है, मेरी बच्ची सृष्टि के सृजन में भाग लेने को तैयार हो रही है। वैसे, ये भी सुन लो और याद रखो, किसी भी वेद में ये नहीं लिखा कि हमारे शरीर या इसका कोई भी अंग किसी भी समय अशुद्ध है। मैंने चारों वेद पढ़ें, भगवद गीता भी पढ़ा है। किसी भी संग्रह में ऐसी कोई भी बात लिखी नहीं गई है, जो हम छोटी-सी उम्र से औरों से सुनते आ रहे हैं।" माँ की आवाज में एक गजब का विश्वास था।

वैसे उनको शुरू से ही मैंने बहुत ही आत्मविश्वासी और सजग माना था। हम सब माँ को देख रहे थे। दीदी और मेरी आँखें ऐसी चमक रही थी जैसे माँ नहीं, कोई हीरा हो। हमारे अंदर भी वही आत्मविश्वास और सजगता का संचार हो रहा था। माँ को जितना भी जाना है, गर्व ही हुआ है, पर आज जैसे बात ही कुछ और थी। सब अंदर ही अंदर, अपने औरत होने पर गर्व महसूस कर रहे थे, जो ये समाज आपको शायद ही कभी महसूस कराए।

"दक्षिण भारत में कुछ राज्य हैं जहाँ लड़कियों के परिपक्व होने पर, मतलब उनके पहले माहवारी (ऋतुस्राव) के समय एक समारोह का आयोजन किया जाता है। मैंने डिस्कवरी चैनल पर देखा है अम्मा। हाँ, पर यह हमारे यहाँ जो पूजा में भाग नहीं लेने वाली बात है, यह समझ नहीं आती मुझे।" कहकर माँ चुप हो गई।

"मुझे लगता है, पूजा-पाठ शांत चित और एकाग्रता की प्रक्रिया है। जब हम किसी भी शारीरिक कष्ट या तनाव से गुजरते होते हैं तो मन एकाग्रचित नहीं हो पता है। शायद इसलिए हमारे पूर्वजों ने मना किया होगा। अब जिसको हम अशुद्ध कह रहे हैं।" बुढ़िया दादी ने अपनी राय दी, जो सभी को सही लगी। "और जहाँ तक नव कन्यापूजन में बड़ी लड़कियों की पूजा नहीं होने की बात है, उसमें मेरा ये मानना है कि औरत हर रूप में पूजनीय है।"

"तो अब हमारी कुसुम रानी को वापस अपने घर जाकर अपनी बड़ी बुआ दादी से क्या कहना है, ये पता है न कुसुम?" चाची ने कुसुम दीदी से पूछा।

"समझ तो मैं सब गई हूँ, बात करती हूँ जाकर।" कुसुम दीदी ने तेवर के साथ कहा।

माँ ने उसको शांत कराते हुए कहा, "नहीं कुसुम, उन पर गुस्सा तो तुम बिलकुल नहीं दिखाओगी। ये उनकी गलती नहीं, बल्कि नासमझी है। उन्होंने कभी पढ़ा नहीं, कभी जानने की कोशिश नहीं की। जो उनके साथ उनके बड़ों ने किया, उनको लगा वही सही है और उनके लिए अच्छा है। वह तुम्हारे बारे में बुरा नहीं सोचती हैं, बल्कि अपने हिसाब से शायद तुमको तुम्हारे जीवन के लिए तैयार कर रही हों, किसे पता!" माँ ने समझते हुए कहा।

"वैसे उनसे बात करने से पहले, कुसुम यह मैं तुमसे पूछना चाहती हूँ, तुम आजकल की लड़की, इतनी-सी बात पर इतनी कमजोर हो गई? खेलना-कूदना दौड़ना छोड़ दिया, जींस पहनना छोड़ दिया। अपनी माँ को भी नहीं बताया अपने मन के इस द्वंद्व को। अपनी बात बताना सीखो, सबसे पहले। सबसे ज्यादा इसमें तुम्हारी गलती है और किसी की भी नहीं। हमारे हालात के लिए हम खुद जिम्मेदार होते हैं, कोई और नहीं। खुद की जिम्मेदारी लेना सीखो कुसुम।" माँ की आवाज काफी तेज और गंभीर लग रही थी। कुसुम दीदी को अब सब कुछ समझ आ गया था, आगे आकर 'सॉरी माँ' कहकर कुसुम दी बुआ से लिपट गई।

"सॉरी तो मुझे भी बोलनी चाहिए बेटा। सब कुछ जानते-समझते हुए भी मैं कुछ कर नहीं पाई तुम्हारे लिए, ये मुझे भी कचोट रहा है। वहाँ की समस्याओं से कुछ दिन के लिए भाग तो आई, पर लड़ नहीं पाई। अब जाकर दोनों माँ बेटी मिलकर इससे निबटेंगे।" बुआ ने मुस्कुराने की कोशिश करते हुआ कहा। दोनों गले लगकर एक-दूसरे के कंधे पर आँखों से निरंतर बहता आभार व्यक्त कर

रही थीं।

"कभी-कभी हमारा समाज और हम सामाजिक लोग ऐसी परिस्थिति बना देते हैं कि उसके अनुरूप अपने आप को ढालते-ढालते हम एक बुत बन जाते हैं। दूसरों की भावनाओं, उनके मन को कुचलते चले जाते हैं और लगता है जैसे यही सही है। जहाँ तक कन्यापूजन में परिपक्व लड़कियों को 'कंजक' रूप में नहीं पूजे जाने की बात है, तो इन बातों से ऊपर उठकर अगर हम ये मानें कि औरत या लड़कियाँ सिर्फ कंजक ही क्यों, हर रूप में पूजनीय हैं, तो कैसा रहेगा। कभी छोटी बच्ची के रूप में आपको मातृत्व का एहसास दिलाकर, कभी बहन के रूप में भाई को रक्षा बाँधकर, कभी द्रौपदी के रूप में आपकी सखा बनकर, कभी राधा रूप में प्रेमिका बनकर, कभी सरस्वती रूप में एक शिक्षिका बनकर, कभी सावित्री के रूप में आपकी पत्नी बनकर, कभी यशोदा के रूप में आपकी माँ बनकर, कभी अन्नपूर्णा रूप में आपकी भूख शांत कराकर और कभी दुर्गा या काली रूप में दुष्टों का संहार कर आपकी रक्षक बनकर। हमारे कई रूप हैं और अगर हम अपनी महत्ता समझ लें और जान लें तो कोई पूजा करें ना करें क्या फर्क पड़ता है?"

"कोई फर्क नहीं पड़ता भाभी।" पीछे से आई मंजू माँ की आवाज ने हम सब को चौंका दिया। पिछले कुछ समय में हम सब बिलकुल भूल गए थे, हम कहाँ हैं, क्या समय है, क्या दिन। एहसास था तो सिर्फ एक औरत होने का और हम सब इस एहसास से बहुत खुश थे। मंजू माँ दादी का पान का डब्बा लेकर काफी देर से पीछे खड़ी थी।

"हमने अपने घर में काफी कुछ देखा है बड़ी अम्मा।" वह दादी की तरफ देखकर बोलीं। "दान-दहेज, झगड़े-लड़ाई, लड़की के पैदा होने पर माँ को दोष, आस-पड़ोस के घरों में सास-बहू की अनबन, औरत ही औरत की दुश्मन। सच बोलो तो आँखें और कान थक गई हैं, ये देखते और सुनते। पर देखिए समय का फेर, आज इन्हीं कानों ने जब आप लोगों की बातें सुनी तो रोंगटे खड़े हो गए, ये देखो दीदी।" उसने बुआ को अपना हाथ दिखाते हुए कहा। मैंने भी उठकर देखा सच में सिहरन थी।

"अगर आज हम सब ये तय करें कि इन कुरीतियों को ना मानेंगे ना लोगों को मानने देंगे तो कैसा रहेगा?" यह कहते हुए दादी ने अपना हाथ आगे बढ़ाया

और हम सब ने उन पर अपना हाथ रखा। बीच आँगन में बने हाथों के इस घेरे में सबसे ऊपर हाथ था मंजू माँ का। कई तरह की रंगों की चूड़ियों से सजे इन हाथों ने आज जो जिम्मेदारी उठाई थी, वह अगर हर आँगन उठा ले तो शायद किसी भी बच्ची को माहवारी का कष्ट, लड़की पैदा करने पर किसी भी माँ को ताना नहीं झेलना पड़ेगा। हर रिश्ते में प्यार और इज्जत अपने-आप ही आ जाएगा।

"कल जलेबी कितनी मँगवानी है, अगर तुम लोगों की बैठक खत्म हो गई हो, तो मुझे बता दो, मुझे सोने जाना है। कल सुबह बात कर लेना अभी तुम सब भी सोने जाओ, रात के 11 बज गए हैं।" बाबा ने कमरे में जाते-जाते दादी को आवाज देते हुए कहा।

बात करते पता ही नहीं चला समय का, बिलकुल। रात काफी हो गई थी, पर आँगन में मौजूद हम सबके मन में जैसे एक नई भोर हुई थी। मंदिर में जलते 'अखंड दीप' की ज्योति में दुर्गा माँ की प्रतिमा पारिजात के फूलों के श्रृंगार में अद्‌भुत प्रतीत हो रही थीं। ऐसा लग रहा था जैसे साक्षात 'दुर्गा माँ' हमारे आँगन में विराजमान हों और यकीनन थीं भी, कई रूपों में।

शादी वाला आँगन : भाग-1

"मैं कैसी लग रही हूँ?"

आईने के सामने अपने बालों को सँवारते हुए माँ ने पिछले दो घंटे में छठी बार पापा से पूछा। हम यही सवाल बार-बार सुनते और पापा इसका जवाब हर बार देते थक गए थे, ये पक्का था। उनका जवाब भी अब पहली बार के 'वाह, बहुत सुंदर से' सिमटकर 'ठीक ही लग रही हो' या 'हम्म' तक आ गया था। उनका यह अनमना-सा जवाब सुन, माँ ने भौं सिकोड़कर देखते हुए बोला, "क्या, बस ठीक लग रही हो? बिलकुल नहीं मुझे पता है कि मैं बहुत अच्छी लग रही हूँ।"

"ये अच्छा है माँ। जब तुम्हें पता ही है, तुम अच्छी लग रही हो, तो पूछना ही क्यों और वह भी इतनी बार।" मैंने पापा के कुछ बोलने के पहले ही अपनी राय दी। मेरी बात को अनसुना कर माँ ने पापा की तरफ शिकायती लहजे में बोला, "आप तो बस अखबार में पता नहीं क्या ढूँढते रहते हैं? इतवार का दिन क्या इसलिए होता है? सुबह से चाय और अखबार और तो कोई है ही नहीं इस दुनिया में। या दुनिया ही क्यों इस कमरे में भी तो कोई नहीं है ना?" बोलते हुए माँ ने अलमारी और नाराजगी का पिटारा दोनों साथ में खोला।

"क्या बात करती हो, जब से आईने के सामने बैठी हो तब से सौ बार तो पूछ चुकी हो, कहा तो कि अच्छी लग रही हो, कहो तो लिखकर चिपका देता हूँ, आईने के सामने?" रूठी हुई माँ को पापा ने अपनी सफाई देते हुए कहा। माँ को भी पापा के इस बात पर हँसी आ गई, बोली, "हाँ हाँ क्यों नहीं, यहीं आईने पर बीचो-बीच चिपका दीजिए।" दोनों हँसने लग गए। पापा माँ की यह हँसी वाली

नोक-झोंक हमें दादी-बाबा के जैसे ही लगती थी।

माँ को हँसी तो आई थी, पर इसका यह मतलब यह कतई नहीं था कि शिकायतें खत्म हो गईं। ताना आगे बढ़ाते हुए उन्होंने बोला, "अब तो घर पर कोई रहेगा नहीं, आराम से अखबार के साथ समय बिताइए और एक ही खबर बार-बार पढ़िए। वैसे भी हमें देर हो रही है, देखो तो चाची और सब तैयार हो गए या अभी समय है?" माँ ने दीदी को देखने भेज खुद चूड़ियों से भरा डब्बा लेकर अपनी साड़ी से मेल खाती मोती की नई वाली चूड़ियाँ निकालकर पहनने लगी। हम दोनों बहन काफी देर से तैयार बैठे थे, माँ को बस मेरा बाल बनाना था और हमें जूतियाँ पहननी थीं।

"मंदिर चलना है, इसलिए वह जूती पहनना जिसे उतारने में परेशानी न हो, ठीक है?" माँ ने कहा।

आप को लग रहा होगा कि मंदिर जाने के लिए इतनी तैयारी क्यों? बात भी सही है। पर आज का मंदिर जाना, रोज का मंदिर जाना नहीं था, बल्कि आज हम अपनी होने वाली नई चाची से मिलने जा रहे थे। अगर हमें चाची पसंद आईं तो फिर तो ढोल-बाजे के साथ शादी। वैसे तो माहौल हँसी खुशी का ही था, पर कल दोपहर में जब मंदिर जाने की बात हो रही थी तब दीदी ने कुछ ऐसी बात पूछ दी जिसने पूरे आँगन में सवाल-जवाब का माहौल बना दिया। "वैसे माँ अगर चाची को चाचा ना पसंद आए तो क्या वह शादी करने से मना कर देंगी?" अभी दीदी की बात खत्म भी नहीं हुई थी कि पड़ोस वाली बुआ ने जवाब दिया, "अरे ऐसे कैसे हम पसंद नहीं आएँगे भला? एक तो हमारा लड़का लाखों में एक और उससे भी बड़ी बात 'लड़कियाँ' कभी मना नहीं करती हैं शादी के लिए आए रिश्तों का। और वैसे भी उनसे पूछता ही कौन है? उनको सब पसंद होता है। लड़की की शादी का बोझ बस माथे से उतर जाए, तो माँ-बाप भी गंगा नहाए।" वहीं आँगन में बैठी चावल चुनती बुआ ने बड़े आराम से अपने मन की सारी भड़ास जैसे उस कोमल से मन के बड़े सवाल पर निकाल दी। बुआ चावल में लगे घुन को बड़ी सावधानी से चुन रही थी और बुदबुदा रही थीं, "एक भी घुन रह गया तो पूरा चावल खा जाएगा।"

उनकी बातें सुनकर दीदी सकते में आ गई। "अच्छा, यह तो बड़ी ही अजीब है बात है, ऐसे भी होता है क्या माँ? अगर हाँ, फिर तो मुश्किल है। मान लो मेरी

शादी के लिए रिश्ता आया और वह मुझे पसंद न आया तो भी क्या मुझे उससे ही शादी करनी पड़ेगी?"

माँ ने दीदी का सर सहलाते हुए शांत स्वर से कहा, "कभी किया है तुम्हारी मर्जी के बिना कुछ भी, तो फिर ये तो तुम्हारी शादी ही होगी। पर हाँ, अगर मुझे ऐसा लगे कि मेरी गुड़िया रानी कुछ गलत कर रही है, तब तो कान पकड़कर ठीक करूँगी तुम्हें। चलो अब जाओ तुम दोनों अपना होमवर्क खत्म कर लो।" माँ की बात सुन खुशी-खुशी मैं और दीदी ऊपर कमरे में चले गए।

"माँ, अगर आगे से हम ये लड़की की शादी, माँ-बाप के बोझ की बातें बच्चों के सामने ना करें, तो ही ठीक रहेगा।" माँ ने बुआ दादी को सुनाते हुए दादी से कहा।

"हाँ, 'धनवंती' (बुआ का नाम), ये तुम्हारी मन की बात बच्चों के सामने करनी सही न है। कच्ची उम्र में ये सारी बाते परेशान ही करती हैं और समाज में सबके विचार एक जैसे नहीं होते हैं।" दादी ने थोड़े कड़े शब्दों में बुआ दादी की ओर देखते हुए कहा।

"आपकी पोती ने ही पूछा तो मैंने जवाब दिया कि बेटियों को इतना सवाल पूछना सिखाना ही नहीं चाहिए ना। सुनने की आदत डाल लें तो ही खुश रहेंगी बच्चियाँ, वरना सवाल करते और जवाब ढूँढते पूरी उम्र निकल जाएगी।" बुआ दादी ने तपाक से अपनी राय दी।

ना ही हम घर में ऐसी सोच रखते और ना ही ऐसी बातें घर में किसी को भी भाती थीं, उनको पानी का गिलास पकड़ाती चाची ने पूछा, "बुआ दादी अगर हम इन घुन लगे चावलों को कड़कड़ाती जेठ की धूप में रख देंगे तो क्या घुन निकल जाएँगी?"

"अरे एकदम निकल जाएगी, घुन निकालने के लिए धूप लगाना सबसे जरूरी है छोटी बहू।"

"फिर तो सोच रही हूँ, मैं भी शुरू करूँ घुन निकालना, चावल के नहीं पर ये समाज वाले। कुछ लोगों के दिमाग में लगे ये घुन पूरे समाज को खराब कर रहे हैं।" चाची ने वही बैठते बुदबुदाते हुए कहा।

बुआ दादी, जिन्होंने सिर्फ 'घुन' शब्द ही सुना था, ने झट से कहा, "एकदम, इन घुनों को तो कड़कड़ाती धूप में सुखा दो, झटपट सब छोड़कर भागेंगे।"

चाची ने इस बार थोड़ा और आत्मविश्वास से कहा, "हाँ यही कर दिया करूँगी पूरी चावल खराब करने का इंतजार क्यों करूँ ? आज क्या अभी से शुरू करती हूँ।" चाची ने बुआ दादी की ओर देखकर कहा।

माँ कुछ बोलतीं इससे पहले ही दादी ने बोला, "सही बोल रही है, छोटी बहू, इन दिमाग के घुनों को साफ करना बहुत जरूरी है, मैं भी आती हूँ जरा हाथ-पैर धोकर।" माँ, दादी और चाची एक-दूसरे को देखकर मुस्कुराईं।

बुआ दादी को समझ नहीं आ रहा था कि हमारे आँगन में इन तीनों के बीच में क्या खिचड़ी पक रही है, इसलिए अपना समान समेटते हुए वहाँ से निकालना ही सही समझा, "अच्छा, चलती हूँ कल मिलती हूँ, वैसे भी घर पर भी थोड़ा काम है आज।" बुआ अपना घुटना पकड़कर उठने लगीं।

"अरे कहाँ जा रही हैं बुआ, बैठिए तो, अभी-अभी तो बातें शुरू हुई हैं।" पर बुआ दादी ने रुकना सही नहीं समझा और अपना चावल लेकर चलते बनी। उनके निकलते ही माँ ने चाची को कहा, "वाह छोटी, तू ने तो डरा ही दिया बुआ को आज, उनके घर की याद दिला दी उन्हें।"

"ऐसे ही अगर हम इन समाज के लोगों मतलब इन घुनों को भी फटक-फटककर उड़ा दें और जेठ की ऐसी तपती धूप समय-समय पर दिखाएँ, तो फिर कभी किसी घर में ना लगेंगे ये कीड़े, कितना अच्छा होता अगर मैं ऐसे कर पाती दीदी।" छोटी चाची ने सूप में रखे चावल में हाथ से कुछ लिखते हुए कहा।

"ऐसा ही होगा छोटी, देखो अब लोग जाग रहे हैं, समझते हैं और बोलते भी हैं। जैसे, आज तूने बोला और भी बोलेंगे और फिर अम्मा जैसे लोग हैं न हमारा साथ और आशीर्वाद देने के लिए। अपने आँगन में तो कई बार इन दकियानूसी विचारों को जड़ से मिटा देने की बातें सुनी या होते देखी है मैंने, पर जाने क्यों कभी भी इन बदलावों को घर के चौखट के बाहर निकलते नहीं देखा।" गोधूलि बेला में बाहर डेहरी के तरफ फैलते अँधेरे में देखते हुए माँ ने मुझे पुकारते हुए कहा, "नीचे आकर बाहर की बत्ती जलाओ, अँधेरा हो गया है।"

कुछ दिन पहले स्कूल के लिए रिक्शा पर बैठते समय मंगल बाबा फाटक पर मिले थे। 'मंगल बाबा' चाचा के लिए शादी का रिश्ता लेकर कुछ दिन पहले आए थे, शायद उसकी ही बात करनी होगी। मैंने और दीदी ने घर से लेकर स्कूल तक पूरे रास्ते चाचा की शादी की ही बात की। जो काम आज कंप्यूटर्स

करते हैं, पहले की शादी में लोग किया करते थे। बातें पहले लड़की की फोटो और लड़के की नौकरी से शुरू होती थी। चाचा की शादी ठीक कराने का काम किया था मंगल बाबा ने। हुआ यह था कि चाची के पापा को मंगल बाबा पहले से ही जानते थे और चाचा उनको इस रिश्ते के लिए सही लगे थे। दोनों ही घरों में इनका उठना-बैठना था इसलिए मंगल बाबा की बातें काफी मायने रखती थीं। जैसे लड़की का स्वभाव, लड़के के नौकरी और पढ़ाई-लिखाई वगैरह। फिर जब यह सब पसंद आ जाए, तो ही लड़के और लड़की की कुंडली मिलाई जाती थी और यह प्रक्रिया पंडित जी को घर बुलाकर, चाय-समोसे के साथ संपन्न होती थी। वैसे वर-वधू के जनमपत्री के गुण मिले या ना, पंडित जी के चाय नाश्ता और दक्षिणा में कोई कमी नहीं होती थी। भगवान की कृपा रही और कुंडली मिल गई, तब तो पंडित जी के क्या कहने। शादी के एक महीने पहले से एक महीने बाद तक पंडित जी और उनके शुभ मुहूर्त की जरूरत तो पड़ती ही थी। जब चाचा की शादी के लिए वर-वधू के जनमपत्री के गुण मिलाने के लिए पंडित जी को दादी ने घर बुलाया, तो हम सब बहुत उत्साहित थे। "अगर पंडित जी हाँ बोलेंगे, तभी चाचा की शादी चाची से हो पाएगी, क्योंकि इस जनमपत्री में जो भी लिखा है सब वह पढ़ सकते हैं।" अलमारी से लाल कपड़े में रखे चाचा की जनमपत्री को सावधानी से निकालती दादी ने कहा।

हम सब ने चाची की तस्वीर देख ली थी और सबसे आखिर में फोटो वाला लिफाफा चाचा के पास पहुँचा। चाचा ने फोटो बिना देखे ही बोला, "अगर भाभी को पसंद है तो मुझे भी पसंद है।"

माँ ने झटपट कहा, "नहीं बाबा! आप खुद ही देखें और पसंद करें। कल को कुछ अनबन होगी तो बोलेंगे, भाभी ने अपनी मर्जी से देवरानी चुन ली।" सब हँसने लगे। वैसे चाचा को चाची की फोटो पसंद आई, ये तो उनकी मुस्कुराहट ही बता रही थी, भाभी की मर्जी तो सिर्फ बोलने वाली बात थी। हम सभी के बाद अब बारी थी, सर्वोपरि 'पंडित जी' और उनके गहन चिंतन के बाद आने वाली सुखद या दुखद समाचार के हरी या लाल झंडी की। पंडित जी आँगन में पिछले चालीस मिनट से बारी-बारी दोनों जनमपत्री देखते और कागज में कुछ लिखते थे। इस गहन चिंतन में अब तक दो-तीन समोसे और एक नींबू की चाय लग गई थी। कुछ देर बाद, उनकी चमकती आँखों ने बताया कि 32 गुण मिले

हैं। हमें इसका मतलब तो समझ नहीं आया, पर सब को खुश देखकर लगा कि सब अच्छा ही है। धीरे-धीरे सब पंडित जी से इसके आगे की बातें सुनने में लग गए। हमारा काम हो गया था, इसलिए हम बच्चे खुशी से गाने गाते खेलने चले गए और रसगुल्ले और पंडितजी को आस-पास छोड़ गए। जैसे-जैसे वह गुण बताते वैसे रसगुल्ले भी निपटाते, यूँ कह लें कि रसगुल्ला गया मुँह के अंदर और गुण आया मुँह के बाहर। पूरी जुगलबंदी चल रही थी, पंडित जी, रसगुल्ले और जनमपत्री के गुणों की।

"चलो एक बड़ा काम संपन्न हुआ।" दादी ने हाथ जोड़कर तुलसी जी को प्रणाम करते हुए कहा। "बहू, जरा शाम की धूप लगाओ, मैं नहाकर आती हूँ।"

"अभी कहाँ माँ जी, अभी तो काम प्रारंभ हुआ है।" पंडित जी ने आखिरी बचा रसगुल्ला मुँह में डालते हुए कहा। हम वहीं बरामदे पर खेल रहे थे, उनकी इस बात और आखिरी बचे रसगुल्ले को भी उनके मुँह में जाते देखकर एक छवि आँखों के आगे उभर आई। जिसमें पंडित जी बीच आँगन में बैठे हैं और उनके चारों तरफ तरह-तरह की मिठाइयाँ रखी हैं। मन में बनी इस छवि ने अनायास ही मेरे मन में ये प्रश्न जगा दिया, "पापा, पंडित जी बनने के लिए क्या पढ़ाई करनी पड़ती है ?"

पापा, जो मेरे मन में पनपे इस सवाल के कारण को भाँप गए थे, हँसी दबाते हुए बोले, "बेटा पढ़ाई की बात तो हम बाद में करेंगे, पर जहाँ तक मुझे पता है, रसगुल्ले खाने के लिए पंडित जी की नौकरी की जरूरत नहीं है।" पीछे मुड़कर देखा तो माँ रसगुल्ले से भरी एक हाँडी लेकर खड़ी थी। माँ को देखकर मुझे जोर से हँसी आ गई, दादी बोलीं, "अब जल्दी से बिना हँसे रसगुल्ले खा लो तुम सब, वरना पंडित जी आ जाएँगे।" और एक बार फिर ठहाकों से आँगन गूँज गया।

ये तो थी उस दिन की बात, अब आज माँ के कमरे की बात। "माँ, चाची तैयार है। बस वह हैदराबाद वाली चूड़ियाँ पहनने को माँगी है, अगर आप नहीं पहन रही हैं तो।" चाची की कमरे से आकर दीदी ने बताया। "अच्छा, ये मोतियों वाली चूड़ी, हाँ ले जाओ दे दो।" माँ जो अभी उन्हीं चूड़ियों को खुशी-खुशी हाथों में डाल रही थी, ने झटपट उन्हें उतारते हुए कहा। मैं वहीं बैठी माँ को ध्यान से देख रही थी, जितनी जल्दी चूड़ियाँ पहनी थी, उतनी ही जल्दी वापस निकाल भी दिया।

"पर माँ ये तो तुम पहन रही थी न, मैंने पूछा?

"कोई बात नहीं, मेरे पास बहुत-सी चूड़ियाँ है, दूसरी पहन लूँगी, ये देखो ये लाल वाली कैसी लग रही है, मेरी साड़ी के साथ?

"तुम्हारे ऊपर सब अच्छी लगती है माँ, कुछ भी पहन लो।" मैंने उनको निहारते हुए कहा।

माँ मुझे बहुत अलग लगती थी, अपनी जरूरत और इच्छा कभी किसी और को नहीं बताती थी। 'जो है वह अच्छा है' या 'जो मेरा है वही मेरे लिए सबसे अच्छा है' का उनका ये तर्क थोड़ा अजीब लगता था।

मंदिर के लिए निकलने के पहले, आँगन में खड़े होकर दादी ने सभी बच्चों को सुनाते हुए बोला, "अगर तुम बच्चे अपने सबसे अच्छे व्यवहार को मंदिर में दिखलाओगे, तो सभी को कुछ-न-कुछ उपहार मिलेगा, शर्त है कि ये दो बातें माननी ही पड़ेंगी। पहली बात कि मंदिर में कोई भी तेज आवाज में बातचीत नहीं करेगा और दूसरी बात कि किसी भी बच्चे के पीछे मुझे उनकी मम्मी बिलकुल भागती नहीं दिखनी चाहिए। अच्छा व्यवहार और उपहार दोनों एक-दूसरे के साथ ही संभव है।" हम सब पूरी तरह तैयार थे।

अब दादी ने दूसरी घोषणा की बड़े लोगों के लिए, "सारी तैयारी तुम सब आज ही कर लोगी या शादी के लिए भी कुछ छोड़ोगी? थोड़ी लाली (लिपस्टिक) को उस दिन के लिए भी रख लो, घिस लेना।" दादी गुस्सा हो रही थी। उनकी आवाज सुनकर चाची, माँ, बड़ी दादी, मँझली दादी, मेरी दादी और छोटी दादी सभी तेज कदमों से चलते हुए आए। दादी ने सभी के ऊपर नजर डालते हुए मंजू माँ को आवाज लगाई, "जरा लाल मिर्च तो लाना इनकी नजर उतारूँ, नहीं तो मेरी ही नजर लग जाएगी, इस सुंदर सजे मेरे आँगन को।"

"कितना अच्छा होता न दादी, अगर आज ही शादी भी होती और हम चाची को घर लेकर भी आ जाते।" दीदी ने घर से बाहर निकलते हुए कहा।

"अरे शादी में इतनी शांति कहाँ रहती है हल्ला-गुल्ला, धूम-धाम, गाना-बजाना, एक-एक कमरे में सात-आठ लोग साथ में तैयार होते हैं। और ये सारे पलंग, कुर्सी सब एक तरफ कर दिए जाएँगे, पूरे घर में दरी-गद्दे लगेंगे और सब नीचे सोएँगे, कोई भी अपने कमरे में नहीं सोता उस समय।" चाची ने खूब उत्सुकता से बताया।

"ये तो एकदम मजेदार शादी होने वाली है, कब आएँगे सारे लोग, दादी?" पैर पटककर मैंने अपनी उत्सुकता भी जताई।

"बस आज चाची से मिल लें, फिर शादी की तारीख अगले महीने की पक्की।"

"वाह हुर्रे!" हम तालियाँ बजाने लग गए।

बाहर दोनों गाड़ियाँ लगी थीं। गाड़ी में बैठने की जगह अच्छे से थी, पर फिर भी हम बच्चे एक-दूसरे से चिपककर ही बैठे थे। कभी माँ की साड़ी और कभी चाची के पल्लू के ऊपर। करीब 15 मिनट में हम पहुँचे गए मंदिर प्रांगण। इन कुछ मिनटों के सफर में ही किसी की साड़ी का आयरन खराब हो गया, तो किसी का जूड़ा पिन निकल गया। सब इतने उत्साहित थे कि उस समय ये सारी परेशानियाँ किसी को भी नहीं दिखीं। ये सारी परेशानियाँ, मतलब खराब हुई साड़ियाँ और बिखरे बाल तब दिखे जब स्टूडियो से फोटो आई।

"मैं अच्छी नहीं लग रही हूँ। ये मेरा जूड़ा आगे से थोड़ा टेढ़ा दिख रहा है।" या "ये लिपस्टिक तो बिलकुल नहीं अच्छी लग रही इस साड़ी पर मेरी।" ऐसी बातें सुनने को मिलने वाली थीं। पर सबसे अच्छी बात थी कि चाची और उनके परिवार के सदस्य सभी को बहुत पसंद आए। एक तरफ जहाँ सब अपनी तस्वीर देखकर उदास हो रहे थे, वहीं दूसरी तरफ चाची की फोटो देख खुशी से आशीर्वाद देते नहीं थक रहे थे। उस दिन नई वाली चाची काफी शांत लग रही थीं, सिर्फ गर्दन हिलाकर हाँ या न में जवाब दे रही थीं। दीदी और मैं उनके दोनों तरफ बैठी थी और उनको और उनकी मेहँदी के गहरे रंग को देख रहे थे। चाची ने बालों में फूल तो नहीं लगाए थे, पर शायद फूलों की खुशबू वाला कोई पर्फ्यूम लगाया होगा। उनकी भीनी-सी खुशबु, हल्की-सी मुस्कान और मंदिर का प्रांगण तीनों ही मिलकर समय को और भी अच्छा बना रहे थे।

"कम्प्यूटर्स में किया है, भाभी।" उन्होंने धीरे से जवाब दिया, जब माँ ने उनसे मास्टर का विषय पूछा।

"ये तो बहुत अच्छा है। आजकल तो कम्प्यूटर्स की पढ़ाई बिलकुल नई है, नौकरी भी आराम से मिल जाएगी, मतलब अगर तुम करना चाहो तो।" माँ की ये बात सुनकर मैंने पहली बार उनकी आँखें और गर्दन को ऊपर उठते देखा माँ की ओर, लगा जैसे माँ ने क्या बोल दिया!

"नौकरी? मैं शादी के बाद नौकरी कर सकती हूँ क्या, भाभी?"

"अगर करना चाहो तो, क्यों नहीं। तुम्हारी मर्जी।" माँ ने उनके हाथ पर अपना हाथ रखकर जवाब दिया।

"मेरी मर्जी चलेगी?" ये बोलकर कुछ सोचते हुए उन्होंने आँखें नीचे कर ली। माँ को भी कुछ ज्यादा समझ नहीं आया, पर अचानक 'मेरी मर्जी' बोलकर चाची की आँखों में आई उस चमक ने कुछ तो कहा, जो शायद माँ ने सुना। माँ ने धीरे से झुककर उनको बोला, "हमारे घर में हर किसी को अपनी बात रखने की पूरी आजादी है और छोटों को तो लाड़ प्यार भी भरपूर मिलता है।

तभी वहाँ दादी आ गईं। चाची ने झुककर प्रणाम किया और शगुन के तौर पर उन्होंने चाची के हाथ में 501 रुपये दिए और कहा, "खूब खुश रहो और जल्दी से अपने घर आओ बहू!"

दादी ने बहू बोल दिया, मतलब चाची अब चाची बन गईं। हम तालियाँ बजाने लग गए। सब एक-दूसरे के गले लगे, चाची ने सभी बड़ों के पैर छूए और सभी ने चाची को एक-एक लिफाफा आशीर्वाद में दिया।

"ये चाची को चिट्ठियाँ क्यों दे रहे हैं दीदी, सब लिफाफे में, शादी तो अगले महीने ही होगी न?" मैंने दीदी से पूछा।

"अरे वो चिट्ठियाँ थोड़ी हैं, 'शगुन' हैं, मतलब उन लिफाफों में पैसे हैं।"

"पैसे! पर ये बड़े लोग पैसे क्यों दे रहे हैं चाची को?"

"ऐसे ही, आशीर्वाद के तौर पर, बड़े पैसे देकर शगुन करते हैं।" दीदी ने समझाया।

"जब हम प्रणाम करते हैं तब तो बिना शगुन के ही आशीर्वाद दे देते हैं ये घर वाले... पर हमारे और चाची को पैसे?" मैंने दीदी को जवाब दिया।

"क्यों, हमें भी तो मिलते हैं कुछ खास दिनों में जैसे तीज-त्योहार या हमारे जन्मदिन पर भी तो मिलता है, दादी से, याद नहीं तुम्हें? चाची का भी तो आज खास दिन है, आज उनका रिश्ता पक्का हुआ है। अब वह हमारे घर में रहेंगी, हमारे साथ, समझी!"

मैंने खुशी में जोर से गर्दन हिलाया और गर्दन हिलाने से हिलती मेरी चोटी की परछाई को देख दो बार और उतनी ही तेजी में हिलाया। "अब तो हमारा घर, चाची का भी घर हो गया है, चाची के दो-दो घर हो गए। शादी करने के कितने

फायदे हैं दीदी, दो घर, दो परिवार, दो मम्मी-पापा भी मिल जाते हैं, नए कपड़े, गहने और ये शगुन भी... कितना अच्छा होता है न। मुझसे पहले तुम्हारी शादी होगी और तुम्हें भी मिलेंगे न ये सब? ठीक है, तो फिर आज ही सुन लो अभी से बोल देती हूँ, तुम्हारी शादी में शगुन के पैसे से शादी के उपहार तक सब में मेरा हिस्सा बराबर रहेगा? जल्दी से हाँ बोलो और ये शर्बत ले लो।" मैंने दीदी को गिलास पकड़ाई और कुछ हल्का-फुल्का नाश्ता कर हम सब गाड़ी की ओर बढ़े। कार की इंजन और चाची और उनके परिवार के लोगों की बातचीत का सिलसिला घर आकर ही बंद हुआ। मतलब बंद नहीं हुआ ब्रेक लगा, क्योंकि अभी घर में भी बाकी लोगों को पूरी कहानी शुरू से सुनाई जाएगी। मंदिर में चाची की साड़ी की रंग से लेकर मिठाई के स्वाद तक, सभी बातें।

ये बड़े लोग कितनी बातें करते हैं, एक ही बात कई अलग तरीकों से बोलते भी हैं, समझते भी हैं और समझाते भी है। हम छोटे बच्चे ही अच्छे हैं, एक बात का सिर्फ एक ही जवाब हो सकता है, मुझे अपनी ही सोच में डूबा देख दीदी ने जोर से हिलाया, "क्या हुआ तुम्हें, प्लीज अब तुम ये मत बोलना कि तुम कुछ सोच रही हो।" मेरे जवाब सुनने के पहले ही दीदी ने पूछा, "चाची का फोन नंबर तो लिया था ना तुमने?"

"हाँ, अभी देती हूँ, फोन करें क्या? चलो माँ से पूछते हैं।" नीचे आँगन में अभी चाय के साथ मीटिंग बैठने वाली थी।

"माँ हम तो मिल लिए, पर चाची और चाचा कब मिलेंगे, आपस में?" दीदी ने पूछा।

माँ ने दादी की ओर इशारा करते हुए पूछने को कहा, "दादी, आप बताइए न?"

"मिलने की हड़बड़ी ही क्या है, फोटो तो उसने पसंद की ही है, वैसे जब तुम फोन करोगे एक बार चाचा को भी बात करा देना। पर उसके पहले चाची से जरूर पूछ लेना, अगर वह बोलें कि बात करेंगी तब ही चाचा को फोन देना, समझी तुम दोनों?" दादी ने हिदायत दी।

"अरे वाह! अभी ही फोन कर लें न दादी, चाची भी इंतजार कर रही होंगी।"

"अरे अभी नहीं कल करना, अभी सब कितना थक गए होंगे, आराम करेंगे। कल जब स्कूल से आना तब शाम में फोन कर लेना, ठीक है।" माँ ने कहा।

बुढ़िया दादी, बाबा, मंजू माँ सभी लोग आँगन में वहाँ का आँखों देखा हाल सुनने का बेसब्री से इंतजार कर रहे थे। दादी ने आते ही, शुरू से फिर से सारी बातें शुरू की, बुढ़िया दादी को सब जानना था।

"चलो जाते-जाते एक और पोता का घर बसते देख लेंगे हम।" दादी खूब खुश थीं, उन्होंने मुस्कुराते हुए बाबा को देखकर कहा। रात में खाने के मेज से लेकर बिस्तर तक सिर्फ, चाची, उनके घर वाले और शादी की तैयारियों की ही बातें हो रही थीं। शादी में सिर्फ दो महीने रह गए थे, हमारे लिए ये दिन पहाड़ जैसे थे। पर पता नहीं बड़ो को ये 61 दिन 10 दिन जैसे क्यों लग रहे थे। रात को खाना खाकर आँगन की बातचीत में भी सिर्फ शादी। पापा ने परिवार के लोग और दोस्तों के नाम लिखे, जिन्हें निमंत्रण कार्ड भेजने थे। उपहार की भी एक लंबी सूची बनाई गई। हलवाई, दर्जी, तंबू-कनात वाले लड्डू चाचा, सभी फोन नंबर डायरी से निकाले गए। पापा ने एक नई डायरी निकाली, जिस पर लिखा- 'छोटे की शादी।'

"निमंत्रण कार्ड के साथ सभी को फोन पर भी न्योता देना होगा बहू, शादी की तारीख पक्की कर के हम रिश्तेदारों को फोन करना शुरू कर देंगे, बड़े लोगों से मैं बात कर लूँगी, कुछ से तुम और कुछ से पोता-बहुएँ कर लेंगी। पर कोई छूटे न जाएँ, ये याद रखना। इन सब शादी-ब्याह में कुछ लोग नाराज होने के बहाने ढूँढते हैं।" बुढ़िया दादी ने पंखा झलते हुए कहा।

"सही बोलीं अम्मा आप, याद है न पिछली बार शादी में भाई साहब ने कैसे मुँह फुला लिया था, रसगुल्ले के लिए।" छोटी दादी ने याद करते हुए बोला, "याद ही है, उनका गुस्सा।"

"दादी, इस बार मिठाइयों की जिम्मेदारी हम मंजू माँ को देंगे।" माँ ने सोचते हुए कहा।

"हाँ एकदम ठीक रहेगा, मंजू माँ को सारे रिश्तेदारों के स्वभाव की भी अच्छे से खबर है, वह ध्यान रखेंगी, तो फिर भंडार से निकालने वाले शाम के नाश्ता की जिम्मेदारी मंजू माँ को ही सौंपो बहू।"

ये सब मिलकर काम की जिम्मेदारी सौंप रही थीं और मैं, दीदी और मेरा भाई तीनों वहीं दरी पर इनकी बातें सुनते-सुनते सो गए, पता नहीं इनकी बातें कब तक चलीं।

चाचा चाची के बात अब फोन पर होने लग गई थी। आँगन में हँसी, ठिठोली, शादी के गीत, बन्ना-बन्नी वाले गाने अब हम भी गुनगुनाने लगे थे। माँ और चाची मिलकर चाचा की खूब खिंचाई करती थीं, खासकर तब जब चाचा फोन पर चाची से बात करते पाए जाते। घर शादी के माहौल में बिलकुल रम-सा गया था। पापा और चाचा दो दिन पहले शादी की कुछ खरीदारी करने पटना गए थे। माँ और हम सब ने अपनी शॉपिंग की लिस्ट उनको थमा थी, इसलिए हमें पापा के आने का इंतजार कुछ ज्यादा ही हो रहा था। चाची शाम की चाय के लिए पानी डाल ही रही थीं कि पापा और चाचा भी आ गए।

"आ गए आप लोग।" माँ और चाची दोनों ही शॉपिंग बैग्स की तरफ लपकते हुए बोलीं।

"अरे कोई पानी तो लाओ हमारे लिए, थका दिया इसने मुझे बाबूजी, पसंद ही नहीं आता इनको कुछ भी।" चाचा स्वभाव से पहनने-ओढ़ने के शौकीन थे और कुछ भी पसंद करने में काफी नखरे दिखाते थे।

"हमारे लहँगे के रंग बहुत सुंदर हैं पापा, दीदी के लिए गुलाबी और मेरे लिए बैंगनी, हैं ना! अच्छे से दर्जी से इसको सिलवाना है, बस।" हम दोनों बहनें इतनी खुश कि बस आज शादी हो और हम आज ही पहन लें। अब ये कुछ दिन निकालने बड़े मुश्किल थे हमारे लिए।

"दादी शादी के लिए इतने दिन बाद की तारीख क्यों निकाली पंडित जी ने।" मैंने लहँगे के कपड़े को अपने ऊपर रखते हुए कहा।

"अरी, शादी की एक मुहूर्त होती है, चाचा और चाची की पत्री के हिसाब से पंडित जी ने शुभ समय निकाला है और उस मुहूर्त में शादी करने से सब अच्छा होता है, जोड़े के बीच। पति-पत्नी साथ-साथ और खुश रहते हैं। जैसे, राम और सीता जी की शादी अत्यंत शुभ मुहूर्त में की गई थी और देखो आज भी लोग इनके नाम का आशीर्वाद देते हैं नए जोड़े को।" दादी ने रामायण ग्रंथ बंद करते हुए कहा।

"हाँ! दादी सभी बड़े आशीर्वाद में यही तो नाम लेते हैं, मैंने भी सुना है। रामायण की सारी बात समझ आती है, पर बस एक बात बस समझ नहीं आती दादी।" मैंने दादी के पास जाकर बैठते हुए कहा।

"और आपको क्या बात समझ नहीं आती? मेरी दादी अम्मा?" बुढ़िया

दादी ने अपना चश्मा उतारते हुए पूछा।

"अब देखिए दादी, राम और सीता जी की शादी इतने अच्छे मुहूर्त में हुई। दोनों ही कितने अच्छे शांत स्वभाव के, पर अगर देखा जाए तो उन दोनों को तो साथ में रहने का मौका ही कम मिला। पहले दोनों वनवास चले गए, फिर रावण ने सीता हरण कर लिया और, जब सब ठीक कर वह लोग वापस अयोध्या आए तब सीता जी को फिर से जंगल जाना पड़ा, तो फिर भला शादी के उस अच्छे मुहूर्त ने क्या काम ही किया? जरा सोचिए, आप!"

दादी और आँगन में बैठे सभी, मेरी बात सुन रहे थे, पर किसी ने भी मेरी इस सोच पर सोचना शायद भगवान के खिलाफ समझा। पर यहाँ मैं भी भगवान के खिलाफ बिलकुल भी नहीं थी या हूँ, पर कुछ बातें या कुछ मान्यताएँ अगर सोच-समझकर मानी या बोली जाएँ तो ही लॉजिकल लगती हैं। मेरी उम्र और समय की नजाकत को समझते हुए दादी ने मेरा इन बातों पर ज्यादा सोचना सही नहीं समझा और फिर तुरंत ही कहा, "सयानी हो गई है, मेरी पोती तो। पर इस बात पर सिर्फ यही कहूँगी कि भगवान और उनकी लीला को समझना थोड़ा मुश्किल है। क्या और क्यों किया, ये कई बार समझ नहीं आती। चलो अब सब जल्दी-जल्दी काम समेटो अपना, बहुत काम पड़ा है।"

"ये अच्छा है, दादी भगवान की जो बात समझ आ गई उसे हमने करिश्मा कह दिया, जो बात समझ न आए उसे उनकी लीला।"

हम बड़े हो रहे थे, दीदी ने 10th की परीक्षा दी थी और मैं इस साल देने वाली थी। माँ को हमारा बेबाकी से सवाल पूछना गलत तो नहीं लगता था, पर कहीं-न-कहीं ये उनकी परेशानी का कारण जरूर था। वैसे वह ये जानती थी कि हमारी बेबाकी से किसी को दुख नहीं होगा पर हाँ गुस्सा जरूर आ सकता है, इसलिए अब माँ ने भी हमारे सवालों को 'छोड़ो भी, बाद में बात करते हैं' या फिर 'यही सही है' कहकर संक्षिप्त में जवाब देना शुरू कर दिया था।

"दूसरे के घर जाना है इनको, मन में अगर इतने सवाल होंगे तो इनको ही दिक्कत होगी। हर घर में हमारे जैसे अपनी बातों को रखने का हिसाब-किताब नहीं होता है। मुझे तो चिंता ही होती है, कहीं किसी के गुस्सा का कारण न बन जाएँ दोनों। सब यही बोलेंगे, माँ ने अच्छे संस्कार नहीं दिए।" माँ ने पापा से अपने मन की बात की, दोनों शाम की चाय पी रहे थे। वैसे शाम की चाय सिर्फ

माँ और पापा साथ बैठकर पी रहे हों, ऐसा बहुत कम ही होता था। शादी का घर था, सब ही कुछ-न-कुछ काम में लगे थे, इसलिए थोड़ी शांति थी।

पापा ने माँ की तरफ घूमकर बोला, "तुम भी क्या लेकर परेशान हो, कुछ सोच समझकर ही हम रिश्ता करेंगे ना इनका, पहले पढ़-लिख लें फिर अपनी पसंद के हिसाब से कोई समझदार घर परिवार ढूँढेंगे। फिलहाल स्वाद लेकर चाय पी लो, नहीं तो अम्मा बोलेंगी मेरी बहू का ध्यान ही नहीं रखता मेरा बेटा, कैसे संस्कार दिए हैं।"

"आपको तो हर बात पर मजाक सूझता है।" माँ मुस्कुराई और चाय की चुस्कियाँ लेने लगी।

आज शाम को नाश्ता में हमें शादी के समय मिलने वाली नमकीन, खुरमा और खाजा खाने को मिले। ये हलवाई नए थे, इसलिए दादाजी ने उनके हाथ का स्वाद देखने के लिए उनको कुछ बनाकर खिलाने को बोला था। नमकीन और मिठाई दोनों ही अच्छी बनी थी। मुझे मिठाई बहुत पसंद नहीं थी, इसलिए खाने से ज्यादा उनको बनते देख मजा आता था। आज मिठाई बनती देख पता चला की मिठाई जितनी झटपट खत्म होती है, उनको बनाने में उतनी ही ज्यादा समय और मेहनत लगती है। शादी-ब्याह के समय खान पान का विशेष महत्त्व रहता है। किस्म-किस्म के पकवान, मिठाइयाँ और नमकीन होने चाहिए। आचार पापड़ की तो एक महीने पहले से ही तैयारी चल रही थी। अब आँगन में माँ और दादी की पुरानी सूती साड़ियों पर पूरे दिन हम पापड़, बड़ियाँ और आचार सुखते देखते थे।

"तुम लोग की साड़ी भी कितने काम की होती हैं न माँ, नई है तो पहन लो, फिर पुरानी हो गई तो आचार पापड़ सुखाओ और मच्छरदानी की रस्सी भी बना लो, कितने काम की होती है न।" मैंने कहा।

"हाँ, सही कहा और भी बहुत काम आती हैं, जैसे सूजनी और छोटे बच्चों की दरियाँ भी बनती है और तो और तुम सब बच्चों के लिए नानी ने कपड़े भी बनाए थे। गर्मी के लिए एकदम बढ़िया और बहुत मुलायम होते हैं ये। कितना प्यार होता है इन साड़ियों में। मुझे तो आज भी नानी की साड़ियों से उनकी खुशबू आती है।" कहते हुए माँ कहीं खो गई, शायद नानी की याद आ गई।

"नानी भी आएँगी न शादी में माँ?" मैंने पूछा।

"हाँ बोला तो है, पर उनकी थोड़ी तबीयत ठीक नहीं, देखो आना होता है

कि नहीं?"

"माँ तुम्हें नानी की बहुत याद आती है ना? कितना मुश्किल होता होगा न, एकदम से अपना घर छोड़कर एक नई जगह, नए लोगों के बीच आ जाना और वह भी हमेशा के लिए।"

"हाँ! शुरू में थोड़ा अजीब तो जरूर लगता है, पर फिर धीरे-धीरे समय के साथ हम इस नए जगह में घुल-मिल जाते हैं, थोड़ा सामंजस्य और धैर्य तो रखना ही पड़ता है हम औरतों को। फिर हमें तो पहले से ही पता होता है न कि हमें दूसरे घर जाना है, तो मन को बनाकर ही रखना अच्छा है। है न?"

आज मैंने माँ को कुछ नहीं बोला, सिर्फ उनके हाँ में अपना सर हिलाया। कभी भी, जब हमारी शादी, या हमारी दूसरे घर जाने वाली कोई बात माँ करती तो कमजोर और बहुत भावुक हो जाती थी। और, उस समय तर्क-वितर्क कर उनको तंग करने का मेरा मन नहीं करता था और फिर मैं उनकी हाँ-में-हाँ मिलाती। कितनी सारी भावनाएँ उमड़ती होंगी न उनके मन में, पहले एक बेटी के मन से और फिर एक माँ के मन से सोचे तो।

आज, जब सोचती हूँ तो लगता है, मन को मजबूत करने की जिम्मेदारी हम औरतों ने ही तो उठाई है। लोग कहते हैं बेटी कितनी बड़ी जिम्मेदारी है। मुझे लगता है बेटियों पर कितनी जिम्मेदारी है। पहले अपने चाल-चलन को ठीक रखने की जिम्मेदारी ताकि माँ-बाप और घर का नाम खराब न हो, फिर शादी के बाद ससुराल की आन और मायके की इज्जत दोनों बनी रहे इसकी जिम्मेदारी और जब माँ बने तो बच्चों की अच्छी परवरिश की जिम्मेदारी। अगर कुछ कमी रह गई इनमें से किसी को भी निभाने में, तो सब कुछ तबाह कर दिया, यह सुनने की भी जिम्मेदारी। हमारे हिस्से बस जिम्मेदारियाँ ही तो आती हैं।

"अगर गलती से भी कोई भी माँ, बहन, भाभी, बहू या बेटी इन जिम्मेदारियों को ना निभाए, भूलने लग जाए, या अनदेखा करने की कोशिश भी करें तो उसे हर तरीके से चाहे वह शारीरिक हो या मानसिक, वापस अपनी जिम्मेदारियों का एहसास दिलाने की जिम्मेदारी लेता है ये समाज, जिसमें हम सब रहते हैं। क्या अजीब विडंबना है।"

तभी दीदी ने ऊपर कमरे से नीचे झाँकते हुए मुझे आवाज लगाया, "तुम्हारा खाना अभी खत्म नहीं हुआ क्या? आज लहँगा देने जाना है, जल्दी करो दुबे जी

आ गए हैं। चाची साथ जाएँगी तो उनको भी बोल दो। और जल्दी ऊपर आओ।"

जी हाँ बिलकुल ठीक सुना आपने, शादी वाले कपड़े हम अपने पुराने वाले मास्टर साहब से नहीं सिलवा रहे थे। इसलिए इस बार कपड़े सिलने देने और उन्हें लाने दोनों हमें ही जाना था। मेन मार्केट में एक नई बुटिक खुली थी, आते-जाते कई बार देखा था और सोच के रखा था कि कभी यहाँ कपड़े सिलवाएँगे। दादी को मनाने में थोड़ा समय लगा, पर आखिरकार चाचू की शादी है बोलकर बुटिक में कपड़े देने की बात पर दादी राजी हुई।

"शादी के तुम्हारे कपड़ों की जिम्मेदारी हमारी नहीं, अब तुम जानो, कहाँ से कैसे सिलवाना है। मुझे समझ नहीं आता, क्यों नहीं सिलवाना इनको मकबूल मास्टर से आखिर? पुरखों से सिलते आ रहे हैं वह हमारे कपड़े।" दादी ने कल रात के डाँट वाली एक पूरा पैराग्राफ फिर से दुहराई। पर हम दोनों ने भी इस बार ठान रखा था कि दादी को मना कर ही रहेंगे।

"माँ देखा था न तुमने उस दिन उस पार्टी में भी 3-4 आंटी ने कितने अलग डिजाइन के ब्लाउज पहने थे, वहीं से बनवाया होगा उन लोगों ने भी। बस हम नहीं बनवा सकते वहाँ से, ये भी कोई बात हुई भला। अब चाचा की शादी रोज तो होगी नहीं। कल जब जाऊँगी तो तुम्हारी और चाची के ब्लाउज के कपड़े भी ले जाऊँगी और एकदम नई डिजाइन का सिलवाऊँगी।" माँ और पापा दोनों ने कुछ भी नहीं कहा। अगले दिन दादी का भी मूड ठीक हो गया था। इसलिए हम भी दोपहर का खाना खाकर, दादी के सोने के समय चुपचाप माँ को बोलकर कपड़े के दो-चार बैग लेकर आ गए 'लिबास बुटिक', सुंदर-सी दुकान, बाहर बड़े अक्षरों से लिखा था- 'ट्रेंड डिजाइनर्स ओन्ली'। हम भी शान से अंदर गए। मोटे गद्दे लगे थे और चप्पल बाहर ही खोलनी थी, अंदर एसी चल रही थी।

एक स्टाफ ने ठंडे पानी का गिलास दिया और कहा, "मैडम थोड़ा बिजी हैं, आप जब तक लहँगे के डिजाइन की किताब देखें और डिजाइन पसंद करें।" चाची साथ नहीं आई थीं, हमने चाची और माँ के लिए ब्लाउज की एक बहुत सुंदर-सी डिजाइन पसंद की, उस डिजाइन का नाम था 'हम आपके हैं कौन ब्लाउज', और माधुरी दीक्षित की फोटो भी बनी थी।

"उन दोनों की डाँट सुन लेंगे दीदी, पर ब्लाउज की डिजाइन एकदम नई होनी चाहिए उनकी, ये माधुरी वाली सुपर लगेगी।" इस बार तो मैंने पूरा पंगा ले

लिया था जैसे।

लहँगे की डिजाइन भी एक से बढ़कर एक थी उस किताब में, हमारा तो मन डिजाइन देखकर ही खुश हो गया था। "दीदी एकदम सही जगह आए हैं हम।" दीदी का हाथ पकड़कर मैंने कहा।

"सच में, पर इतनी भीड़ है, लगता है समय लगेगा इनको। बस कपड़े का डिजाइन दें और ये नाप ले लें, फिर हमें घर भी जाना है, देर होगी तो फिर दादी परेशान होंगी। बिजी डिजाइनर मैडम जाने कब फ्री होंगी।"

"अच्छा सिलती हैं तभी तो इतनी व्यस्त हैं, वैसे भी शादी का मौसम है, हर कोई यहीं आता है अपने कपड़े सिलवाने।" मैंने कहा।

करीब 30 मीनट बाद डिजाइनर मैडम फ्री हुईं, हमारी डिजाइन के नंबर को नोट किया और हमारा नाप लिया। नाप लेने के लिए अलग और लिखने के लिए एक अलग स्टाफ था। डिजाइनर मैडम कपड़े की बस कटिंग करती थीं और बाकी सारी स्टेप्स मैडम की देख रेख में होती थी।

"कपड़े तैयार होने में थोड़ा समय लगेगा, अभी काफी ऑर्डर्स हैं, शादी सीजन, यू नो।" मैडम ने अंग्रेजी-हिंदी मिक्स करते हुए कहा।

"हाँ, समझते हैं। बस आप 3-4 दिन पहले हमें लहँगा तैयार कर दें, तो अच्छा रहेगा।"

"हम पूरी कोशिश करेंगे, आप एक बार ट्रायल के लिए आ जाएँ 10 दिन बाद।" ठीक है सुनने का समय नहीं था उनके पास, वह मुड़कर दूसरे लोगों से बात करने लगी। हमें एक तीसरे स्टाफ ने एक ट्रायल डेट दिया, ट्रेंड डिजाइनर वाले सारे गुण दिख रहे थे उन स्टाफ में। हमने रसीद ली, दो-तीन बार धन्यवाद बोला और गाड़ी में आकर बैठ गए।

वहाँ बुटिक में तमीज की मूरत बनी दीदी गाड़ी में बैठते ही अलग रूप में आ गई। "कितनी देर हो गई, हे भगवान! आज तो अच्छी-खासी क्लास लगने वाली है हमारी। और ये बिल देखा है?" हाथ में पकड़े रसीद को दिखाते दीदी ने कहा।

झट से उसके हाथ से लेकर मैंने देखा, तो होश उड़े रह गए, दोनों के लहँगे की सिलाई 1000-1000 रुपये और ब्लाउज की 500-500, मतलब कुल मिलाकर 3000 रुपये, उस पर उस माधुरी दीक्षित वाली डिजाइन का एक्स्ट्रा 50 रुपये और टैक्स। "हे भगवान ये तो बहुत ज्यादा है, ये तो सरासर फिजूलखर्ची

ही है। मर गए, अब क्या करें। चलो दीदी वापस चलकर ले आते हैं, कह देंगे शादी की तारीख आगे बढ़ गई, या कुछ भी बहाने बनाकर बस कपड़े का बैग उठा लाते हैं।"

"अब रहने दो, देने के पहले ही ध्यान देना चाहिए था हमें इस बात का, पूछा भी तो नहीं न हमने। हमारे परिवार को सब जानते हैं, अब वापस जाकर थोड़े ही न ला सकते हैं। घर जाकर पापा-माँ से बात करते हैं।" इधर घर पर खूब रौनक लग रही थी, आज शाम से गाना-बजाना शुरू होने वाला था।

"दे आई, कब देंगी सिलकर?" आँगन में कदम रखते ही बुढ़िया दादी ने पूछा।

"हाँ दादी दे आए, दे देगी जल्दी ही। हमें भूख लगी है कुछ खाकर आते हैं, माँ क्या है नाश्ता में?" दादी के अगले सवाल पूछने के पहले ही हम वहाँ से सरक लिए। दादी ने फिर से पूछा, "बड़ी देर लगा दी तुम लोगों ने, सिर्फ वहीं गए थे या किसी और दुकान भी गए थे?"

"सिर्फ वहीं गए थे दादी, भीड़ थी उसके वहाँ।" पानी पीते हुए बोला और जल्दी से अपने कमरे में चले आए।

दादी भी आने वाले शादी के समय के लिए सब्जियों की सूची लिखवाने लगीं। क्या, कितना और कहाँ से आएगा। दुबे जी हमारे ड्राइवर थे, उन्होंने सुझाया कि सब्जी उनके गाँव से आनी चाहिए, ज्यादा ताजी और अच्छी सब्जी कम दाम में मिलती है। वह शादी के मेहमानों के आने से पहले गाड़ी से जाकर ले आएँगे। मंजू माँ ने सलाह दिया कि उनके ससुराल वाले गाँव में इस बार बहुत अच्छी बासमती चावल की खेती हुई है, जितना मँगवाना है उन्हें बता दें, उनके मौसा जी जाकर ले आएँगे। ऐसे ही साग किसी के खेत से, कद्दू किसी के घर से, मछली किसी के तालाब से। शादी में अलग-अलग रस्मों में काम आने वाले सारे सामान जैसे 'डाला', दूल्हे की मौरी सब की बुकिंग किसी-न-किसी के गाँव या घर से हो गई थी। शाम तक जो सूची बनकर तैयार हुई वह बड़ी ही अजीब थी। चाचा ने जब सबके सामने उसे पढ़ा तो उनके होश उड़ गए। समान की लिस्ट कुछ ऐसी थी :

दुबे जी + रामा जी – सब्जी

जद्दु राव के खेत से – कद्दू

बासमती चावल – मंजू माँ के मौसा

कुमार जी – दही

मौरी, टोकरी, पूजा का बाँस का समान – नाऊन की मामी

पूजा का बाकी समान – बुआ के भाई

"बाबा ये क्या है? ये तो लग रहा है जैसे सिर्फ हमारे घर की नहीं कितने सारे गाँव-घर की शादी के सामान की लिस्ट है। और ये जिन लोगों के नाम लिखे हैं उनको क्या आप जानते हैं?" चाचा ने आश्चर्य करते हुए पूछा?

"मैं किसी को नहीं जनता इसमें से, बस उन लोगों को जनता हूँ, जिन्होंने इनके नाम लिखाए हैं।" बाबा ने आराम से कुर्सी पर लेटते हुई कहा, जैसे कोई चिंता ही न हो। इधर चाचा की हालत खराब हो रही थी, पूरे आँगन में घूम-घूमकर लिस्ट पढ़ रहे थे।

"भैया ऐसा भी होता है क्या? मैं तो इनमें से सिर्फ दुबे जी को ही जनता हूँ। और ये बाकी लोग कौन हैं?" चाचा ने लिस्ट पापा को दिखाते हुए कहा।

हमें तो 'जद्दु राव– कद्दू' सुनकर ही इतनी हँसी आ रही थी कि पूछिए मत। अगर आज के जैसे उस समय भी वीडियो रेकॉर्डिंग करने की तकनीक होती तो आज ये घर का सबसे मजेदार वीडियो होता। जितना ही परेशान चाचा था उतने ही शांत बाबा। मैंने तो दूल्हे बने चाचा के हाथ में लौकी लिए कल्पना करना भी शुरू कर दिया था और हँसी थी जो बंद होने का नाम ही नहीं ले रही थी। पापा-माँ, बड़े चाचा-चाची, छोटी दादी, मँझली दादी सब किसी तरह गंभीर बने थे पर हमें हँसता देखकर कोई भी अपनी खिलखिलाहट रोक नहीं पा रहा था।

"ऐसा करना ठीक रहेगा भैया? कहीं कोई सामान लेकर समय पर नहीं आया, तो फिर क्या करेंगे? मैं तो दूल्हा बना रहूँगा सारी भाग-दौड़ आपको और मेहमानों को करनी होगी। क्या जरूरत है, किसी के खेत या घर या तालाब से कुछ लाने की, चुपचाप मार्केट से सब आ जाएगा, दादाजी। आप बस इन लोगों को मना कर दीजिए।"

"अरे तुम क्यों परेशान हो रहे हो? मुन्ना की शादी में भी ऐसा ही तो हुआ था, हर शादी में यही होता है। अभी तीन साल ही हुए हैं तुमको घर छोड़े, इतनी जल्दी भूलोगे तो फिर तो मुश्किल है बेटा।"

चाचा ने दिल्ली में पढ़ाई की थी और नौकरी भी वहीं करते थे। नई नौकरी

के लिए इंटरव्यू देकर घर आए थे, शादी के बाद उन्हें वापस नौकरी के लिए जाना था।

"याद है न आपको, मुन्ना की शादी में कितनी अच्छी दही, सब्जी फल-फूल लेकर आए थे ये सारे और मजाल है कि कोई किसी भी काम में देर लगाया हो। सब समय पर और पर्ची में लिखे गए चीजों से ज्यादा और हमारे लाए गए सामानों से कहीं ज्यादा उम्दा। कुछ भी तकलीफ नहीं हुई थी किसी को, एक बार याद भी नहीं करना पड़ा था।" बुढ़वा बाबा ने दादी को याद करते हुए कहा।

दादी ने मुस्कुराकर गर्दन हिलाया। दादाजी ज्यादा बातें नहीं करते थे, पर जब उनका तजुर्बा बोलता था, तो किसी और के बोलने की जरूरत नहीं होती थी। सारे सवालों के जवाब होते थे उनकी बातों में।

"इसलिए तो इनको ही बोला है फिर से, अरे ये सब राह देखते हैं कि वकील बाबू के यहाँ शादी होगी, तो फल सब्जी मेरे यहाँ से जाएगी। ये कुमार जी ने जब अपने यहाँ गाय खरीदी थी तब ही बोला था कि छोटे पोते की शादी में दही मेरे यहाँ से ही आएगी। इस आँगन की शादी सिर्फ इस आँगन की नहीं बेटा, बल्कि इन सब लोगों के घर की शादी होती है। सब ही कितना अपनापन से काम करते हैं। मैं देखूँ या न देखूँ समान की कोई गड़बड़ी नहीं होती, न ही नाप में न ही भाव में। इनका इस आँगन से रिश्ता, इन सब लेन-देन, मोल-भाव से परे है। पता है तुम्हें, ये लोग जब भी गाँव से शहर किसी काम से आते हैं तो बिना तुम्हारे आँगन आए नहीं लौटते। और तो और एक-एक को याद कर, तुम सब बच्चों की पढ़ाई-लिखाई, सेहत के बारे में तुम्हारी माँ से पूछते हैं। मुझे आज भी अच्छी तरह याद है, जब तुम पहली बार घर से बाहर पढ़ने के लिए निकले थे, तो सबसे ज्यादा तुम्हारी देख भाल करने वाली 'वृंदा माँ' ही रोई थी, दो दिन तक किसी से बात नहीं की थी।" बाबा ने मुस्कुराकर कहा।

"हाँ! तुम्हारे बाहर जाने के फैसले से नाराज थी। तुम्हारा कमरा खुद ही साफ करती थीं। तुम्हारे शादी की खबर तो भेजी है उनको, पर उनका बेटा बीमार है इसलिए उनको लाने वाला कोई नहीं, आ नहीं पाएँगी। मन बहुत है उनका, पर बुढ़ापे से थोड़ी परेशान है।" चाचा वहीं नीचे बैठे चुपचाप सारी बातें सुन रहे थे।

"ये रिश्ते अनमोल हैं, मुझे नहीं पता कि बड़े शहरों की जिंदगी में इन छोटी बातों, इन अनजान रिश्तों की कितनी अहमियत है, पर मेरे आँगन में इन सब

लोगों के बनाए इन बड़े रिश्तों की छाप मेरे दिल में है। हर एक इंसान जो इस घर में आता है, अपनी एक छाप छोड़ जाता है और इनको सहेजकर रखना हमारे संस्कारों में है बेटा।" दादाजी ने लंबी साँस लेकर कहा।

आज जब इस किताब के जरिये मैंने फिर से अपने आँगन के बचपन को जीना शुरू किया है, तो उस आँगन के प्रति मेरे मन में प्यार और रिश्तों की अहमियत और भी बढ़ गई है। मैं उन सभी रिश्तों के और पास आ गई हूँ, जो छूटे तो कभी भी नहीं थे बस याद करना भूल गई थी उनको।

उस दिन बुढ़वा बाबा ने कितनी बड़ी बात कही। सच में मेरा आँगन ऐसे ही नहीं खिलखिलाता है, इन खिलखिलाहट के पीछे न जाने कितने लोगों की हँसी, खुशी, आशीर्वाद और दुआएँ लगी हैं। आज बाबा की बात सुनने के बाद जब मैंने अपनी नजरें आँगन में दौड़ाई तो सचमुच ऐसे कई लोग आँगन के हर कोने में मिले। कितने अजीब होते हैं ऐसे कई रिश्ते जिनसे जुड़ने के लिए आपको रिश्ते के नाम की जरूरत नहीं होती, बस एक निश्छल एहसास चाहिए।

आँगन में अब रौशनी धीमी हो गई थी, हम सब सोने चले गए थे। सुबह उठने पर पता चला चाचा घर में नहीं है, सुबह-सुबह कहाँ निकल गए?

"गाड़ी भी नहीं है बाहर।" मंजू माँ अंदर आते हुई बोलीं।

वैसे इस बात पर सिर्फ हम बच्चे और मंजू माँ परेशान थे, बाकी सब लोग आराम से बैठे अपनी चाय पी रहे थे और आज के शादी के काम की बात हो रही थी, अब शादी में सिर्फ आठ दिन ही रह गए थे।

"माँ चाचू घर में नहीं हैं और आप लोग इतने आराम से क्यों हैं?"

"कल आया थे मेरे कमरे में रात को, वृंदा माँ के गाँव का पता लेने।" पापा ने कहा। "आ जाएगा शाम तक, आप लोग चिंता मत करिए। फोन नंबर दे दिया है, दिक्कत नहीं होगी।" पापा ने बताया। "नाश्ता करके गए हैं माँ, थोड़ा खाना पैक करके भी दिया है और सुबह निकलने के पहले दही भी खिला दिया था।"

"चलो अच्छा है वृंदा माँ के आ जाने से सारी रस्में भी अच्छे से हो जाएँगी और आज शाम से गाना बजाना भी शुरू।" दादी ने कहा।

हम सब बहुत खुश थे, आँगन जुटा था कुछ बिखरी यादों को समेटने और यादगार पलों को बुनने में।

शादी वाला आँगन : भाग-2

"हे भगवान! आज फिर ताला खुला हुआ है ? एक बार अगर बिल्ली भंडार में चली गई, तो सब नाश हो जाएगा।" मंजू माँ ने कमर पर हाथ रख धौंस जमाते हुए, बाकी घर के काम करने वाले लोगों से कहा। "अगर एक बार और इस कमरे का ताला खुला मिला, तो मैं जाकर बड़ी अम्मा से तुम सभी की शिकायत करूँगी। शादी का घर है, सब आँख-कान खोलकर काम करो, काफी जिम्मेदारी है मेरे ऊपर।" मंजू माँ नीचे बरामदे में भंडार घर के पास खड़ी हो फटकार लगा रही थीं। हम सब दादी के साथ ऊपर छत पर बैठे थे, नीचे से आती उनकी रोबदार आवाज सुन, सब नीचे देखने लगे। बात तो उनकी बिलकुल सही थी, पर जिस तरह से उन्होंने रौब दिखाया, उससे मैं बिना हँसे न रह पाई और मुझे हँसता देख बाकी सब भी हँसी नहीं रोक पाए।

"दादी, मंजू माँ तो एकदम बॉस के किरदार में आ गई हैं।" हँसते हुए मैंने कहा।

"हाँ, तो पूरे भंडार की जिम्मेदारी उसके ही सर पर तो है। आजकल साड़ी भी एकदम सुंदर कलफ डाली, पिन लगाकर पहनती है।" दादी ने माँ की तरफ देखकर थोड़ा ज्यादा मुस्कुराते हुए कहा।

शादी का घर ज्यादा काम, इसलिए जान-पहचान वाले कुछ और लोगों को दादी ने एक महीने के लिए काम पर रखा था और उन सब की स्वत: घोषित मालकिन थी मंजू माँ। आजकल वैसे, उनकी चाल भी बदल गई थी, चाबी का गुच्छा कमर में खोंसकर चलतीं तो चाबियों की छन-छन से पूरा आँगन गूँज जाता, उनका यूँ इतराकर चलना देखते बनता था। भंडार न हो गया, जैसे कोई खजाना

मिल गया हो, उस कमरे में। घर के तीन जीव बिल्ली, बच्चे और चाचा बड़े ही बेसब्री से शाम के नाश्ता और भंडार के खुले छूट जाने की गलती का इंतजार करते रहते। पर मंजू माँ भी अपना काम पूरे मन से करतीं, एक बार गलती हुई भी तो समझ लीजिए की बिल्ली के भी पता लगने के पहले, मंजू माँ ने ताला वापस लगा दिया था। मिठाई और नमकीन के दर्शन हमें सिर्फ हलवाई की कढ़ाई में ही हुए थे, उसके बाद से अब तक सिर्फ एक दिन ही चखने को मिले थे और वह भी आधे-आधे। घर के सभी को मिठाई मिली और बच्चों के हिस्से आए रस निचोड़े आधे सिकुड़े रसगुल्ले और चूर हुए लड्डू।

आधे किए रसगुल्ले की पूरी शक्ल बिगड़ और सिकुड़ गई थी, क्योंकि सारी चाशनी कटोरी में ही रह गई थी। पर रसगुल्ले के शौकीन 'हम' पहले रसगुल्ले को मुँह में डाला फिर उसकी चाशनी पी गए। इतनी बेतरतीब हालत में भी खाने में लाजवाब लगी थी, "रसगुला रसगुल्ला ही होता है। हलवाई चाचा ने इतनी मेहनत की है, इसलिए शायद मेहनत का फल मीठा या फिर मेहनत का फल रसगुल्ला होता है, ऐसा बोल सकते हैं।" मेरे रसगुल्ले वाले मुँह से मीठे बोल निकले।

घर में बाकी मरम्मत, रंगाई-पुताई, बाहर क्यारियों का बनना सब काम बहुत तेजी से चल रहा था। कल जब हम स्कूल से वापस आ रहे थे, तो पत्तियों से ढकी घर की दीवार जो कभी भी दिखती नहीं थी, आज काफी दूर से ही दिख रही थी। सब काफी साफ-सा लग रहा था, पता नहीं क्यों?

"दीदी इतना साफ लग रहा है न, ये दीवार देखकर।" मैंने रिक्शा से उतरते ही कहा।

"हाँ! सही में, कुछ तो अलग लग रहा है।" गेट खोलकर अंदर आए तो देखा बाहर बगीचे के हर एक कोने की सफाई चल रही थी। कोई घास की सफाई में लगा है, तो कोई गमले रंग रहा है, कोई बगीचा सँभाल रहा था, कोई पौधों में पानी डाल रहा था, पापा बाहर ही खड़े थे।

"पापा ये सब साफ-सफाई शादी के लिए हो रही है?"

"हाँ बेटा, यहाँ पर पूरा कनात-शामियाना लगवाने का सोचा है, खाना-पीना हो जाएगा तिलक के दिन। कैसा रहेगा?"

"हाँ पापा, बहुत अच्छा रहेगा, बहुत मेहमान भी तो रहेंगे।"

"हाँ, यहीं पर खाने की मेज लग जाएगी और वहाँ कुर्सियाँ, वहाँ अंगूर

के पेड़ के पास पानी का इंतजाम होगा। अंदर जाकर जरा माँ को बोलना चाय चढ़ाएँगी, लड्डू चाचा आते ही होंगे। सभी टेबल कुर्सी कहाँ लगवाना है उसको समझा दूँगा।"

"अरे पापा वहाँ से अंगूर का पेड़ कहाँ गया?" कोने के खाली जगह को देखकर मैंने पूछा।

"उसे कटवा दिया बेटा, जड़ें काफी फैल रही थीं और अंगूर भी बहुत खट्टे होते थे उसके। सोचा है शादी-ब्याह के बाद कोई अच्छा फल देने वाला पेड़ जैसे आम का पेड़ लगा देंगे।"

"पर पापा, कितने दिनों से वह पेड़ था वहाँ। हम कितना खेलते थे उसके आस-पास, छुपा-छुपी के खेल में चोर वहीं गिनती गिनते थे, पापा, आपने क्यों कटवाया?" कहते हुए मेरे आँखें भर आईं। हम दोनों भागकर पेड़ के पास गए, दौड़ने से आँखों में आए आँसू छलककर गालों पर आ गिरे। वैसे दीदी की आँखें भी भरी थी, पर पानी का बोतल उठाने के बहाने बड़ी सफाई से उसने अपने आँसुओं को छिपा लिया था। मुझे अपनी भावनाओं को छिपाना नहीं आता था और न ही मैं सीखना चाहती थी। अगर सब अपनी भावनाओं को छिपाने लग जाएँ, तो फिर तो रिश्ते निभाने और भी मुश्किल हो जाएँगे।

"पता है! इस पेड़ के पास चोर-सिपाही सिर्फ तुमने ही नहीं, मैंने भी खेला है। मेरे बचपन से था ये पेड़ यहाँ। पर बेटा इसके जड़ बहुत फैल गए थे, दीवारों में अंदर जा रहे थे और ऊपर से पत्तियाँ सूख भी रही थीं इसलिए नहीं चाहते हुए भी कटवाना पड़ा। कोई भी जीव या वस्तु हमेशा तो नहीं रह सकता है।" कहते-कहते पापा भी नीचे बैठकर मेरे साथ उस पेड़ की पत्तियों को हाथ से सहलाने लगे।

जिस पेड़ के पत्तों को छूने के लिए हम कितना भी ऊपर उछलते, फिर भी एक-आध बार ही छू पाते थे। हमेशा तनकर खड़ा रहने वाला वही पेड़ आज यहाँ बेसुध पड़ा है और पत्तियाँ हमारे पैरों के पास बिखरी हैं। मैंने उसकी कुछ पत्ती और दो-तीन छोटे अंगूर को कई दिन तक अपने स्टडी टेबल के पेन स्टैंड में रखा था। फिर धीरे-धीरे वह सुख गए और माँ ने सफाई करने के समय फेंक दिए। हम इंसान भी कैसे होते हैं, एक समय एक पेड़ से भी गहरा रिश्ता बनाने वाले, आज कई इंसानी रिश्ते निभाने भूल जाते हैं। हमें भी हमारे अपनों ने बचपन

में एक पौधे की तरह सींचा था और आज हमारी शाखाएँ इतनी फैल गई हैं कि पतियों की झुरमुट में हमें अपनी जड़ें दिखती ही नहीं।

"अरे, अभी तक यहीं खड़े हो तुम दोनों, हाथ-पैर धोकर जल्दी खाना खाने आओ, दादी ने आज कढ़ी बनाई है।" माँ ने आवाज लगाई। हम भी जल्दी खिला-पिलाकर खाली होंगे। मुझे आज तुम्हारी चाची की साड़ी में सितारों वाले गोटे लगाने हैं और घूँघरू भी।" अंदर से आती माँ ने कहा। उनके पास हमें बहलाने के लिए हमेशा एक से बढ़कर एक बहाने होते थे।

"चाची की साड़ी में? अरे वाह! अगर थोड़े घूँघरू बचें तो मुझे भी देना, दुपट्टे में लगाऊँगी।" दीदी ने माँ से कहा।

"हाँ ले लेना, ज्यादा हैं। बात करते-करते हम दोनों अंदर चले आए, माँ ने जाते हुए पीछे पलटकर पापा और अंगूर के पेड़ को देखा जरूर था।

अंदर आँगन में धूम मची थी, मेहमानों के आने के दिन पास आ रहे थे, इसलिए कमरों की साफ-सफाई चल रही थी। सारे कमरों से पलंग और कुर्सियाँ को एक तरफ कर दिया गया था, ताकि गद्दे लग सकें। बड़े-बुजुर्गों के लिए हर कमरे में एक-एक पलंग लगा दी गई थी ताकि बैठने उठने में उनको दिक्कत न हो। टेंट हाउस से भी दो ठेले समान आ गए थे, जो बाहर बरामदे में गद्दों के दो बड़े टीले बने रखे थे। उनके ऊपर तकिये और साथ में धुले हुए सफेद रंग के चादर। अक्सर टेंट हाउस से आए सामान में तकिये बहुत ही सख्त होते हैं, इसलिए बड़े बाबा ने लड्डू चाचा को साफ कहा था कि गद्दे और तकिये में सख्त और नरम दोनों मिलाकर भेजें, वरना मेहमानों की रात की नींद खराब हो जाती है।

"पिछली बार की शादी में तो मामा जी की गर्दन अकड़ गई थी।" पापा ने बाबा को याद कराते हुए कहा।

"हाँ, बेचारा भाई मेरा, सारी फोटो में गर्दन टेढ़ी ही दिख रही है उसकी।" सालों पहले हुई बात पर आज भी दादी मुँह बनाकर अफसोस जताना नहीं भूली।

"समझ लीजिए, यादगार फोटो हो गई है वह सब, पूरे जीवन ही याद रहेगी, उन्हें, हमें और टेंट हाउस के लड्डू को।"

"हाँ, हँस लो तुम लोग अगर यही फूफा जी की गर्दन अकड़ी होती न तो पूरी शादी बैंड बज गई रहती तुम और तुम्हारे लड्डू भाई की।"

"बिलकुल सही बोला तुमने अम्मा।" कहकर पापा अपनी हँसी न रोक पाए। माँ और चाची भी अपनी हँसी पापा की हँसी में छिपाने की कोशिश कर रही थीं।

लड्डू चाचा हमारे घर कई सालों से आते थे। उनका अपना टेंट हाउस था, ईद के हरे शामियाने से लेकर शादी-ब्याह के लाल-पीले सजावट का हर समान था उनके पास। चाचा के गहरे दोस्त थे, इसलिए भी हमारे यहाँ के किसी भी कार्यक्रम में टेंट हाउस का समान यहीं से आता था।

"बाकी सब तो ठीक है, पापा पर ये फूफा जी और मामा जी की तकलीफ का फर्क समझ नहीं आया मुझे। बुआ-फूफा जी और मामा-मामी जी में क्या असमानता होती है? तकलीफ होने पर शिकायत तो दोनों ही कर सकते हैं, है न?"

"असमानता इंसानों में नहीं होती, पर रिश्तों में इसका असर जरूर दिखाई देता है। रिश्तों के ओहदों के कारण कई बार लोगों के नखरे उठाने पड़ते हैं। समय और बढ़ती जिम्मेदारियों के साथ तुम्हें समझ आएगी, अभी तो फिलहाल ये बताओ की तुम बच्चे किस कमरे में धूम मचाओगे, शादी की भीड़ में? और सोचते- सोचते कुछ काम भी करो तुम दोनों। ऐसा करो, जाकर इन गद्दों को लगवाओ हर कमरे में। और हाँ, फूफा जी के कमरे के गद्दे-तकिये का खास ध्यान रखना, ठीक है न बेटा?" पापा ने दीदी को समझाते हुए कहा।

"हाँ पापा आप चिंता नहीं करिए, इस बार मेहमानों का ध्यान हम रख लेंगे। आप लोगों के पास पहले से ही इतने काम हैं।"

"पापा, मैं भी दीदी की मदद करूँगी, मेहमानों का खयाल रखने में।" मैंने पापा से लिपटते हुए कहा। प्यार लूटने में मैं भी कम न थी।

"हाँ! क्यों नहीं, पर ज्यादा देखभाल भी करने की जरूरत नहीं, जितना जरूरत हो बस उतना ही, ठीक है न!" मैंने पापा को हामी भरी और सर पर तकिया रख चल पड़े रामा जी के पीछे-पीछे।

"फूफा जी का गद्दा कहाँ लगेगा, यहाँ लगेगा या यहाँ लगेगा?" हम नारे लगाते काम कर रहे थे।

"सुनो, ये फूफा जी तो हीरो हो गए।" पापा ने माँ के कान में कहा।

"हाँ बस ये महारानियाँ उन्हें बोल ना दें कि आपकी गर्दन के चक्कर में हम

ये सब कर रहे हैं!" माँ ने फुसफुसाकर पापा को कहा।

"इसका खतरा ही तो सबसे ज्यादा है।" कहकर पापा-माँ दोनों मुस्कुराने लगे।

शाम तक सारे कमरे में गद्दे लग चुके थे। लाल रंग की कुर्सियाँ टेंट हाउस से आ गई थीं। आँगन में सजावट हो गई थी, लाइट की लड़ियाँ भी पूरे आँगन में लग गई थीं। बाहर की तरफ भी लाल पीले रंग की लंबी-लंबी लड़ियाँ छत से नीचे तक लटकाई गई थीं। हम बच्चे तो बस सूरज ढलने के इंतजार में थे।

"आज ये सूरज भगवान अपने घर क्यों नहीं जा रहे हैं।" भाई गाल पर हाथ रख बीच आँगन में बैठा लड़ियों के जगमगाने का इंतजार कर रहा था। जैसे ही सूरज डूबा हम सब बाहर की तरफ भागे, लड़ियों की खूबसूरत रौशनी में जैसे पूरा घर ही चमक उठा था। आँगन की जगमगाती लड़ियाँ अलग-सी थी, थोड़ी कम रौशनी वाली, ताकि आँख में ज्यादा न चुभे। वाह! कितना सुंदर लग रहा है, मेरा घर। आँगन में नाच-नाचकर हम बोल रहे थे।

"जगमग-जगमग सारा आँगन, घूम-घूमकर देखें हम तुम!"

सारे आँगन में इधर से उधर, भाई बुआ के पोते-पोतियाँ और छोटी बहन से बनी रेल गाड़ी सीटी बजाकर सरपट भाग रही थी और ये पंक्तियाँ दुहराए जा रही थी। मैं और दीदी अब बड़े बच्चों के वर्ग में आ गए थे, इसलिए हम दूर खड़े इस भागती इंजन के किसी स्टेशन पर रुकने का इंतजार कर रहे थे। आँगन में रखे सामानों के किनारे हो जाने से वह और ज्यादा बड़ा लग रहा था और उस पर भंडार से आती खुशबू और मंजू माँ की चाबियों की खन-खन के क्या कहने। सच में घर की शादियों में अलग ही मजा आता है।

बुढ़िया दादी और बुढ़वा बाबा काफी खुश थे, मैंने उन दोनों को उनकी आराम कुर्सी पर लेटकर पता नहीं क्या याद कर के धीमे-धीमे मुस्कुराते देखा था। कितना सुकून लगता होगा उनको, अपने घर आँगन को खुशी में झूमता जगमगाता देखकर।

"आज पूरे मोहल्ले में लोगों को दिख रहा होगा न, दादी। हमारा जगमगाता, सुंदर लगता घर। आसमान के तारे जैसे आज मेरे घर में चमक रहे हैं।"

आँगन में दादी के साथ चारपाई पर लेटकर आसमान देखने का मजा ही कुछ और था। दादी हमें हर रोज कहानी सुनाती, ज्यादातर भगवान की, या उनके

बचपन की। फिर वहीं लेटे हम सब आसमान में तारों के बने अलग समूहों को ढूँढते थे। पर आज हम सब, आसमान के दूर वाले तारे और अपने आँगन में लगे टिमटिमाते तारों मतलब लड़ियों को देख रहे थे।

"अब सब अपने कमरे में जाओ, बहुत देर हो गई है। कल दोपहर से रेलवे स्टेशन के चक्कर शुरू हो जाएगी, कल तुम्हारी बुआ भी तो आएगी। दुबे जी और उनके बेटे दोनों गाड़ी साफ करके तैयार रखेंगे सुबह, पेट्रोल भी पूरा भरा देना, मेहमानों को लेकर पेट्रोल पम्प के चक्कर न लगाने पड़ें।" दादाजी ने पापा से कहा।

"हाँ बाबूजी मैं देख लूँगा।"

"मंजू माँ, आप कल आते ही आलू उबलने डाल दीजिएगा। कल खाने में दीदी के पसंद की आलू बड़ी की सब्जी बना दूँ अम्मा!"

"हाँ बना देना बहू और टमाटर की चटनी भी साथ में। कुसुम को तुम्हारे हाथ की बहुत पसंद है और अम्मा को भी तो पसंद है। कल के बाद से हलवाई के आने तक लोगों की पसंद के हिसाब से कुछ-न-कुछ खास बना दिया करेंगे, फिर उसके बाद तो वही शादी के घर वाला खाना बनेगा। कितना स्वाद होता है उस खाने में और सबके साथ हँसी ठिठोली करते दो-चार पूड़िया मैं ज्यादा ही खा लेती हूँ।"

"शादी की भाग-दौड़ में वह चार पूड़ी कहाँ जाती होंगी, पता भी नहीं चलता। अम्मा आपको डाइबिटीज की दवा समय पर लेनी है।" माँ ने दादी को याद कराते हुए कहा।

कल सुबह स्कूल जाने के समय घर में भाग-दौड़ मची थी, हुआ ये था कि किचन का गैस सिलिंडर जो कल तक हिचकियाँ ले रहा था, आज दम तोड़ चुका था। सुबह की चाय और हमारे लिए नाश्ता तो उसको हिला-डुलाकर बन गया, पर अब उसमें बिलकुल साँस नहीं बची थी। खाना बनाने के लिए मंजू माँ आँगन में लड़की का चूल्हा जला रही थी। धुआँ काफी निकल रहा था, जिससे दादी का मूड सुबह-सुबह ही बिगड़ गया था।

"ये गैस वाले को बोला था न बहू, गैस देने? शादी का घर मेहमान आने वाले हैं और यहाँ हमारा गैस खत्म।" दादी परेशान होती हुई बोलीं।

"हाँ अम्मा! कल ही दे देगा, ऐसा बोला था उसने फोन पर मुझे। पता नहीं

क्यों नहीं आया? चाय पीकर अभी फोन करती हूँ उसको। आप परेशान न हों, नहाकर पूजा-पाठ करिए, मैं देख लूँगी।" माँ जो खुद ही परेशान थी उसने दादी को शांत कराते हुए कहा। मैं, दीदी और भाई स्कूल के लिए निकल गए।

आज भाई रिक्शा पर शांत था, ऐसा होता तो नहीं था पर शायद आज वह कुछ सोच भी रहा था, जो निश्चित रूप से चिंता की बात थी। कुछ ही देर में उसकी गूगली आई, "दीदी, ये दादी के पेट में गैस कौन डालता है? कभी बोलती हैं, ज्यादा हो गया, कभी कम और आज तो खत्म ही हो गया? सुना तुमने, सुबह से कैसे माँ और बड़ी माँ परेशान थीं?" भाई ने आँखें घुमाते हुए दीदी से पूछा। (चाचा का बेटा, मतलब मेरा प्यार छोटा भाई मेरी माँ और पापा को बड़ी माँ और बड़े पापा बोलता था।)

उसकी बात सुन मुझे इतनी जोर से हँसी आई कि क्या बताऊँ। दीदी की चेहरे पर हँसी और प्यार दोनों के भाव थे। उस पर उसने इतने भोलेपन से पूछा कि मैंने हँसते-हँसते झुककर उसके गालों को चूम लिया और जवाब देना दीदी पर छोड़ दिया। दीदी ने उसे दादी के पेट की गैस और किचन के गैस के बीच में अंतर समझाया। स्कूल पहुँचने तक जितना भाई समझ पाया और दीदी समझा पाई, उतना उसके और दीदी के लिए बहुत था। भाई के उसके क्लास में जाते ही, मैं अपनी हँसी ना रोक पाई। "हे भगवान, दादी के पेट का गैस!" मैंने दीदी को हँसते हुए कहा। "ऐसा न हो कि छुट्टी के समय भाई के सारे दोस्त आकर तुम्हें अपनी-अपनी पेट के गैस की कहानी सुनाने लगें।"

"सच में इसी का डर है।" दीदी ने जवाब दिया। खैर हमारे स्कूल से वापस आने तक, घर मेहमानों से सजने लग गया था। दिल्ली वाली बड़ी फुआ दादी और फूफा बाबा दोनों आँगन में खाना खा रहे थे, खाने में अच्छी-खासी पकवान देखकर लग रहा था जैसे गैस समय पर ही आ गया था।

"माँ गैस वाले जल्दी ही आ गए थे क्या सुबह? जैसे ही दीदी ने गैस बोला, मेरी नजर तुरंत भाई पर गई, दीदी को भी शायद सुबह वाली बात भाई की गैस याद आ गई होगी। मेरी दादी भी वहीं बैठी फुआ दादी को नई खरीदी साड़ियाँ दिखा रही थीं।

भाई ने दादी को देखा और बोला, "दादी आपको बिना गैस के आराम लगता है या फिर गैस के साथ?"

"गैस रहने से सभी को आराम लगता है बेटवा।" दादी का जवाब सुनकर पानी से भरा मेरे मुँह हँसी नहीं रोक पाया और फुहारों के साथ सामने बैठे पापा के ऊपर आ गिरा।

"उफ्फ, क्या करती हो तुम भी! चलो अब जल्दी खाना खत्म करो, जाना है ना लहँगा के ट्रायल के लिए? मैं भी चलूँगी, वैसे मुझे ज्वेलर के यहाँ का काम है, पर जरा मैं भी तो देखूँ कि ये बुटिक दिखती कैसी है?"

दादी वहीं बैठी थीं, मुझे डर था कहीं बुटिक शब्द सुनकर वह फिर से न भड़क उठे, इसलिए मैंने चाची को धीरे बोलने का इशारा किया। हम दोनों बहनें अपना तैयार लहँगा देखने के लिए काफी उत्साहित थीं। बुटिक के रास्ते में मास्टर साहब की दुकान थी, जहाँ से दादी की ब्लाउज और साड़ी लेनी थी।

"दुकान तो खुली है, पर मास्टर साहब दिख नहीं रहे हैं।" गाड़ी के अंदर से ही झाँकते हुए चाची ने कहा।

मास्टर साहब की दुकान थोड़ी अलग-सी लग रही थी, सिलाई मशीन भी सिर्फ दो ही दिख रही थी और दीवार जो हमेशा हैंगर्स में टँगे कपड़ों से ढकी रहती, आज बिलकुल खाली थी। पीछे की दीवारों से चूने की पपड़ी भी गिर रही थी। मास्टर साहब वहीं नीचे चटाई पर लेटे हुए थे और थोड़े कमजोर भी लग रहे थे, हमारी आवाज सुनकर हड़बड़ाकर उठे। चाची को देखकर जल्दी में खड़े हुए। "अरे आप सब कब आए और बिटिया रानी भी आई है आज तो चाचा की दुकान पर।" उन्होंने हमें देखते हुए बोला। हम दोनों ने प्रणाम किया।

"माफ कीजिए चाचा, आप सोए हैं हमें दिखा नहीं।" चाची ने कहा।

"नहीं बहू बेगम, सोया नहीं था। दुकान पर अब ज्यादा कोई आता नहीं, शांति ही रहती है, तो बस आँख लग गई थी। इसलिए तो दो ही मशीन रखी है, बस थोड़ी-बहुत सिलाई हो जाती है इससे।" पता नहीं क्यों मुझे उनकी बात सुनकर अच्छा नहीं लगा, जिनके दुकान पर चलते मशीनों की आवाज में बात करना मुश्किल होता था, आज बिलकुल शांति थी।

"आपकी तबीयत ठीक नहीं है क्या चाचा?"

"अरे नहीं मुन्नी, बस थोड़ी सर्दी-जुकाम है, खाली बैठे रहने से तबीयत खराब तो लगती है। फिर काम आ जाएगा तो तबीयत भी हरी हो जाएगी।" उन्होंने कहा।

"अम्मा की साड़ी-ब्लाउज हो गए क्या चाचा ?"

"हाँ, कल ही बन गए थे, शाम को मैं आ जाऊँगा देने, दादा साहब से भी मिल लूँगा, आप जाइए। निकाह का घर है, काम भी काफी होगा।"

"हाँ! चाचा आपके लिए भी काफी काम है घर पर, दादी को कुछ सिलने देना है और फुआ दादी ने भी कुछ साड़ियाँ रखी हैं, मैं लाना भूल गई। आप शाम को आएँगे तो दे दूँगी। मैं ज्यादा चीनी वाली चाय भी बनाकर रखूँगी।" मेरे मुँह से ये सारी बातें अनायास ही निकलती चली गईं, दीदी और चाची दोनों पलटकर मुझे ही देख रही थीं। मैं क्या बोल गई मुझे खुद ही पता नहीं, मन के किसी कोने में चाचा और उनकी दुकान की ऐसी हालत देखकर अपने-आप को ही दोषी समझ तरह थी। अगर मैं बुटिक में कपड़े देने की जिद नहीं करती तो आज इनके पास भी काम होता और तबीयत भी ठीक रहती। मेरे मन का चोर घबरा भी रहा था कि कहीं चाचा को गाड़ी में रखी लिबास की चमकदार बड़ी पैकेट न दिख जाए, उनको कितना बुरा लगेगा।

"अच्छा, फिर तो आपके हाथ की चाय जरूर पीऊँगा मुन्नी।" उन्होंने मुस्कुराते हुए कहा।

"ठीक है चाचा।"

पीछे रखे टिन के डब्बे में से उन्होंने हमारे लिए पोपीन्स टॉफी निकाली और देते हुए कहा, "बिटिया अपने चाचा के दुकान पर पहली बार आई हैं, मुँह मीठा करें।"

चाचा से इतनी बात मैंने पहली बार ही की थी।

"ये तो मेरी सबसे पसंदीदा है चाचा।" कहकर उसे खोलने लग गई। उनकी पीली दिखती आँखों में क्या भावना थी ये तो पता नहीं, पर हर बार उनको कुछ अच्छा बोलकर मेरी आँखें जरूर चमक रही थीं। चाचा को सलाम कर हम आकर अपनी कार में बैठ गए।

दुबे जी ने पूछा, "लिबास चलूँ ना ?"

"हाँ।" बड़े भारी मन से मुँह से निकला, मेरा मन, ग्रसित था एक अनजाने बोझ से, जो मैं उतार नहीं पा रही थी। गलत-सही, जरूरी-बेकार, पता नहीं, बस लिबास के लहँगे की उत्सुकता कम हो गई थी।

"काफी अच्छी फिटिंग आई है।" बुटिक में मैडम की सहायक ने बोला,

"अभी थोड़ा और काम बचा है, दो-तीन दिन में हो जाएगा।" मैंने मुस्कुराकर गर्दन हिलाया।

"आप लोकल कारीगरों को भी काम पर रखते हैं?" मैंने पूछा।

"नहीं नहीं, लोकल कारीगरों में वह बारीकी कहाँ। हमने सारे कारीगर बाहर से मँगवाए हैं और उनकी हर दो-तीन महीने पर नई आई तकनीकी की ट्रेनिंग भी होती रहती हैं।" लिबास की मैडम ने पीछे से कहा।

"नहीं ऐसा नहीं है, लोकल कारीगरों में भी काफी सफाई है। हमारे यहाँ काफी समय से जो कपड़े सिलाई करते हैं, वह काफी हुनरमंद हैं। उनकी थोड़ी तबीयत खराब थी, इसलिए हमें आपकी बुटिक आना पड़ा। कभी अगर आपको बेमिसाल कारीगरों की जरूरत पड़े, तो मुझे फोन करिएगा। अगर वह खाली होंगे तो जरूर मदद करेंगे।" एक ही साँस में सारी बातें बोल दी मैंने और बाहर निकल आई।

ये कैसे रिश्ते बनाए हैं मैंने, कल तक जिन बातों की दादी को शिकायत करती थी, उसे आज किसी और ने बोला तो मुझे क्यों बुरा लगा?

"चाचा की इतनी तारीफ, क्या हो गया है तुम्हें, तबीयत तो ठीक है न?" दीदी ने मुझे छूकर कहा।

"अरे बड़ी-सी दुकान खोलकर, बैनर लगाकर बैठेंगे तो कुछ भी बोलेंगे क्या? लोकल कारीगर कितने अच्छे हैं, चाचा तो पुरानी बेकार-सी मशीन पर इससे अच्छी सिलाई करते हैं, ये आधुनिक मशीन मिल जाए तो वह क्या बना दें कपड़ों को।" है न दीदी?

"हाँ ये तो बात है, सही बोल रही हो।" दीदी ने कहा।

"अब जाकर मेरा मन थोड़ा हल्का लग रहा था। शायद उसको कारीगर कम पड़े तो, वह चाचा के लिए मुझे फोन करें, देखते हैं।" इसी सब ऊहापोह में घर पहुँच गए और भी मेहमान आ गए थे। गाड़ियाँ रुक रही थीं, सामान उतर रहे थे।

"कौन-कौन आ गए, रामा जी?"

"पटना और मुजफ्फरपुर वाली बुआ आई हैं और बड़ी दीदी तो आपके निकलते ही आ गई थीं। कौन से कमरे में सामान रखाएगा उनका?"

"तकिया वाले फूफा जी और कुसुम दीदी आ गए? मैं बताती हूँ आपको, आइए मेरे पीछे।" मैंने कहा।

"ताकिए वाले फूफाजी! हे भगवान! पिटवाएगी ये लड़की हमें। धीरे बोलो, बुआ ने सुन लिया तो अभी ही बैंड-बाजा शुरू हो जाएगा।" चाची मुझे शांत करा सर पर आँचल रखते जल्दी-जल्दी आगे बढ़ीं।

मैं और दीदी चाची की घबराहट पर मुँह दबाकर हँस रहे थे। "चलो जल्दी से फूफा जी वाला खास साबुन उनके बाथरूम में रख आएँ। मार्गो साबुन- दिखे हरा और आपके मन को कर दे हरा-भरा। मार्गो साबुन!" हम दोनों मार्गो साबुन वाले विज्ञापन की नकल कर रहे थे। आँगन में सब एक-दूसरे से मिल रहे थे, कोई पैर छू रहा है, तो कोई गले मिल रहा है। सभी अपने रिश्तों के हिसाब से आपस में मिलने की खुशी जाहिर कर रहे थे। हमारी देखरेख में सभी कमरे तैयार थे। धुले तौलिए, बाल्टी पानी, मच्छर भगाने के लिए ऑल आउट, सब का इंतजाम एकदम पुख्ता। "चलो एकदम बढ़िया। मैं बुलाकर लाती हूँ फुआ को, तुम पंखा ऑन कर दो।" कमरे की निरीक्षण करने आई माँ ने सब ठीक देख संतोष करते हुए कहा।

"माँ भी कितना परेशान होती हैं, फैन का स्विच ऑन करने में भी क्या मेहनत लगेगी मेहमानों को?" कहते हुए मैंने स्विच ऑन किया, जिससे पंखे पर कोई असर नहीं पड़ा, वह बिलकुल सावधान अवस्था में शांत खड़ा रह गया, घूमा ही नहीं।

"ये क्या, इस पंखे को क्या हो गया? घूम क्यों नहीं रहा?" मैंने स्विच बोर्ड के सारे स्विच ऑन कर दिए, पर पंखा जस का तस।

"हे भगवान! अब क्या होगा, कल तक तो ठीक था, आज क्या हो गया!" मेरे पसीने छूट रहे थे। दीदी जल्दी से बाहर भागी, माँ बुआ दादी और फूफा बाबा को कमरे में जाकर आराम करने के लिए बोल रही थी और फुआ दादी भी न-न करते बस उठने ही वाली थीं। तभी दीदी लगभग कूदती हुई आँगन में आई।

"अरे, माँ रुको भी कहाँ लेकर जा रही हो इनको, मंजू माँ बस चाय लेकर आ ही रही हैं। बगल घर से बुआ दादी आती ही होंगी, मिल लेंगी फुआ दादी भी अपनी सहेली से।" कहकर दीदी ने फुआ दादी के कंधे से उनका पर्स उतारकर नीचे रख दिया और उन्हें प्यार से बिठाने लग गईं। माँ को दीदी के इस उमड़ते प्यार का कारण समझ तो नहीं आ रहा था, पर दाल में कुछ काला जरूर लग रहा था। इसकी तसल्ली करने जब माँ कमरे में झाँकने आईं तो ठगी रह गईं। कमरे

का नजारा ये था कि मैं गद्दे को मोड़ पलंग पर स्टूल रख पसीने से लथपथ पंखे से निकले तार को जोड़ने को कोशिश कर रही थी।

"ये क्या कर रही हो?" सारी बात सुन माँ ने अपना सिर पीट लिया, "मुझे लग ही रहा था कुछ गड़बड़ है यहाँ। देखो कैसे जुड़ेगी ये तार। मैं पकोड़े तलने जा रही हूँ, मुझे नहीं लगता सिर्फ चाय तक में ये पंखा बन पाएगा।" कहकर माँ भागते हुए फ्रिज से गोभी निकालने लगी। "फुआ जी, धीरे-धीरे चाय पीजिए। पकोड़े भी ला रही हूँ, फूफा जी की पसंदीदा गोभी वाले पकोड़े।" माँ ने मुश्किल से मुस्कुराते हुए कहा।

"अरे वाह! बहू सच में अन्नपूर्णा का रूप है। अम्मा, सभी के खाने-पीने की पसंद का कितना खयाल रखती है।" फुआ की अम्मा मतलब मेरी बुढ़िया दादी ने गर्दन तो हाँ में हिलाया, पर घर में हो रहे कुछ ज्यादा भाग-दौड़ और कमरे से आ रही फुसफुसाहट से गड़बड़ी भाँप गई थीं। कभी दीदी को देखती कभी अंदर कमरे के हिलते परदे के पीछे।

इधर कमरे में पंखे की एक तार निकल गई है, ये तो पता था पर इसे जोड़ने के काम तो मैकेनिक ही कर सकता है। "अब क्या होगा?" मैं इस सोच में पड़ी थी। तभी दीदी को आँगन में आता मैकेनिक का असिस्टेंट दिखा जो छत पर लड़ियाँ डालने आया था, धर-दबोचकर उसे कमरे में बुलवाकर पंखे का तार जुड़वाया। कहिए कि उसके पॉकेट में पिलास और टेप थे, काम झटपट बन गया। जोड़ते ही पंखा फुल स्पीड में भागने लगा, "हे भगवान, चलो हो गया। पसीने निकाल दिए इस पंखे ने तो।" हम दोनों के मुँह से एक साथ ही निकला। माँ का समय का अंदाज तो देखिए इधर पंखा चला और उधर प्लेट के पकोड़े खत्म हुए। कमरे के बाहर से फुआ दादी की आवाज आई- "चलो, इस बार बिलकुल आँगन के सामने वाला कमरा मिला है। भंडार भी बगल में है, चाय नाश्ता सबसे पहले आपके कमरे में ही आएगा, फुआ जी।" मंजू माँ ने खुशी-खुशी कमरे में अंदर आकर घोषणा की। "इस बार सब मेरे जिम्मे किया है, बड़ी अम्मा ने।" चाबियों का गुच्छा दिखाते हुए मंजू माँ ने इतराकर फुआ से कहा।

"अरे वाह, मंजू फिर तो चाय हम दोनों को मलाई मारकर ही मिलेगी, है न?

"उसकी गारंटी नहीं लूँगी फुआ जी, मलाई मिलेगी तो सब को वरना किसी को नहीं। बड़ी अम्मा ने बोला है मेहमान भगवान समान है, सबके साथ समान

व्यवहार ही होगा।"

"हाँ-हाँ बिलकुल सही ही बोला है अम्मा ने।" फुआ दादी ने झेंपते हुए कहा।

मार्गो साबुन की खुशबू के साथ बाबा बाथरूम से बाहर आए, "चलो इस बार नहाने के लिए साबुन पसंद का रखा है इन लोगों ने।"

"प्रणाम फूफा जी! हाँ साबुन का विशेष ध्यान रखा गया है, ताकि शादी-ब्याह के घर में सारे काम बिना किसी विघ्न-बाधा के संपन्न हो। चलती हूँ शाम के नाश्ता की तैयारी भी करनी है। आप भी आराम कर लीजिए फुआ।" कहकर चाभी छनकाती हुई मंजू माँ निकल गई।

"इस घर में सब ही उपदेश देते हैं, कुछ ज्यादा ही रामायण पाठ होता है तुम्हारे मायके में।" दादी ने फूफा जी को कुछ जवाब तो नहीं दिया, पर मन-ही-मन कुछ बड़बड़ाई। समय की बारीकी देखकर हम दोनों भी कमरे से बाहर आ गए।

"आज तो पंखे ने जान ही निकाल दी थी मेरी, तुम्हें मैकेनिक कहाँ मिल गया इतनी जल्दी?" माँ अब तक परेशान थी। "अरे chill माँ! इन छोटी-मोटी परेशानियों को तुम हमारे हवाले कर दो।"

"अच्छा क्या 'चील'? मैं हिल गई थी, पंखे को हिलता न देखकर।" माँ ने कहा।

"वाह! क्या काफिया मिलाया है माँ।" कहकर हम हँसने लगे।

"माँ, कुसुम दीदी और बुआ कहाँ चली गईं, आते ही?"

"अरे दोनों को ज्वैलर के यहाँ कुछ काम था, बाबूजी के साथ वह भी निकल गए, बस अब आते ही होंगे। और इतनी भी क्या हड़बड़ी है तुम्हें अभी तो रहेगी न कुसुम दीदी तुम्हारे साथ दस दिन तक।"

"हाँ सच में कितने समय बाद आई है दीदी और बुआ।" मैं खुश होते हुए बोली।

"कुसुम दीदी से मिलने से ज्यादा, इसे यह जानने की उत्सुकता है वह शादी में क्या पहनेगी।" दीदी ने मुझे देखते हुए कहा।

"जी नहीं! अरे शादी के कपड़े से याद आया, माँ तुम्हारे पास जितनी भी साड़ियाँ और ब्लाउज हैं सिलने या फाल-पिको के लिए मुझे दे दो।"

"क्यों, सिलाई शुरू करनी है क्या तुम्हें?"

"मास्टर साहब मतलब चाचा को सिलने के लिए दूँगी।"

"अरे क्यों?"

मैंने माँ को आज चाचा के दुकान पर हुई सारी बात बताई। बुढ़िया दादी ने भी सुनी, दोनों ने सुनकर लंबी साँस ली।

"देखो इसे ही कहते हैं बदलाव। आज आधुनिक मशीनों से भरे नए दुकान खुल रहे हैं, ये तो अच्छी बात है न। इनके आगे कब तक टिक पाएँगी पुरानी चीजें और टिकें भी क्यों? आधुनिकता, शहरीकरण, परिवर्तन बहुत जरूरी है। इनके बिना हम आगे कैसे बढ़ेंगे? इसलिए जरूरत है समय के साथ अपने-आप को बदलने की। मुझे भी इस जमाने की कई चीजें रास नहीं आतीं, पर हर कुछ का एक समय होता है। कुछ भी हमेशा के लिए नहीं हो सकता है।"

"मुझसे पूछो तो मुझे तो यही लगता है कि या तो वह अपनी दुकान और सिलने का तरीका बदलें या फिर सब छोड़कर बेटे के साथ बंबई चले जाएँ। घुटने टेकने पड़ते ही हैं, समय के आगे।"

"वैसे एक बात और जानो। जब सालों पहले मास्टर साहब ने अपनी दुकान शुरू की थी, तो उस समय मस्जिद के नीचे वाले एक बूढ़े दर्जी की दुकान बंद हो गई थी। मकबूल मास्टर साहब ने अपने समय में अच्छे दिन देखे हैं, तो अब दूसरों की बारी है। वैसे, जहाँ तक उनकी मदद करने की बात है, उसमें हमारा परिवार तो हमेशा आगे रहा है। एक काम करते हैं बहू, क्यों न सभी मेहमानों की विदाई वाली साड़ियों में हम फाल-पिको करवा दें। मास्टर साहब के पास भी पैसे आ जाएँगे और लोगों को अच्छा भी लगेगा। क्या कहती है मेरी पोती, ठीक रहेगा?"

"सुपर आइडिया दादी, बहुत अच्छा रहेगा।" उस दिन जब चाचा आए थे, तो उनको दादी ने उपहार वाली सारी की सारी साड़ियाँ फाल-पिको के लिए दे दी। इतनी साड़ियाँ थीं कि मास्टर साहब को रिक्शा बुलाना पड़ा था, चार-पाँच बड़े बैग हो गए थे। जब कुछ दिन बाद वो तैयार कपड़े देने आए तो बताया कि अब कुछ दिनों में वह भी अपने बेटे के पास बॉम्बे चले जाएँगे और पोते-पोतियों के साथ ही रहेंगे। दादी की बात बिलकुल सही थी, परिवर्तन संसार का नियम है और ये हमारे ऊपर है कि हम उसके सामने घुटने टेके या फिर खुशी-खुशी

बाहों में भरें।

अगले दिन शाम को रामायण पाठ करके दादी ने हम सभी को सबसे जरूरी बात बताई, "कल सुबह बड़े चाचा की ट्रेन पहुँचेगी, मुन्ना को याद करा देना कि बनारस वाली ट्रेन का समय देखकर समय के पहले ही स्टेशन पहुँच जाए तो अच्छा है, देर किसी हालत में नहीं होनी चाहिए। पूरे परिवार के साथ आ रहे हैं, दो बेटा–बहुएँ और बच्चे, सब आ रहे हैं। थोड़े पुराने खयाल के हैं भैया जी, पर दिल के एकदम साफ हैं। आने वाले दादाजी के बड़े चचेरे भाई थे, जिनको घर में सभी बहुत मानते हैं। सो, बहू एकदम ध्यान रखना और तुम सब बच्चे भी। ज्यादा ज्ञान मत बाँटने लगना तुम।" दादी ने मेरे पास आकर मुझे खास हिदायत दी।

"क्या दादी, ज्ञान कहाँ बाँटती हूँ मैं। जो सही लगे वह तो बोलूँगी न?"

"जी नहीं, ऐसा बिलकुल जरूरी नहीं कि जो भी सही लगे वह बात ठीक उसी समय बोली जाए। और साथ ही ये भी जरूरी नहीं कि तुम हमेशा सही ही रहो। काफी सारे लोग एक साथ रहें तो कुछ-न-कुछ अनबन होती रहती है। हर बात पर छोटों को जवाब-सवाल करना सही नहीं। चलो अब जाओ सब सोने, रात बहुत हो गई है।" दादी ने हम सब की क्लास लगाई और सोने चली गईं।

मैं भी परेशान होती अपने कमरे में आ गई। "शादी के घर में डाँट बहुत पड़ती है माँ। फूफा बाबा क्या कम थे, जो अब एक और धमाका?"

"क्या हो गया भाई, किसने किया धमाका?" पापा ने कमरे में आते ही पूछा। आजकल पापा और उनकी शादी वाली डायरी हर जगह साथ रहती थी।

"अरे कुछ नहीं, इनको भी न बात-बात में तुनकने की आदत हो गई है। कल बनारस वाले चाचा जी आ रहे हैं न तो वही अम्मा थोड़ा जवाब-सवाल कम करने की हिदायत दे रही थीं, तो इसको बात खराब लग गई। तब से मुँह फुलाकर बैठी है।" माँ ने पापा को बताया।

"हाँ बेटे, बड़े हैं न तो थोड़ा ध्यान रख लेंगे हम सब एक साथ। मैं भी डरता हूँ, उनसे तो।"

"अरे पापा, पर डरने की बात भी तो होनी चाहिए न।" दीदी ने कहा।

"अच्छा चलो ठीक है, पता है उनकी पोतियाँ भी आ रही हैं साथ में, तुम्हारे ही उम्र की होंगी। बहुत मजा आएगा तुम बच्चों को।" पापा ने सारी बात पलट दी और फिर हम उनकी बातें करने लगे। सही ही बोला पापा ने, सब खुश रहते

हैं तो ही घर में मजा आता है। इतने सारे परिवार के लोग सब एक ही आँगन में और अगर शादी गर्मी की छुट्टियों में पड़े तो फिर ये मजा हम बच्चों के लिए दोगुना हो जाता था, न स्कूल जाने की जल्दी न रात को सोने की हड़बड़ी। आम लीची, आइसक्रीम, जूस के मजे पूरे दिन लो। शादी के काम, अच्छे कपड़े और सारा दिन गाना-बजाना।

शादी के घर के आँगन का हंगामा कैसा होता है, ये तो सुबह चापाकल पर धुलते हलवाई के बड़े ड्रम, डेकची और टोपिए जैसे बर्तनों की आवाज से आज सुबह से मालूम चल रहा था। कई बार सोने की कोशिश करने के बाद भी जब बड़े बर्तनों की उठा-पटक कम नहीं हुई तो मैंने उठ जाना ही सही समझा। पूरे आँगन में लोग चल ही रहे थे, सिर्फ बुढ़वा बाबा और उनकी रेडियो की आवाज ही अपनी आम दिन के काम में लगी थी। मैं भी अपने मुँह में ब्रश डाल बाहर हो रहे काम के निरीक्षण में निकल गई। बाहर एक तरफ कोने में बड़ा-सा चूल्हा बन रहा था और सब्जियाँ कट रही थीं। मैं अब बस अंदर आने ही वाली थी कि बाहर से दो बड़े सूटकेस लेकर पापा, उनके पीछे दुबे जी और संजय चाचा दोनों ही कुछ बैग और झोले लेकर अंदर आते दिखे। मेरे मुँह में ब्रश, उसका झाग और सामने में दादाजी के बनारस वाले भाई और उनका पूरा परिवार मुझे ही देख रहा था। समझ में नहीं आ रहा था कि झुककर प्रणाम करूँ या बाथरूम में भागूँ। कल रात वाली दादी की बातें याद आने लगी, आनन-फानन में दादाजी को झुककर प्रणाम करना ही सही लगा। पर इसके पहले कि मुँह से पूरा झाग उनके पैरो पर गिरता उन्होंने अपने पैर पीछे कर लिए और मुझे हाथ से इशारा करते हुए कहा। "पहले मुँह धोकर आओ।" मैं अंदर की तरफ भागी और गलियारे में माँ चाची, दादी सब मिले, वे लोग बाहर ही आ रहे थे।

"तुम बाहर पाजामे में मुँह में ब्रश लेकर कहाँ घूम रही हो? चाचा जी ने देख लिया तुमको?" मेरी बड़ी-बड़ी आँखों को देख जैसे माँ सब समझ गई थी कि बाहर क्या हुआ होगा। वो हे भगवान कहकर बाहर के तरफ चली गई।

मेरे मुँह धोकर कपड़े बदलकर बाहर आने तक सब आँगन में आ गए थे। "माँ, आज तो मेरे पहले दादाजी को पेप्सोडेंट की झाग प्रणाम करने वाली थी, बाल-बाल बची हूँ।"

"तुम भी न।" दादी ने इतना समझाया था कल रात को, सुबह उठकर बाहर

ब्रश लेकर कब से सैर पर निकलने लगी तुम? कल से शादी के खत्म होने तक पाजामे में बाहर नहीं निकलोगी, समझी तुम?" माँ सच में गुस्से में थी। "चलो अभी चाय उठाओ और आँगन में ले चलो, सब को अच्छे से प्रणाम कर लेना। और ये बिना शक्कर वाली चाय चाचा जी की है। सबसे पहले उनको ही दे देना।"

"ठीक है।" मैंने धीरे से जवाब दिया।

चाय देने में मैंने बहुत सावधानी बरती, कोई गलती नहीं की, जब तक चाय दादाजी की हाथ में नहीं गई मैंने नजरें उसी कप पर गड़ाई रखी। मुझे देख दादाजी ने आज का ज्ञान दिया। "गुसलखाने से मुँह साफ कर ही बाहर निकला करो, ऐसे बहू-बेटियाँ फाटक पर घूम-घूमकर मुँह नहीं धोती हैं।" मैंने सिर्फ ठीक है में गर्दन हिलाया।

"ये था आज का ज्ञान।" कुसुम दीदी मुझे तंग कर रही थी। ऊपर कमरे में हम सब बच्चे सुबह वाली मेरी बात को लेकर हँस-हँसकर लोट-पोट हो रहे थे।

"ये सब मेरे साथ ही क्यों होता है, मैं आज तक समझ नहीं पाई हूँ। हे भगवान जी, कल से मुझे कोई ज्ञान नहीं चाहिए, मुझे अज्ञानी ही रहने दो।" नाटकीय अंदाज में मैंने कहा। तभी कमरे के बाहर, बनारस वाली चाची की बेटियाँ खड़ी दिखीं।

"अरे अंदर आओ न।" दोनों बहनें थोड़ा झिझक रही थीं, पर दीदी ने उनको अंदर खींचा।

"चाची ने कहा है, आप लोगों से बात करने को।" छोटी बहन ने बताया।

"अरे हाँ, मैं आ ही रही थी तुम दोनों को बुलाने, अच्छा हुआ तुम दोनों ही आ गईं।"

दोनों ही बहनों के लंबे सुंदर बाल थे। "क्या नाम है तुम दोनों का?"

"साँवली और सलोनी।" बड़ी बहन ने कहा।

"अरे वाह! बहुत अच्छे नाम है। किसका नाम साँवली और किसका सलोनी?"

छोटी वाली बहन जो आठवीं में थी, उसने आईने में खुद को निहारते हुए कहा- "दीदी का रंग कम है इसलिए साँवली और मैं गोरी हूँ तो सलोनी।"

उन दोनों के परिचय का अंदाज थोड़ा अजीब लगा, बड़ी बहन मतलब

साँवली भी रंगों से बने अपने नाम के परिचय से झेंप गई, क्योंकि सामने आईने में दिखती अपनी प्रतिबिंब को देख झट से पलंग के दूसरी ओर सरक गई।

"रंग तो सारे ही सुंदर होते हैं सलोनी, अगर काला रंग नहीं होगा तो उजला रंग दिखेगा कैसे?" मैंने साँवली की तरफ देखते हुए कहा।

"सही बात है, रंग में क्या रखा है। रंग तो धूप लगने से भी काला हो जाता है।" कुसुम दी ने अपनी राय दी।

"नहीं, दीदी तो बचपन से ही ऐसी ही है, दादी भी यही बोलती हैं।"

"अच्छा छोड़ो इन बातों को, ये बताओ हमारी नाच गाने की प्रैक्टिस कब से शुरू होगी?" दीदी ने दूसरी बात शुरू करने की कोशिश की? हम सब गानों की लिस्ट बनाने में लग गए। "तुम्हें डांस करना पसंद है, साँवली?"

"हम्म।" उसकी आँखें चमक उठीं।

"ठीक है, फिर मैं और साँवली साथ ही प्रोग्राम शुरू करेंगे। वीडियो रिकॉर्डिंग होगी, इसलिए एकदम जोरदार कार्यक्रम होना चाहिए हम लोगों का। बुआ लोगों की भी तैयारी चल रही है। इस बार तो बड़ी बुआ भी पूरे जोश में हैं।" मैंने उछलते हुए कहा।

"पर मेरी फोटो अच्छी नहीं आती है, इसलिए मैं नहीं भाग लूँगी, या फिर मैं पीछे खड़ी रहूँगी। नहीं तो मेरे साथ तुम्हारी फोटो भी खराब हो जाएगी।" साँवली ने धीरे मुस्कुराते हुए कहा।

"अरे फोटो नहीं डांस अच्छी होनी चाहिए, खाने के बाद प्रैक्टिस शुरू करते हैं।"

'लड़कियों की रंग को लेकर हमारे समाज में जो कालापन है, वह जाने कब खत्म होगा। फेयरनेस क्रीम, हल्दी चंदन आदि ने लोगों के मन को और काला ही किया है। शादी के लिए तो दूध की सफेदी वाली कन्या की दौड़ में लोगों को पकड़ना मुश्किल है। आपके तन का रंग किसी को नुकसान नहीं पहुँचा सकता पर मन या दिल का रंग अगर काला है तो कइयों का नुकसान हो जाता है।' मैं वही लेटी हुई पता नहीं क्या-क्या सोच रही थी, तभी माँ की आवाज ने मेरा ध्यान तोड़ा।

"सब बच्चे खाने आ जाओ।"

"ओह! माँ ने मदद के लिए बुलाया था।" सोचते हुए झटपट मैं नीचे भागी।

"वाह! रसोइया तो कमाल का है, बहुत ही अच्छी सब्जी बनाई है। मजा आ गया।" फूफा बाबा की आवाज सुनकर सब चौंक गए। उनकी इतनी तेज आवाज सिर्फ आज तक गुस्से में ही सुनाई देती थी। आज पहली बार खिलखिलाती हुई तेज आवाज सुनकर सभी खुश थे।

"थोड़ी और लीजिए न फूफा जी।" चाची सब्जी लेकर आईं।

"हाँ बहू, थोड़ा चावल भी ले आओ।"

मैंने माँ को देखा वह दादी की ओर देखकर खुश हो रही थीं। फुआ दादी को भी देखकर अच्छा लगा, लगा जैसे फूफा जी के खाने की तारीफ सुनकर उनके खाने का स्वाद भी बढ़ गया। कितना जरूरी, या कितना फर्क पड़ता है कुछ अपने लोगों की राय से। खाने का स्वाद तो ऐसे ही सभी के साथ खाने से दोगुना बढ़ जाता है। ऐसे पालथी लगाकर आँगन में नीचे बैठकर खाना सिर्फ शादियों में ही होता था। पत्तल (पत्ते की प्लेट) में खाने का अलग ही आनंद है। सबसे पहले कम छेद वाली पत्तल चुनें, फिर जमीन पर बिछे चद्दर पर चौकड़ी मार खाने का आनंद लें। जल्दी से खाना-पीना खत्म करके बड़े लोग बातचीत में लग गए और हम लड़कियाँ नाच-गाने की प्रैक्टिस में।

"सुनो, तुम सब गाना एकदम धीमी आवाज में चलाना क्योंकि बगल के कमरे में दादी लोग आराम करेंगी।" माँ ने कमरे का दरवाजा बंद करते हुए कहा। "कुसुम तुम ध्यान रखना, तुम सबसे बड़ी हो।"

"ठीक है मामी, आप जाइए मैं ध्यान रखूँगी।" हमारा डांस शुरू हुआ और बड़ा ही मजा आने लगा। साँवली और सलोनी दोनों ही अच्छा कर रही थीं, पर मैंने सिर्फ साँवली की तारीफ की, सलोनी की नहीं।

"तुम्हें तो बिलकुल जरूरत नहीं अभ्यास करने की, तुम तो पहले से ही इतनी अच्छी डांस करती हो, साँवली। सलोनी तुम अपने डांस की प्रैक्टिस कर लो, तुम्हें जरूरत है।" दीदी की समझ में आ रहा था कि मैं क्या कर रही हूँ, इसलिए उसने मुझे इशारे से बाहर बुलाया। "क्या, करना क्या चाह रही हो तुम?"

"डांस प्रैक्टिस, और क्या!" मैंने अनमना-सा जवाब दिया।

"ज्यादा सयानी न बनो तुम। इसमें सलोनी की क्या गलती है? अरे उसने जो सुना जो देखा बचपन से, वही बोलती है। इसमें उसको परेशान क्यों कर रही हो तुम? ये गलत है, दोनों ही छोटी हैं। अगर ठीक ही करना है तो घर के बड़ों

को ठीक करो, समझी।" कुसुम दीदी ने अच्छी-खासी डाँट लगाई मुझे। "कहने का मतलब है कि जो भी करना है, वह बिना किसी को दुखी किए, बिना किसी तमाशा के। चाचा का तिलक हो जाए फिर कुछ सोचते हैं, क्योंकि बड़े बाबा को नाराज करने का मतलब है बड़े नाना को दुखी करना और ये मैं नहीं करने दूँगी किसी को।"

"अच्छा आज की प्रैक्टिस यहीं खत्म करो और बाहर निकलो। कितने सारे उपहार हैं सभी की पैकिंग करनी है, चावल हल्दी की पोटलियाँ भी बनानी हैं। आँगन में सब रखा है, छोटी दादी बैठी हैं वहाँ, उनका देखो और बनाना शुरू करो।" तभी बड़ी बुआ ने ऊपर आकर हम सब को काम पर लगाया। पूरे आँगन में लाल रंग की टोकरियों में चावल हल्दी और चमकते पॉलिथीन रखे थे। हम सब ने मिलकर पैकिंग की और शादी के गाने की धुन के साथ हाथ भी तेजी से चल रहे थे। वहीं बैठी बुआ दुल्हन की साड़ी में गोटे और घुँघरू लगा रही थीं, जिसे करने पर दादी ने उन्हें पैसे दिए, वह भी पूरे 2100 रुपये।

"बुआ आपको पैसे किस बात के मिले?"

"ये पैसे नहीं हैं, पगली ये तो नेग हैं, बहनों को मिलता है भाई की शादी में।"

"अरे वाह सही है, फिर तो हमें भी मिलेंगे।" हाँ बड़ी हो जाओ तो मिलेंगे, मैंने अपने छोटे चचेरे भाई की तरफ घूमकर देखा। दूर बैठा लड्डू खा रहा था, पता नहीं इससे, मैं कितनी उम्मीद ही कर सकती हूँ, समझ नहीं आया।

आज ही तिलक का कार्यक्रम था और सुबह से ही घर में चहल-पहल शुरू हो गई थी। शाम में करीब 300 लोगों का खाना था। छत और बाहर तंबू-कनात लग गए थे, सजावट के लिए बड़े-बड़े झाड़, फानूस, सुंदर रौशनी वाले बल्ब और खाने के अलग-अलग स्टॉल्स भी लग रहे थे। चाइनीज, साउथ इंडियन, चाट पकोड़े, आइसक्रीम, मिठाई और शर्बत सब थे। आज के विशेष आकर्षण में था राजस्थानी सेठ-सेठानी का पुतला। सजे-धजे मोटे से सेठ जी हाथ जोड़े मेहमानों का झुककर स्वागत कर रहे थे और सेठानी के हाथ में पानी गिरता मटका था। दोनों बैटरी से चलने वाले पुतले थे, जिससे कुछ संगीत की आवाज भी आ रही थी। आज पहली बार मेरे शहर में इनका पुतला लगाया गया था इसलिए मोहल्ले के सभी बच्चे, बड़े या बूढ़े बार-बार जाकर देख रहे थे। मेरे भाई और उसके दोस्तों को सेठानी के मटके के पानी की बड़ी चिंता थी कि ये कहाँ

से आ रही है। जब भी ये बच्चे उसके पास झुकते, लड्डू चाचा की घबराहट बढ़ जाती थी कि कहीं बच्चे आते-जाते पुतले से प्लग न निकाल दें, या तार में पैर फँसकर पुतले और बच्चे गिर न जाएँ, इसलिए चाचा वहीं कुर्सी लगाकर बैठ गए थे।

ये तो थी दरवाजे की बात, आँगन में लगने वाली दरियाँ पूजा का सामान एक-एक कर मंजू माँ और बाकी लोग जगह पर रख रहे थे। मिठाई, फल, काजू बर्फी, नमकीन और चाची और उनके घर के लोगों के लिए उपहार वहीं मड़वा में रखे गए थे। अब बस हम सबके सजने की बारी थी। घर में बच्चे बहुत थे, इसलिए दादी ने सब को थोड़ा जल्दी ही तैयार होने को भेज दिया था। एक कमरे में 6-7 बड़े और दो-तीन छोटे बच्चे जरूर तैयार हो रहे थे। आईना, पंखा, हाथ और जबान चारों ही व्यस्त थे। वैसे शादी के घर में कितना भी समय पर तैयार होने जाओ, कुछ-न-कुछ गड़बड़ होती ही है। तिलक में पहनने वाले अपने कपड़े हमने एक दिन पहले ही एक बैग में अलग कर रख निश्चिंत हो गए थे।

"मेरा दुपट्टा कहाँ है?"

"उसी में होगा, कहाँ जाएगा? ध्यान से देखो।" माँ ने मेरी चोटी बनाते हुए पीछे देखते हुए कहा।

"नहीं है माँ, पूरा देख लिया, बैग खाली है।" रुआँसी होती हुई दीदी की आवाज आई। चाची और कुसुम दीदी ने सारे कपड़े हटाकर देख लिए पर दुपट्टा कहीं नहीं था। चिंता तो माँ को भी हो रही थी, क्योंकि समय अभी दुपट्टा ढूँढने का बिलकुल भी नहीं था, "अरे ऊपर वाले कमरे में गिरा होगा, तुम झुमके पहनो मैं लेकर आती हूँ।" कहकर माँ जल्दी से कमरे से बाहर निकल गई। तभी पापा की आवाज सुनाई दी। पता लगा फुफा जी का कुर्ता अब तक आयरन होकर नहीं आया, पूरे आँगन में समझिए तूफान आया हुआ था। मार्गो साबुन से धुले और गमकते फूफा बाबा आँगन में चुपचाप गालों पर हाथ रखे कुर्ते के इंतजार में बैठे थे। वैसे किसी और का कुर्ता तो फिट भी नहीं होता, ऊपर से उनको वही सिल्क वाला कुर्ता पहनना था। बाबा हाथ बाँधे अंदर बाहर कर रहे थे। "मेहमान का कुर्ता नहीं दिया है अब तक, क्या जरूरत थी उसको कल शाम को धोबी को देने की?"

"मैंने तो मना ही किया था इनको भैया, पर इनको ही देना था, अब बैठे हैं

मुँह बनाए।" बुआ ने भी झुँझलाकर कहा। पर यहाँ पर अच्छी बात यह थी कि फूफा जी गुस्सा नहीं कर रहे थे।

"संजय जी गए हैं बाबूजी, धोबी के यहाँ से बस आते ही होंगे कुर्ता लेकर।" माँ जो कमरे से दीदी का दुपट्टा लाने गई थी, फूफा जी के कुर्ते को मँगवाने के चक्कर में फँस गई थी।

"हे भगवान! अब माँ मेरा दुपट्टा कब ढूँढेगी?" दीदी और हम अंदर कमरे से ही बाहर की गहमागहमी का अंदाजा लगा सकते थे। कुछ ज्यादा होने से पहले ही फूफा बाबा का कुर्ता आ गया था और बाहर सभी के चेहरे की सिलवटें सँवर गई थीं।

तभी माँ दुपट्टा लेकर कमरे में आई। मैंने पूछा, "कहाँ था माँ?"

"अरे बक्से के पीछे गिर गया था।" माँ इतनी सरलता से सब कर जाती थीं कि पता ही नहीं लगता कि ये कितनी ज्यादा बड़ी परेशानी बन सकती थी।

"चलो जो भी तैयार हो गया है अब कमरे के बाहर निकलो, आँगन में लोग आने लगे हैं और घर के सब अभी तैयार ही हो रहे हैं, चलो जल्दी करो, बहुत हुआ।" एक आखिरी बार अपने चेहरे को आईने में निहारकर हम सब बाहर निकले। इधर पापा और सभी लगातार माँ को ही आवाज लगा रहे थे, "जल्दी करो, कब से तैयार हो रही हो?"

"हाँ जी, बस हो ही गया।" माँ ने अंदर से जवाब दिया, माँ ने अभी सिर्फ अपना बाल ही बनाया था, मेकअप और साड़ी तो अभी बची ही है। हम लोगों की मदद करते-करते हर बार यही होता है। माँ आँखों का मेकअप अच्छा कर लेती थी, इसलिए घर की सभी भाभी और चाची की आँखों की जिम्मेदारी माँ की थी। अपनी जिम्मेदारी को सँभालने में माँ इतनी लीन हो जाती कि कभी भी अपनी आँखों में काजल से ज्यादा कुछ लगाने का समय ही नहीं निकाल पाई।

वैसे, उम्र और समय के साथ हमें पता चला कि आँखों की सुंदरता तो मन से होती है। अगर मन सुंदर है तो आँखें दिखेंगी भी सुंदर और देखेंगी भी सुंदर। कुछ देर में सभी तैयार होकर बाहर आ गए। बुढ़वा बाबा, सारे दादाजी लोग, सभी चाचा और पापा सब एक ही जैसे सिल्क का कुर्ता और खादी की बंडी पहने हुए थे।

दादी-बाबा आराम कुर्सी पर बैठे सब कुछ का आनंद ले रहे थे। नीचे आँगन

में चारों तरफ गद्दे लगे थे, जिस पर सभी महिलाएँ बैठी थीं। ढोलक की ताल में खूब गाना-बजाना चल रहा था। मुहल्ले भर के सारे लोग लगभग आ ही गए थे। पुरुषों के बैठने की व्यवस्था बाहर की गई थी। वृंदा माँ ने अपनी जगह ठीक चाचा के पीछे रखी थी। कोई कुछ भी देखे पर उनकी आँखें चाचा को ही निहार रही थीं। चाचा सफेद रंग के कुर्ते और पट्टीदार लाल रंग की धोती में पूजा पर बैठे थे। हम सारी लड़कियों ने सुंदर सलवार-समीज पहने थे। माँ ने मेरे और कुसुम दीदी के बालों में 'फ्रेंच नॉट' बनाई थी, जिसमें मोती लगे थे। जब से बुढ़िया दादी ने बोला है कि लड़कियाँ तो शादियों की असली रौनक होती हैं, तब से हम सब कुछ ज्यादा ही इतरा रहे थे। कभी बाहर जाकर कोल्ड ड्रिंक्स पीते तो कभी गोलगप्पे की इमली की पानी में खट्टा-मीठा बराबर करवाते, तो कभी चाइनीज काउंटर पर धमाल बोलते। आँगन में भी कम धूम नहीं थी, सारी बुआएँ काफी समय बाद साथ हुई थीं, उनकी बातें तो जैसे खत्म ही नहीं हो रही थीं। हँसी-मजाक, एक-दूसरे की खिंचाई, पुराने दिन को याद कर एक बार फिर आँगन चहक उठा था। छोटी वाली बुआ, जिनका साज-शृंगार सबसे अलग होता था, ने अपने बालों में नकली भारी जूड़ा लगाया था, जो करीब 15 जोड़ी पिन लगाने के बाद भी गर्दन पर ही झूल रहा था। भाई और बाकी के चचेरे-फुफेरे भाई बुआ के पीछे उनके गिरते जूड़े को कैच करने के चक्कर में घूम रहे थे। गर्दन हिलाकर बोलने के कारण कभी जुड़ा बायीं तो कभी दायीं ओर उछल रहा था। "कहाँ से इन बच्चों के दिमाग में इतनी खुराफाती खेल आते हैं? बुआ से अच्छी डाँट पड़ने वाली है इन शैतानों को।" कुसुम दीदी ने मेरे कानों में कहा।

भाभी के घर से उनके दो-चार भाई और कुछ और रिश्तेदार आए थे, बैठने के लिए ठीक आँगन में पंखे के पास वाली जगह रखी गई थी। उनके अंदर आते ही थोड़ी शांति हो गई, ठहाकों की आवाज फुसफुसाहट में बदल गई। उन्होंने अपने साथ जो भी फल-मिठाई, साड़ियाँ, कपड़े, गहने लाए थे वह सभी वहीं मड़वा पर सजा कर रख दी। पापा ने उन सभी के बैठते ही कोल्ड ड्रिंक्स मँगवाई। पहली बार चाची के घर से हमारे आँगन में कोई आया था, इसलिए हमारी कोशिश थी कि हम उनका अच्छे से स्वागत-सत्कार करें। आँगन में सभी लोग बारी-बारी से मुड़कर कभी चाची के भाइयों को तो कभी उनके लाए सामानों को झाँक-झाँककर देख रहे थे।

"आम भी अच्छी क्वॉलिटी का लग रहा है, मालदा है शायद!" दो बुआओं ने आपस में फुसफुसाया। इधर छोटी फुआ ने अपना हाथ पास रखे कपड़ों के थान में डालकर पता लगा लिया था कि शिफॉन की साड़ी है या सिल्क की और जैसे बुढ़िया दादी की नजर उन पर पड़ी, जल्दी से उन्होंने ने अपना हाथ बाहर खींचा।

वैसे, आँगन की भीड़ में कुछ ऐसे लोग भी थे तो चाची के भाई की बोलचाल और बैठने के ढंग से हमारी नई चाची के स्वभाव का अनुमान भी लगा रहे थे। कमाल के पारखी होते हैं ऐसे लोग भी। अपना ठिकाना नहीं पर किसी और को परखने में जरा भी देर नहीं करते।

"शांत-हँसमुख स्वभाव का लग रहा है। आँखों में चमक तो देखो।" चौक पर वाली चाची ने कहा।

"हम्म! पर देखो तो खा कैसे रहा है, थोड़ा ठहरकर ही खा लेता। दुल्हन का भाई है थोड़ा सब्र रखना तो आना ही चाहिए। पता नहीं दुल्हन के लक्षण कैसे होंगे, लगता है ऐसी ही बेसब्री होगी। ये वाला बड़ा भाई बाहर कहीं नौकरी करता है।" कमला स्टोर वाली चाची ने मुँह बनाते हुए अपना आकलन सुनाया।

"हाँ! पढ़ा-लिखा देखकर ही लग रहा है, नौकरी भी अच्छी ही करता होगा।" चौक वाली चाची ने मुस्कुराते हुए कहा।

उधर से गुजरते हुए मुझे इन दोनों चाची की बात सुनाई दी, पर मैंने कुछ बोला नहीं। वैसे, आपको तो पता लग ही गया होगा कि ऐसा कुछ सुनकर चुप रह जाना मेरे स्वभाव के विपरीत था, पर शायद ये बड़े होने के लक्षण थे। इधर दादी चाचा की बलइयाँ लेते नहीं थक रही थीं। माँ से काजल का टीका भी लगवाया था। चाचा तिलक चढ़ने के बाद और भी अच्छे लग रहे थे। "देवर जी, आप अच्छे तो बहुत लग रहे हैं, पर बस थोड़ी-सी कमी है।"

"अच्छा! तिलक टेढ़ा लग गया क्या?" चाचा ने माथे के तरफ इशारा करते हुए पूछा।

"अरे नहीं, सब सीधा है, बस कमी है तो आपके साथ खड़ी होने वाली मेरी देवरानी की, उसके साथ आप और जँचेंगे।"

"बस, दो दिन और फिर तो साथ ही रहेगी।" चाचा ने भी गाल लाल कर शर्माते हुए कहा।

सब कुछ काफी अच्छे से संपन्न हुआ। बस चाइनीज खाने में सोया सॉस ज्यादा हो जाने से नूडल्स का रंग काला हो गया था, दादी ने चाइनीज खाने के चाइनीज शेफ को इंडियन डाँट लगाई थी। उस पर बच्चों में नूडल्स को खाने की उत्सुकता के कारण कई जगह नूडल्स गिर गए थे, जो दादी का गुस्सा सातवें आसमान पर पहुँचा रहे थे। मंजू माँ जल्दी-जल्दी उनकी सफाई में लगी हुई थी। मंजू माँ से याद आया, उनके बारे में तो बताना ही भूल गई। मंजू माँ आज शाम होते ही थोड़ी लंबी हो गई थीं। उन्होंने आज माँ की दी हुई ऊँची एड़ी वाली सैंडल पहनी थी। देखकर ही लग रहा था कि चलने में काफी दिक्कत हो रही है। सभी काम खत्म होने तक उनकी ऊँची एड़ी अब टेढ़ी एड़ी में बदल गई थी और पैर में भी थोड़ी सूजन आ गई थी। गरम पानी में पैर डालकर बैठी वह कब से बगल में पड़ी थकी-हारी ऊँची एड़ी वाली सैंडल को भला बुरा कह रही थीं। बाकी का खाना-पीना, कुर्सी, शामियाना सजावट सभी बहुत अच्छे थे, मेहमानों को काफी अच्छा लगा। राजस्थानी सेठ सेठानी जी के पुतले भी काफी चर्चा में रहे, सिर्फ बीच में एक बार सेठ जी की बैट्री थोड़ी कमजोर हो गई थी। शायद इसलिए पुतले ने हाथ जोड़ने की जगह हाथ गले लगने की स्थिति में स्थिर कर लिया था। वैसे गले लगें या नमस्ते कहें इस पुतले के चेहरे की मुस्कुराहट जरा भी नहीं बिगड़ी थी, इसलिए अच्छा ही लग रहा था। मुस्कान सूरत और सीरत दोनों का ही भाव बता देते हैं।

दो-तीन पड़ोसियों को छोड़ बाहर के लोग तकरीबन जा चुके थे। माँ उनके लिए कुछ मिठाइयाँ बाँध रही थीं। पर बुआ दादी आँगन में ही डेरा जमाए बैठी थीं इस इंतजार में कि जरा चाची के यहाँ से आए उपहार देख लूँ फिर जाऊँगी।

"जरा जल्दी-जल्दी हाथ चलाओ तुम सब।" उन्होंने रामा जी को बोला, "काम समेटो तब ही तो उपहार खुलेंगे।"

"उपहार अंदर खुलेंगे, दादी, आप अम्मा के कमरे में चले जाइए।" जब तक सारे उपहार नहीं खुल गए तब तक बुआ दादी नहीं गईं। सब कुछ देख-समझकर वह जाने को उठीं। "बुआ दादी अब जाइए आप, और कोई उपहार खोलने को नहीं बचा। अब जब चाची आएँगी तब नई चीजें आएँगी।"

"हाँ! बहुत देर हो गई है, बहुत देर लगा दी तुम लोगों ने उपहार खोलने में, घुटने में दर्द हो गया बैठे-बैठे।" नाराज होती दादी को देख हम सब को हँसी आ

रही थी। उनके निकलते ही- "अम्मा ये बुआ बिलकुल भी नहीं बदलीं, आज भी वही उतावलापन जो मेरी शादी के समय था। पूरे दिन दूसरे के यहाँ क्या चल रहा है इसमें ही लगी रहती हैं, खुद के घर की फिक्र नहीं।" बुआ चिढ़ी हुई-सी बोल रही थीं।

"अब क्या बदलेंगी ये। चलो सब सामान समेटो और सब सोने जाओ, सभी काफी थक गए हैं। कल सुबह से पूरे दिन वाली रस्में शुरू हो जाएँगी। जल्दी से सब निपटाकर बारात की तैयारी शुरू करेंगे।"

कमरे की बत्ती बंद थी, पापा पहले ही सो चुके थे। "सच में मजा, थकान, परेशानियाँ, इंतजाम, मेहमाननवाजी, कितनी तैयारियाँ करनी होती हैं। आसान नहीं है, ये शादी-ब्याह। है ना माँ?"

"हाँ दादी अम्मा अब सो जाओ। कल सुबह बात करेंगे।" आँगन की जल-बुत करती लड़ियों को देखते-देखते मुझे कब नींद आ गई पता ही नहीं चला।

फिर सुबह से वही पूड़ी-सब्जी, साफ-सफाई, नहाने की कतार, हँसी-मजाक, चाचा की खिंचाई आदि के बीच मटकोर, देवता की पूजा, हल्दी, कितनी रस्में होती हैं और सभी के अलग गाने। इतने दिनों से सुनते-सुनते अब हम भी इन गानों को गाने लगे थे। बुढ़िया दादी हमें इस तरह शादी के गाने गाते देख बहुत खुश होतीं। बोलतीं- "शादी-ब्याह, तीज-त्योहार में हम अपने संस्कार अपनी परंपरा को और भी ज्यादा नजदीक से समझते और सीखते हैं।" हर होने वाली रस्म का अपना एक खास मतलब था और जब बड़ी हुई तब पता चला कि शादी के समय होने वाली हर रीति-रिवाज का वैज्ञानिक दृष्टिकोण भी है।

आज शाम को ही हम लोगों का संगीत का कार्यक्रम था। दादी ने एक मेहँदी लगाने वाली दीदी को बुलाया था और उसी के बीच फिल्मी स्टाइल में हमारा नाच-गाना भी होने वाला था। हम सबने चमकने वाले कपड़े निकाले और खूब अच्छे से सजने वाले थे। "माँ तुम्हारी लाल वाली लिपस्टिक लगाऊँगी, तुम निकाल देना।"

इधर साँवली आज बिलकुल ठीक से नहीं नाच रही थी, "क्या हुआ तुम्हें? घर के ही तो लोग हैं इसमें घबराने वाली क्या बात है?"

"मुझसे नहीं होगा, मैं ऐसे कभी भी भीड़ के सामने नहीं गई और मैं ये चमकदार कपड़े भी नहीं पहनती हूँ। मैं पीछे ही रहूँगी और एक हल्के रंग की

कमीज-सलवार पहन लूँगी। यही ठीक रहेगा और वैसे भी कल माँ ने भी मुझे यही बोला है।"

"बिलकुल भी नहीं, तुम जहाँ थी वहीं रहोगी सलोनी, और मैं आती हूँ जरा बाहर से।" मेरी चाल की तेजी देखकर कुसुम दी और दीदी दोनों ही मेरे पीछे भागी। उनको मालूम था मैं कहाँ जा रही हूँ।

"सुनो, वहीं रुको तुम और मेरी बात सुनो। मैं बात करूँगी, बड़ी हूँ और समझदार भी।" कुसुम दी ने मेरा हाथ पकड़ते हुए कहा।

"अरे मैं बिलकुल गुस्सा नहीं हूँ दीदी, आप चिंता मत करिए, कुछ भी हंगामा नहीं करूँगी, कसम से।" मैंने उनको भरोसा दिलाया।

"रुको पहले। लंबी साँस लो और अब छोड़ो।" ऐसा दीदी ने मेरे से तीन बार करवाया और सच में करने से मन शांत लगा। "अब चलें?" मैंने मुस्कुराकर पूछा। हम तीनों, कुसुम दी, दीदी और मैं नीचे आँगन में आए। बनारस वाली चाची मतलब साँवली और सलोनी की माँ वहीं आँगन में चाचा के हाथों में उबटन लगा रही थी। वहाँ सिर्फ माँ, दादी चाची और चाचा ही थे। हम तीनों वहीं आँगन में बैठकर उन्हें देखने लगे, मैं सोच रही थी किसी का मन भी खराब न हो और मैं अपनी बात भी बोल दूँ। थोड़ी हिम्मत जुटाकर मुस्कुराते हुए मैंने उनसे पूछा, "चाची उबटन लगाने से क्या होता है?"

"कहते हैं हल्दी से रंग निखरता है और त्वचा भी कोमल रहती है।"

"तब तो आपने साँवली के ऊपर भी खूब लगाया होगा, हल्दी, चंदन, दही, केसर और गोरे करने वाले क्रीम भी लगाती होंगी न आप तो?" मेरे इस अजीब से सवाल को सुनकर वहाँ बैठे लोग, खासकर माँ के चेहरे पर परेशानी दिखने लगी।

"साँवली का रंग काफी कम है न, तो घर के लोगों को दिक्कत होती है। अब ये घरवालों की दिक्कत और परेशानी सलोनी ने अपने मन में ऐसा बिठा लिया है कि कुछ भी करने में आगे नहीं आना चाहती। वह डरती है कि कहीं उसके काले रंग को देख इनकी बेइज्जती न हो जाए। सही बोला न चाची मैंने?"

"कौन सही कौन गलत नहीं पता मुझे, पर वह बचपन से ही ऐसी है। ये रंग उसे भगवान ने दिया उससे मैं क्या करूँ?" उन्होंने अपने हाथों में लगी हल्दी को जोर से छुड़ाते हुए बोला, लगा जैसे मन से क्या साफ करने की कोशिश कर रही हैं।

“अच्छा, अगर ऐसा है तो आज तक उसने काले रंग का अँधेरा ही क्यों देखा है। इस अँधेरे में कई बार लोग बिलकुल दिखाई देना बंद हो जाते हैं चाची। उसे निकालिए इन रंगों की पहचान से, उसे उस साँवली से पहचान कराइए जिसका मन सबसे सुंदर है। उसमें कितनी प्रतिभा है चाची, उसके जीवन को बेरंग नहीं कीजिए। वह तो अपने दादाजी के सामने भी नहीं जाती। पता है ना आपको कि उसे भी दादाजी के साथ बैठकर खाना खाने का मन करता है, उनकी मदद करने का मन करता है सलोनी के जैसे। आप को तो बताया ही होगा साँवली ने?”

“मुझे सब पता है, पर मेरा मन नहीं करता कि बिना किसी गलती के वह लोगों के ताने सुने, इसलिए उसको आगे नहीं रखती हूँ। न दिखेगी और न ही कुछ सुनेगी।” गुस्से में खड़ी होते हुए चाची बोलीं।

“बुढ़िया दादी आप ही बताइए, जो रंग हमें भगवान ने दिया है उसे खराब कहने वाले हम होते कौन हैं? किसी के रंग की वजह से हम उसे भीड़ में भी सबसे पीछे खड़ा करें, उसे उसके पसंद के रंग न पहनने दें, ये क्या सही है दादी?” पीछे मुड़कर देखा तो चाची आँगन से जा चुकी थीं।

“ये क्या कर दिया बेटा, तुम सब ने। कुसुम, तू तो बड़ी है, समझा सकती हो न? अब तैयार हो जाओ, सब चाचा जी की बातें सुनने को, उनके कमरे में ही गई हैं भाभी।” बुआ ने फटकार लगाते हुए कहा।

बोल तो दिया था हमने सब, पर थोड़ी चिंता थी कि कब बड़े दादाजी के कमरे में बुलाया जाए हमें। हम सब वही आँगन में खड़े इंतजार कर रहे थे। जब आधे घंटे तक मुझे बुलाया नहीं गया, तो दादी उठीं, “बहू, खाना लगवाओ, मैं अंदर देखती हूँ। हाँ आचार, पापड़ अच्छे से निकलवा लो, नया वाला पैकेट निकाल लो भंडार में रखा है। और तुम लड़कियाँ जाकर सारे कमरे से लोगों को बोल आओ।”

“भाभी मैं उठ जाऊँ, हो गई न उबटन? अब तुम लोग की सफाई होगी।” चाचा ने हमें मुस्कुराकर देखा और नहाने जाने लगे।

“चाचा, पापा कहाँ हैं? आप भी जल्दी आइएगा नहाकर, प्लीज।”

“हम्म अपना दल मजबूत करो, तुम लड़कियाँ। झटपट आता हूँ। गलत थोड़े ही न बोला है तुमने, मैं साथ हूँ।”

साँवली इन सब से बेखबर ऊपर के कमरे में बैठ गाने सुन रही थी। तभी

बड़े दादाजी अपने कमरे से निकलते दिखे, उनके पीछे चाची और दादी थीं। हम सब की बोलती बंद। बीच आँगन में खड़े होकर आवाज लगाने लगे, "साँवली नीचे आओ।" शायद पहली बार किसी ने उनके मुँह से साँवली नाम सुना होगा। ऊपर के मेरे कमरे से कोई आवाज नहीं आईं।

"साँवली ने अगर सुना भी होगा तो उसको लगा होगा उसके कान बज रहे हैं।" मैंने दीदी के कान में फुसफुसाकर कहा।

"तुझे अभी भी मजाक सूझ रहा है? हे भगवान अजीब लड़की हो।"

तभी ऊपर की खिड़की पर सलोनी आई। "दादाजी आपने साँवली बोला क्या?"

उन्होंने गर्दन हिलाकर बोला, "एक नहीं दो बार बोला, जल्दी से नीचे आ।" उसके आँखों की चमक मुझे नीचे आँगन से महसूस हो रही थी। सीढ़ियों पर भागने की आवाज और पलक झपकते साँवली नीचे आँगन में खड़ी थी। पीछे-पीछे सलोनी भी भागती आई, उसे समझ नहीं आ रहा था की दादाजी ने साँवली नाम सच में बोला है क्या?

"तुझे भूख नहीं लगी, घड़ी देखी है?" दादाजी का ये सवाल सुन उसे सच में अपने कानों पर यकीन नहीं हो रहा था।

"अरे क्या हुआ तुम्हें, दादाजी से बात नहीं करोगी, कुछ बोल ही नहीं रही।" साँवली बड़ी-बड़ी डबडबाई आँखों से दादाजी को देख रही थी, रुँधी हुई आवाज में बड़ी मुश्किल से बोल पाई, "बहुत जोर से भूख लगी है, दादाजी।"

"बहू, साँवली और सलोनी दोनों का खाना मेरे साथ ही निकलवाओ। और साँवली की थाली में अचार और वह तारों के जैसे दिखने वाले कुरकुरे अच्छे से डाल देना, उनके कुड़-कुड़ टूटने की आवाज इसे बहुत पसंद है।" साँवली ही क्या अब तो मेरी आँखें भी भर आई थीं। पीछे खड़ी चाची ने एक साथ तीन थालियों में खाना परोसा।

"दादाजी मैं हाथ धोकर आती हूँ।" कहकर साँवली सीधी अपनी माँ के पास भागी। "माँ सुना तुमने, दादाजी को मेरे बारे में सब पता है, मुझे कौन-सा आचार अच्छा लगता है, यह भी।"

"अरे तुम्हारे दादाजी हैं क्यों नहीं पता होगा।"

"मैं कितनी गलत थी माँ, मुझे लगा था वह मुझे प्यार ही नहीं करते हैं।"

"देख लिया न आज कितना प्यार करते हैं, जा हाथ-मुँह धोकर आ जा।"

मुझे डाँट नहीं पड़ी, मैं इसलिए बहुत खुश थी। जरा अकड़ के चल भी रही थी। "सुनो मैडम ज्यादा तनो मत, बच गई बाल-बाल। अब पूरी शादी में कोई गड़बड़ी नहीं होनी चाहिए।" माँ ने कान खींचकर अपना प्यार जताया।

"सच में ये तो उलटी गंगा ही बह गई भाभी, मैं तो डर ही गई थी।" बुआ ने पापड़ खाते हुए कहा।

"डर तो हम गए थे, मुझे तो चक्कर आ रहे थे, पर ये क्लाइमैक्स सीन देखकर सच में आँखें भर आईं।" इन सब भाग-दौड़ में हमारा डांस प्रोग्राम आज नहीं हुआ। मुँह फुला के बैठे थे हम, "कोई बात नहीं, जाने दो। शादी की रात को बारात जाने के बाद करेंगे, बहुत मजा आएगा। हम लोगों का भी यही प्लान है।" वैसे भी शादी वाली रात लड़की के घर में जब शादी हो रही होती है, तो लड़के के घर में भी कोई सोता नहीं, उस रात 'रतजग्गा' होता है।

"हाँ, घर में सिर्फ बुढ़वा बाबा रहेंगे, हम पूरी मस्ती करेंगे। मेरी तो खास तैयारी है उस दिन मतलब उस रात की। मेरे लाडले भाई की शादी है, खूब मजे करेंगे मिलकर सब। ठीक है न चाची?" दादी ने भी हाँ में हाँ मिलाया। बड़ी बुआ घर की सबसे बड़ी बेटी थीं, मेरे बड़े वाले दादाजी की सबसे बड़ी बेटी। स्वभाव से बहुत अच्छी, मस्ती करने और कराने में सबसे आगे। बड़ी बुआ ने बोल दिया मतलब अब तो पूरी मस्ती होनी है, हम सब खूब उत्साहित थे।

धीरे-धीरे करके शादी के सारे रस्म-रिवाज निपटते जा रहे थे और अब बस दो-तीन दिन में सब का वापस जाना शुरू हो जाएगा। पूरे दिन भाग-भागकर माँ बहुत थक गई थी, इसलिए आँगन में थोड़ा आराम कर रही थी और हम वहीं बैठकर बातें कर रहे थे।

"घर फिर से सूना हो जाएगा। है न माँ?"

"हाँ! सबके जाने के बाद सूना तो लगेगा, पर हमारे यहाँ तो फिर भी कोई नया परिवार का सदस्य आ जाएगा, सूना तो लड़की का घर हो जाता है।"

"सच में माँ, ये कैसे कर लेते हैं न हम सब!" मैंने माँ को पकड़ते हुए कहा।

"अच्छा छोड़ो ये सब। ये बताओ, बुटिक वाले कपड़े पहनकर देखे? कैसे लगे?"

"बहुत अच्छे हैं सुपर एकदम। मेरे ब्लाउज की डिजाइन तो इतनी सुंदर है,

पूछो मत। पहनूँगी तो देखना।" मैंने इतराते हुए कहा।

"अरे वाह! बहुत अच्छे। ब्लाउज का गला ज्यादा गहरा तो नहीं है न? सच बताओ।"

"नहीं माँ आजकल के हिसाब से ठीक है।" मैंने थोड़ा सकपकाते हुए जवाब दिया। माँ को शक तो हो ही गया था, बोलीं, "दुपट्टे को अच्छे से पिन कर दूँगी, मुझे मालूम है आजकल का हिसाब-किताब क्या होता है। बड़ी दादी बहुत गुस्सा करेगी। और तुम्हें भी परेशानी होगी, बार-बार ठीक करते रहना पड़ेगा। क्यों करती हो ये सब?"

"छोड़ो न माँ, किसी भी बाहर के लोगों को क्या लगता है मुझे इसकी फिक्र नहीं। दादी कुछ बोलेंगी तो मैं सुन लूँगी। चलो सोने चलो, बहुत नींद आ रही है।" कहकर मैं उबासियाँ लेने लगी।

"हाँ अब तो आएगी ही नींद तुम्हें, चलो जाओ कमरे में। जल्दी उठना सुबह और सुनो, फोटोग्राफर को एक बार फोन कर लेना सुबह दस बजे तक आ जाए तो अच्छा है।"

"साँवली सो गई?"

"हाँ माँ, वो आज बहुत खुश थी, उसे देखकर बहुत अच्छा लगा।"

"हाँ, आज चाचा जी को भी एक अलग रूप में देखा। लगा जैसे कितना बड़ा बोझ उतर गया उनके मन से। अच्छा काम किया तुमने। लोगों की परेशानियाँ दूर करने की हिम्मत सब में नहीं होती।" कहकर माँ ने मेरा माथा चूम लिया। मैं जब भी कोई अच्छा काम करती हूँ माँ का वह स्नेह भरा स्पर्श आज भी महसूस होता है मुझे। ऐसा लगा जैसे मेरी वजह से कितना गर्व हुआ उनको।

सुबह, चाचा को आँगन में मड़वा पर बिठाकर कुछ रस्में की जा रही थीं और चाचा परेशान हो रहे थे, "माँ, मुझे रात को भी जागना है, अभी भी इतनी सुबह उठा दिया आपने।"

"इतना आसान नहीं होता शादी करना देवर जी। आपको क्या लगा आराम से सोकर उठेंगे, खाना खाएँगे और हो जाएगी शादी? आ जाएगी दुल्हन? आज आपको व्रत करना है, अब जो भी खाने को मिलेगा वह शादी के फेरों के बाद।"

"अच्छा सुनो सब, आज बारात घर से दो बजे खाना खाकर मुजफ्फरपुर के लिए निकल जाएगी। अम्मा, सारी रस्में पहले कर लीजिएगा आप लोग। अब तो

रीसेप्शन के बाद ही आराम करने का समय मिलेगा।"

"हाँ हमारा सब हो जाएगा, सब समय पर ही चल रहा है।" चाचा को चुमावन करते दादी ने कहा। "इसके बाद 'पैर पूजाई', फिर सारे बड़े लोग का काम खत्म।"

शाम होते-होते पूरा आँगन अलग-अलग तरह के पर्फ्यूम की सुगंध से भरा था। "अच्छा हुआ लड़कियाँ नहीं जा रही हैं बारात, नहीं तो इतनी महिलाओं के साथ समय पर घर से निकलना नामुमकिन था।" फूफा बाबा जो बिलकुल समय पर तैयार हो गए थे, शरबत पीते हुए पापा से कह रहे थे।

"बिलकुल सही बोला फूफा जी आपने और सबसे मुश्किल की बात ये है कि उनको कोई इस बारे में कुछ बोल भी नहीं सकता है।" पापा ने फुसफुसाकर कहा।

बारात समय पर निकलने को तैयार थी, "शुभ-शुभ जाओ और दुल्हनिया लेकर आओ।" दादी ने चाचा को दही खिलाते हुए कहा। वृंदा माँ की आँखों से तो आँसू रुक ही नहीं रहे थे। उन्हें यकीन ही नहीं हो रहा था कि कल तक बैट-बॉल खेलने वाला छोटा-सा बच्चा आज उनकी बहुरिया लाने जा रहा है। चाचा हल्के क्रीम रंग की शेरवानी में बिलकुल राजा जैसे लग रहे थे, सर पर लाल रंग की पगड़ी, जिसमें एक उजला पंख भी लगा हुआ था। माथे पर तिलक करती माँ ने काजल का एक टीका मतलब 'नजरबट्टु' लगाया चाचा के कान के पीछे। बलाइयाँ लेती बुढ़िया दादी बोलीं, "बुरी नजर से बचाए मेरे बबुआ को।" चाचा ने सभी का आशीर्वाद लिया और पापा के साथ गाड़ी में बैठ गए। पीछे से सब ने गाड़ी पर अक्षत और फूल डाला और गाड़ी ने सरपट दौड़ लगाई चाची के घर तक।

अंदर आँगन में हमारा छोटा-सा मंच तैयार था। मँझली बुआ जो खूब शेरो-शायरी, कविताएँ करती थीं, उनको मंच सँभालना था। मतलब घोषणा करनी थी आज के रंगा-रंग कार्यक्रम का। सबसे पहले शुरू हुआ अंताक्षरी का खेल- घर की 'बेटियाँ बनाम बहुएँ', आँगन में दो गद्दे लगे और दोनों टीम के सदस्य बैठे। तरह-तरह के पुराने से लेकर नए गाने सुनने को मिले। हर गाने के साथ दोनों टीम के लोग ठुमके भी लगा रहे थे। वहीं बैठी बुढ़िया दादी पूरे आँगन के लोगों को पूछ-पूछकर मीठा पान खिला रही थी। पान के पत्ते को गिनकर इस्तेमाल करने

वाली दादी आज दिल खोलकर पान लुटा रही थीं।

"दादी आप थोड़ा आराम कर लीजिए चलकर, सुबह से एक बार भी लेटी नहीं हैं, कमर अकड़ जाएगी।" माँ ने बुढ़िया दादी और बुढ़वा बाबा दोनों को ही कहा।

"अरे रहने दो बहू। पता नहीं इतनी खुशी अब कब मिलेगी मुझे। अगली शादी देख भी पाऊँगी या नहीं। जी भरकर देख लेने दे हमें। आँखों में भर लूँ सब, बस यही मन कर रहा है मेरा तो। जी भर देख लूँ अपने खिलते-खिलखिलाते आँगन को।"

"छोड़िए न दादी क्या आप भी, चलिए अब जल्दी से मेरे और छोटी के लिए भी एक पान लगाइए, गुलकंद डालकर, आज हम भी खाएँगे।" माँ ने जल्दी से बात बदलते हुए कहा।

"अब आएँगी घर की रौनक हमारी बेटियाँ, मंच पर बुआ ने उद्घोषणा कर दी थी।"

'हम आपके हैं कौन' सिनेमा के गानों से आँगन झूमने लगा। एक के बाद एक धमाकेदार पेशकश और तालियों की गड़गड़ाहट ने मंजू माँ को भी मंच पर ला दिया। सलोनी की दादी ने हमारी नजरें उतार न जाने कितने पैसे काम करने वालों को पकड़ाए होंगे। चमकते हुए कपड़ों में सब में ज्यादा चमक रही थी हमारी साँवली। उसकी आँखें और उसका चेहरा। चुपचाप एक जगह पर खड़ी रहने वाली वह बच्ची, आज एक जगह टिक ही नहीं पा रही थी। यहाँ-वहाँ, इतनी बातें जैसे सारी बातें आज ही कर लेगी। माँ जितनी बार साँवली में आया ये बदलाव देखतीं उतनी बार मुझे निहारतीं। बहुत मजा आ रहा था। बुआ दादी भी कहाँ पीछे रहने वाली थीं उन्होंने ने भी दिलीप कुमार के गाने 'उड़े जब-जब जुल्फें तेरी' पर खूब जुल्फें उड़ाई और कमर लचकाई थी। बड़ी बुआ ने तो सच में कमाल कर दिया, दादाजी की पैंट शर्ट पहनकर जो नाचा उन्होंने, क्या बताऊँ। माँ ने भी बचपन में कथक सीखा था, घुँघरुओं की झनकार आज भी उतनी ही थी। अंततः 12 बजे रात तक हमारा ये कार्यक्रम चला, सब थक के चूर। वहाँ शादी में भी सब अच्छा चल रहा था, पापा और दादाजी से वरमाला के बाद बात हुई थी।

अब आँगन को इंतजार थी, अपने नए सदस्य की, एक और पायल की

झुन-झुन की जो जल्द ही घर में गूँजने वाली थी। तुलसी चबूतरे को इंतजार था, एक नई मेहँदी की खुशबू वाले हाथों की। सुबह हम बच्चों को तो चाचा चाची आ गए हैं के नाम से झूठ बोलकर उठाया गया, सच में इतनी थकान लग रह थी कि पूछिए मत।

"चाचा की शादी में इतनी थक जाओगी तो फिर अपनी शादी में तो मंडप पर ही सो जाओगी तुम सब, चाची ने छेड़ा।" किसी तरह उठकर हम सब ने शाम का इंतजार किया और उसके बाद हर गाड़ी के हॉर्न पर वृंदा माँ हमें बाहर दरवाजे पर देखने भगाती थीं।

"स्कूल के समय भी अपने बबुआ का आप ऐसे ही आँगन में बैठकर इंतजार करती थी वृंदा माँ, है न?" दादी ने उन्हें चाय का कप पकड़ाते हुए कहा। अभी उन्होंने चाय की एक घूँट ही ली थी की बाहर गेट के खुलने की आवाज हुई, हम सब बाहर भागे। वृंदा माँ दादी का सहारा लेकर उठते हुए हँसकर बोलीं, "हाँ चाय तब भी नहीं पीने देता था, अब भी नहीं पीने देता।" शाम हो गई थी, दादी ने पूरे आँगन की बत्तियाँ और लड़ियाँ जलवाईं और बोलीं, "लक्ष्मी का आगमन हो रहा है, सारी बत्तियाँ जला दो।"

आँगन में लटकीं जगमगाती लड़ियाँ, चाची की चुनरी में लगे चमकदार शीशे और घुँघरुओं ने आँगन में सच में चार चाँद लगा दिए थे। दादी-बाबा और हमारा आँगन इन सारी खुशियों के पल को बस समेट लेना चाह रहा था।

जन्म-मृत्यु

आज इतना कोहरा था कि सामने वाला कुआँ भी दिखाई नहीं दे रहा था। सुबह उठते ही माँ ने आदतन खिड़की खोली, पर बाहर के ठंड का नजारा देख जल्द ही वापस कुंडी लगा दी। रजाई से निकले हमारे हाथ-पैर को अंदर कर अच्छे से ढँक दिया और खुद रजाई हटाकर बाहर निकल गई।

"ठंड के दिनों में भी इतनी सुबह क्यों उठती हो माँ?" माँ के ठंडे हाथ के स्पर्श से मेरी नींद खुल गई।

"ठंड में रोज का काम थोड़े ही न कम हो जाता है, ऊपर से दिन भी छोटा होता है। काम जल्दी शुरू नहीं करूँगी तो समय पर कुछ भी नहीं हो पाएगा। दादी बाबा को देर हो जाएगी, नाश्ता में, दवा खाने में।" कहते हुए माँ स्वेटर पहन सर को शॉल से ढक आँगन में चली गई। इतनी ठंड में रजाई से पैर बाहर निकालने की हिम्मत की दाद देनी होगी। मंजू माँ के सुबह काम पर आने से इत्मीनान तो बहुत लगता था, पर बाहर गेट पर लगा ताला खोलने जाने में कँपकँपाहट हो जाती थी। रात भर ठंड में लटकता ताला सुबह तक एकदम बेजान हो जाता था। बाहर खड़ी, शॉल से पूरी तरह ढँकी मंजू माँ ताला खुलने तक इंतजार करतीं और अंदाजा लगातीं कि आज धूप निकलेगी या नहीं।

ठंड की सुबह, गैस चूल्हे पर चढ़े बर्तन की गरमाहट, उसके पानी से निकलती भाप और चाय से भरे कप को हथेलियों के बीच रखने की गरमाहट और उससे निकलती खुशबू का सुख उनको सबसे ज्यादा प्रिय होगा, जिन्होंने सुबह उठकर इसको पाने के लिए मेहनत की है। रजाई से निकले गरम हाथ से चाय का कप पकड़ने से ज्यादा मजा, बाहर फाटक पर लगे ताले को खोलने

से ठंडे हुए हाथों को यकीनन ज्यादा आता होगा। इस साल ठंड कुछ खास थी, क्योंकि कुछ दिनों बाद हमारे यहाँ एक नया सदस्य आने वाला था। चाची और चाचा के साथ पूरा घर इस नए उत्साह का टकटकी लगाए इंतजार कर रहा था। सबसे ज्यादा इंतजार में थी बुढ़िया दादी। इधर तबीयत भी कुछ ठीक नहीं रहती उनकी और इसलिए चिंता में दिखती हैं। जब वह नहीं रहेंगी तब बुढ़वा बाबा को कैसा लगेगा, इस आँगन और हम सब का क्या होगा इस बात की चिंता उनको सबसे ज्यादा सताती थी। बीमारी से हताश दादी काफी कमजोर हो गई थी, पर बुढ़वा बाबा के आँखों में दादी के जीने की चाह देखकर वह खुश रहने की कोशिश तो करतीं, पर रह नहीं पाती थीं। सबसे ध्यान देने वाली बात यह थी की आजकल उन दोनों के बीच नोक-झोंक भी नहीं के बराबर हो गई थी। बुढ़वा बाबा और हम सभी की पूरी कोशिश होती कि ये नोक-झोंक वैसी ही बनी रहे, पर दादी के सिर्फ मुस्कुराकर शांत हो जाने से ये मुश्किल था। इन परिस्थितियों के बीच चाची के माँ बनने की खबर ने जरूर उनके मन में एक नई आस बाँधी थी। कुछ दिन और जीने की एक चाह या फिर यूँ कहें कि चाचा के अंश को चाची के गोद में देखकर जाने की चाह जरूर जागी थी उनमें। आजकल उनका ज्यादातर समय कमरे में ही बीतता था, पर आँगन में कौन क्या कर रहा है, इसका आँखों देखा हाल के प्रसारण की जिम्मेदारी मेरी, दीदी और भाई की थी। अब तो मेरी छोटी बहन भी स्कूल जाने लग गई थी और अपने बचपन की मासूमियत वाली हरकतों से आँगन को गुलजार रखती थी।

"जरा अपनी दादी को बोलो पुराना वाला बॉक्स उतरवा लें, उसमें चाचा के बचपन के कपड़े रखे हैं, धुलवाकर धूप लगवाकर रख लेगी। आज तीन दिनों बाद धूप खिली है।" मुझे यह कहकर दादी वापस पलंग पर लेट गईं।

"मैं दादी को बुला लाती हूँ बुढ़िया दादी। आप ही बोल दीजिए।" मैं उनके कमरे से बाहर निकलते हुए बोली।

"हाँ अम्मा जी, पुराना वाला बक्सा निकालने को बोला है रामा जी को। सारे बड़े बच्चों के कपड़े हैं उसमें।" दादी ने मुझे देख कहा।

"बक्से में पापा के बचपन के भी कपड़े हैं क्या, दादी?"

"हाँ मुन्ना के भी कपड़े हैं, तुम तीनों लड़कियाँ ही थीं, इसलिए रखे ही रह गए, इस्तेमाल नहीं हो पाए।" जब बक्सा खोलूँगी तब दिखाऊँगी तुम्हें।" मतलब

इस आँगन में खेला बचपन है उस बक्से में, दोनों ही दादी ये कहकर कहीं खो गईं। बुढ़िया दादी की आँखों की कहानी आजकल उनका तकिया सुनाया करता था। रोज सुबह धूप में रखकर इन भीगे तकियों को सुखाया जाता था, पता नहीं रात को क्यों रोती थीं?

आँगन में बक्से के रखने की आवाज आई, "मुझे भी बाहर ही ले चलो, थोड़ी देर धूप में बैठूँगी। और बहू, बक्से को मेरे कुर्सी के सामने ही खुलवाना।" बुढ़िया दादी ने कहा।

बक्से का सामान देखने के लिए हम सब उत्सुक थे, सब दादी को घेरकर बैठ गए, "इतना बड़ा-सा ताला क्यों लटका है दादी इसमें? इसे कोई क्यों लेकर जाएगा?"

"कोई लेकर तो नहीं जाएगा इसे, पर 'कोई भी' खोल न ले इसलिए लगाकर रखती हूँ। हमारे जीवन भर की कमाई है इसमें।" हाथों से बक्से के ऊपर के धूल को पोंछती हुई दादी बोली।

पुराने कपड़ों से एक अलग-सी सुगंध आती है, जो मुझे बिलकुल भी अच्छी नहीं लगती थी। हर निकलते कपड़े को बुढ़िया दादी छूने को माँगती, "छींकें आने लगेगी अम्मा, आप दूर से ही देखिए, हाथों में मत लीजिए।"

"कुछ दिन बाद तो दूर से ही देखूँगी, इसलिए जब तक पास हूँ पास से देख लूँ।" हर कपड़े पर हाथ फेरकर प्यार करतीं।

"पापा जब शाम में आएँगे ना दादी तो आप जी भरकर प्यार कर लीजिएगा। इन कपड़ों को गले क्यों लगा रही हैं?" बुढ़िया दादी ने मेरे सवाल का कोई जवाब नहीं दिया, अपनी ही दुनिया में खोई थीं।

"आज जब मैं अलमारी में रखे अपने बच्चों के पुराने कपड़ों को निहारती हूँ तो समझ में आता है कि दादी कपड़ों को नहीं, बल्कि उनमें बसे बचपन को गले लगा रही थीं। किसी फ्रॉक में आम के दाग लगे हैं तो किसी टी-शर्ट में दूध के गिरने के निशान। हमारा बचपन, उससे जुड़ी यादें और माँ की ममता, तीनों ही काफी हैं बड़े हो जाने के बाद मन और आँखों को भरने और होठों पर मुस्कान लाने के लिए। प्यारे-प्यारे छोटे से कपड़े, पापा का पुराना बैट-बॉल, पहली लिखाई वाली तख्ती, छठी के कपड़े दादी ने सब सहेज के रखे थे।

"माँ, तुम्हारे पास भी ऐसा बक्सा होगा न फिर तो? तुमने भी तो रखे होंगे न

हमारे कपड़े ?" मैं अपने-आप को रोक न पाई।

"हम्म रखे हैं, ऊपर कमरे में, तुम बहनों के कपड़े सहेजकर रखे हैं। जब तुम सब बाहर चली जाओगी तो निहारूँगी उनको।"

"मैं कहाँ जाने वाली हूँ माँ ? तुम भी न हमेशा, शादी की बातें करने लगती हो।" दीदी ने नाराज होते हुए कहा।

"अरे, मैंने कब की शादी की बात, तुम भी न। जब तुम बाहर पढ़ने जाओगी तब की बात कर रही हूँ। तुम्हारे दिमाग में तो सिर्फ शादी की ही बातें चलती हैं हर समय।" माँ और चाची ने दीदी को छेड़ते हुए कहा।

"अच्छा मुझे ही फँसाएँ आप दोनों।" दीदी ने गुस्सा होने का नाटक करते हुए कहा।

बुढ़िया दादी मुस्कुरा रही थीं, फिर धीरे से बोलीं, "पहले पढ़ाई-लिखाई, मन करे तो नौकरी फिर शादी-ब्याह। पर ऐसा न कि नौकरी नहीं मिल रही है, तो इंतजार में शादी की उम्र बीत गई। पहले शादी और फिर नौकरी भी हो सकती है। समय का ध्यान रखने से सब अच्छे से होता है जीवन में। जिंदगी जिद से नहीं चलती।"

बुढ़िया दादी की इन बातों में पहले वाली बात थी। इससे लगा कि शादी, पढ़ाई और बड़े हो रहे पोते-पोतियों की बात में उनको संलग्न किया जाए तो वह पहले जैसी सक्रिय हो जाएँगी और उनका मन भी लगेगा। बस अब तो सब ने सोच लिया कि चाची की डेलीवरी तक की सारी जिम्मेदारी उनको ही सौंप दी जाए। काम करेंगे दूसरे लोग बस दादी को ये लगे कि सब वही सँभाल रही हैं, तो उनके लिए अच्छा है। अक्सर बुढ़ापे में लोगों को यह लगने लगता है कि उन्होंने परिवार की सारी जिम्मेदारियाँ निभा ली हैं और अब करने को कुछ भी रह नहीं गया। घर के छोटे लोग भी बड़े-बुजुर्गों को आराम देने की भावना से उनको घरेलू काम-काज या छोटी बड़ी परेशानियों में शामिल नहीं करते पर उनके लिए ये आराम बीमारी बन जाता है। बुढ़िया दादी के साथ भी कुछ ऐसा ही हुआ। उनके बीमार रहने से उनकी ज्यादातर जिम्मेदारियाँ बड़ी दादी या मँझली दादी निभाने लगीं। उन्हें ज्यादा देर बैठने से कमर में तकलीफ होती थी, इसलिए शाम की रामायण भी अब माँ या दादी पढ़ने लगी। कहने को भंडार और अलमारी की चाभी दादी के कमरे में टँगती, पर उनके अंदर रखा क्या है, इसकी जानकारी नहीं

रहती थी उनको। हमेशा से सक्रिय रह परिवार की जिम्मेदारी लेने वाले लोगों को बुढ़ापा लाचार कर देता है। जीने की लालसा और परिवार को उनकी जरूरत कम महसूस होने लगती है। बुढ़िया दादी की ये वाली परेशानी हमने जल्दी ही समझ ली और अब उन्हें आराम के साथ काम देने का काम भी हमारा था।

बक्से से कुछ कपड़े निकालकर बाकी कपड़ों को उन्हीं यादों के साथ बाँधकर वापस ऊपर रख दिया गया। और हम सब अपने-अपने मन में ही योजना बनाने लगे कि दादी को कैसे कुछ-न-कुछ काम में लगाकर रखा जाए? शाम में माँ, दादी और दोनों चाची को आपस में बातें करते सुना था, वह भी शायद कुछ ऐसी ही बातें कर रहे थे।

"बहू, कल अम्मा के कमरे में जाकर आम के खट्टे-मीठे दोनों तरह के अचार को बनाने का तरीका लिखवा लेना, या उनसे पूछकर लिख तुम लेना। कहीं लिखने से आँखों पर जोर पड़ेगा तो तकलीफ ही होगी उनको।" दादी ने कहा।

"ठीक है माँ जी!"

"पर दादी अभी ठंड में कैसे आचार बनाइएगा, अभी तो आम भी नहीं मिलता?" मैंने उनसे पूछा।

"अभी तो अचारों से सारी बरनी भरी है, अगले साल जब बनेगी तब काम आएगी अम्मा की लिखी विधि, बस तुम डायरी सँभालकर रखना।" इधर चाची और चाचा जी, माँ के साथ बैठकर दादी से बनवाने वाली खाने की लिस्ट बना रहे थे।

"सुनो, तुम अपनी यह लिस्ट दादी के सामने पढ़ देना और उनको जिद करते हुए बोलना कि तुम्हें उनके हाथ का बना ही खाना है। मैं दादी के लिए किचन में कुर्सी लगवा दूँगा, वह सिर्फ बैठी भी रहे तो भी अच्छा रहेगा।" चाचा ने फुल प्रूफ प्लान बताया।

चाची ने गरदन हिलाया और पंद्रह पकवानों के नाम लिखने के बाद सोलहवें का नाम सोचती दिखीं।

"मैं तो सौ नाम और लिख सकती हूँ, दादी के हाथ में जो स्वाद है, वह सच में सबसे अलग है।" चाची ने कहा।

"हाँ सही बोला तुमने, दादी के हाथों में जादू है कोई। मुझे तो अभी भी याद

है, जो आखिरी पकवान खाई थी उनके हाथ की।" माँ वहीं बैठी भिंडी काट रही थी।

"क्या था माँ वह, क्या बनाया था बुढ़िया दादी ने?" मुझे खाना खाना और खाने-पीने की बातें करना दोनों में ही बहुत दिलचस्पी थी, इसलिए मेरे कान तो खड़े हो गए।

"सरसों झोर की मछली, उफ्फ क्या स्वाद था। और पता है, उस दिन चावल दुबारा चढ़ाई गई थी, बाबूजी और चाचा जी लोगों के खाने के बाद चावल खत्म। अभी बोल रही हूँ, तो भी मुँह में पानी आ रहा है। उसका स्वाद मैं तो जीवन भर नहीं भूल पाऊँ और एक और थी, कोंहड़े की मीठी सब्जी, उसमें हींग डालकर बनाई थी दादी ने, उस समय फ्रिज भी नहीं था घर में फिर भी मैंने दो दिन तक बचाया था उसको, मुझे इतनी ज्यादा अच्छी लगी थी।"

"दीदी, मुझे तो भूख ही लग आई, आपने इतने सारे स्वादिष्ट व्यंजनों के नाम लिए की अंदर से 'बच्चे' ने भी उछल-कूद मचा दी है, अब जल्दी से कुछ खाने को दीजिए।" चाची ने पेट की तरफ इशारा करते हुए कहा।

"हाँ अभी देती हूँ, क्या खाएँगे मेरे छोटे नवाब? पकोड़े खाओगी? वैसे गरमा-गरम गाजर का हलवा भी तैयार है, कहो तो थोड़ी दूँ?"

"हाँ दीदी, गाजर का हलवा दे दीजिए।"

माँ एक डब्बा भरकर चाची के लिए हलवा ले आई। "चलो ये सेहत के लिए भी अच्छा है। अच्छे से काजू, बादाम और किशमिश डाली है मैंने इसमें, खाकर बताना कैसी लगी।" चाची के तरफ डब्बा बढ़ाते हुए कहा।

"इतना नहीं खाऊँगी दीदी, ये तो बहुत है, आधा निकाल दीजिए प्लीज और ये चम्मच दो क्यों?"

"ये है न तुम्हारे पास में खड़ी, तुम्हें अकेला थोड़े ही न खाने देगी, इसके लिए दो चम्मच दिए हैं मैंने।" माँ ने मेरी तरफ इशारा करते हुए कहा।

"माँ, तुम कैसे समझ जाती हो मेरे मन की बात! अभी मैं सोच हो रही थी कि चखूँगी और तुमने दे दिए। कमाल है, अब तुम मेरे पेट की बात भी समझने लगी हो।" मैंने नीचे झुककर चाची के कटोरे में से एक बड़ा चम्मच हलवा अपने मुँह में डालते हुए कहा।

"माँ नहीं समझेगी तो कौन समझेगा पगली।" माँ ने कहा।

“नहीं दीदी! सारी माएँ नहीं समझतीं अपने बच्चों के मन की बात। आप और आपकी ममता थोड़ी खास है। काश मैं भी आप जैसी माँ बन पाऊँ!” चाची ने गंभीर स्वर में कहा।

“सच में चाची, मेरी माँ खास है।” मैंने इतराते हुए कहा।

“तुम दोनों भी कहाँ शुरू हो गईं।” हम दोनों के मुँह में एक-एक चम्मच हलवा डालते हुए माँ ने हमारा मुँह बंद कराया।

अगले दिन सुबह कॉलेज जाने के पहले पापा ने बुढ़िया दादी की आराम कुर्सी आँगन में धूप की ओर कर दी, “माँ, दादी का नाश्ता आज बाहर ही करवा दें क्या?”

“हाँ बाहर ही निकाल दूँगी, मंदिर के सामने ही लगा दो कुर्सी, मैं पूजा करूँगी तो देखती रहेंगी, अच्छा लगेगा।”

पापा ने दादी-दादाजी दोनों की ही कुर्सी एक-दूसरे के साथ लगाकर रख दी और बगल के मेज पर रेडियो, अखबार और चश्मा भी रख दिया। सभी अपनी तरफ से पूरी कोशिश कर रहे थे, दादी को उनके कमरे से बाहर लाकर आँगन की जिम्मेदारी देने का। वैसे ठंड के दिनों में आँगन में जब तक धूप रहती, रौनक रहती और इस रौनक को और बढ़ाती मूँगफली बेचने वाली की वह आवाज। हर दूसरे दिन एक निश्चित समय पर तकरीबन तीन बजे वह सीधे अंदर आँगन तक आ जाती थीं। हम वहीं बैठ मूँगफली के मजे लेते और वह चाय के गरमा-गरम कप से अपनी हथेलियाँ सेंकती चाय के मजे लेतीं। माँ याद से उनके नाम से रखी सब्जी-रोटी की पैकेट उन्हें देती, जिसे अपने आँचल में बाँधते समय एक मुट्ठी मूँगफली किसी एक बच्चे के हाथ में पकड़ा जातीं।

इधर मोहल्ले में जब से चाची की खुशखबरी की बात लोगों ने सुनी, तब से हर दिन कोई-न-कोई आता था और ‘ऐसे उठो’, ‘ऐसे बैठो’, ‘ये खाओ ये न खाओ’ आदि का ज्ञान देकर जाता था। इन ज्ञानवर्षा को सुन अब चाची भी सभी की बातों पर एक जैसी प्रतिक्रिया देती थीं। कइयों ने तो चाची के पेट के आकार को देखकर ये भविष्यवाणी भी कर दी कि लड़का होगा या लड़की!

“माँ, शारदा दादी को ये कैसे मालूम चला कि चाची के गोल पेट का मतलब लड़की और लंबा निकला पेट मतलब लड़का? ये तो कमाल ही है! दीदी तुम मेडिकल की परीक्षा अब मत ही दो, बिना मेडिकल पढ़े ही यहाँ हर घर

में एक डॉक्टर है, डिग्री की तो जरूरत ही नहीं। चाची अगर सुंदर दिख रही हैं तो लड़की और सुंदर नहीं दिख रही हैं तो लड़का। चाची आप बोर नहीं हो जातीं, दिन भर ये सुन-सुनकर ?" मैंने पूछा।

"मैं एक कान से सुनकर दूसरे से निकाल देती हूँ। वैसे शुरू-शुरू में बहुत ध्यान से सुनती थी और असर भी पड़ता था, पर जब से दीदी (मतलब मेरी माँ) ने समझाया, तब से मैं ध्यान नहीं देती हूँ।" चाची ने बताया।

"अरे, मैंने बहुत सुनी है इनकी बातें। हर बार ये लोग लड़का या लड़की के नाम पर दान-दक्षिणा, हवन और पूजा-पाठ करवाते थे और मेरे घर हर बार आईं देवी माँ। भगवान ने जो चाहा और किस्मत में जो लिखा है, वही मिलता है, न ज्यादा ना कम। चलो अब जल्दी से तुम ये दूध खत्म करो और सब दादी के कमरे में चलो।" चाची को दूध का गिलास पकड़ाते हुए माँ ने कहा।

"माँ तुम्हें क्या चाहिए था ? बेटा या बेटी ?" मैंने पता नहीं क्यों पूछा।

"मुझे जो चाहिए था, वही मिला और तुम्हें तो पता है मुझे अपनी हर चीज कितनी अच्छी लगती है।" माँ ने आत्मविश्वास के साथ जवाब दिया। कुछ संवेदनशील बातों को हल्के से छेड़ा जा सकता है, पर झकझोर देना कतई सही नहीं होता। खास कर तब जब बात किसी अपने की हो।

दादी के कमरे में सब इकट्ठे हो गए थे और आज नए साल की तैयारी की बात होनी थी। इस साल परिस्थिति थोड़ी अलग थी। दादी की तबीयत, कड़ाके की ठंड और चाची की प्रेग्नेंसी, इसलिए उत्सुकता बड़ों में ज्यादा दिख नहीं रही थी। बच्चों को तो अपनी मस्ती के आगे कुछ दिखता नहीं इसलिए हम तो हर साल की तरह वही उम्मीद लगाए बैठे थे। थोड़ी देर तो मैंने ढाढ़स बाँधी पर जब किसी ने नए साल की बातचीत शुरू नहीं की तो मैंने अलग तरह से बात शुरू करने की सोची।

"घर का सबसे छोटा सदस्य आने वाला है और हमारी नए साल की कोई तैयारी भी नहीं, क्या सोचेगा वह कि कैसा परिवार है।"

वैसे सभी मेरे नाटक को समझ ही रहे थे।

"हाँ भाई, कुछ हल्ला-हंगामा तो जरूर होना चाहिए। कुछ बढ़िया खाना-पीना और गाना–बजाना, ठीक रहेगा। 31 दिसंबर को ये सब कर 1 जनवरी को पूजा-पाठ कर लेंगे, क्यों ठीक रहेगा न, आप बोलिए ?" दादी की तरफ घूमकर

बाबा ने पूछा।

"आपको और बच्चों को जो भी सही लगे, मेरी कोई खास इच्छा नहीं।" कहकर दादी ने लंबी साँस लेकर करवट बदल ली। हम सब ने एक-दूसरे को देखा, क्योंकि दादी को इन सब में शामिल रखना बहुत जरूरी था।

"दादी आपकी अगर इच्छा नहीं तो फिर रहने ही देते हैं। वैसे भी क्या पता, मैं अगले साल कहाँ रहूँगी? पढ़ाई के लिए हॉस्टल में ये सब दिन ही तो याद आएँगे।" दीदी ने अपने मन की बात कही क्योंकि दीदी को हॉस्टल जाने का एकदम मन नहीं था।

"अपनों को छोड़कर कुछ दिन के लिए जाना अलग बात है पोती। तुम तो इस पढ़ाई के लिए कितनी मेहनत कर रही हो, शान से खुशी-खुशी जाना तुम बाहर पढ़ने। छुट्टियों में हॉस्टल से घर वापस आना और फिर खाना-पीना खाकर वापस हॉस्टल जाने का मजा ही कुछ और है। पगली इस जाने को सब कुछ छोड़कर जाना थोड़े ही बोलते हैं, इसे कहते हैं जाकर आना। सब छोड़कर जाना तो उसके लिए मुश्किल है जिसे पता है कि वह कभी वापस नहीं आ सकता, किसी को छू नहीं सकता।" हम सभी समझ रहे थे कि उनके दिमाग में क्या चल रहा है। सभी की आँखें नम थीं, पर तभी इस गमगीन माहौल को तोड़ते हुए मेरी छोटी बहन ने कहा, "दादी, अगर कुछ नहीं करेंगे, तो आखिर मालूम कैसे चलेगा कि ये साल खत्म और नया साल शुरू हुआ है?" मेरी छोटी बहन अब बड़ी हो रही थी और पारिवारिक बातों में अपनी उम्र से ज्यादा बढ़कर शामिल होती थी। उसने बहुत दिमाग लगाकर एक समझदार सवाल पूछा। भाई के बाद अब सिर्फ वही थी जो, इस माहौल को ठीक कर सकती थी और उसने ये किया भी।

"हाँ ये तो हममें से किसी ने भी नहीं सोचा! क्यों न उस दिन हम नया ठाकुर पंचांग कैलेंडर यहाँ बीचों-बीच टाँग दें, मालूम चल जाएगा। और एक कैलेंडर मैं तुम्हारे कमरे के लिए भी ले आऊँगी, ठीक है न?" मैंने हँसते हुए कहा।

"हाँ ये ठीक सुझाव दिया तूने, वही करेंगे।" दादी ने भी मजाक किया।

"मुझे तो ये ही समझ नहीं आता कि तुम लोगों को ठाकुर पंचांग से परेशानी ही क्या है?" बुढ़िया दादी ने गुस्सा और मुस्कुराहट दोनों के साथ कहा।

"कोई परेशानी नहीं दादी, मैंने तो ऐसे ही मजाक किया था, मैं तो जहाँ भी रहूँगी, आपके ठाकुर पंचांग को जरूर अपने साथ रखूँगी।"

"भाभी, कोयला और है क्या?" चाचा ने बरामदे से आवाज लगाई, रात को कोयला की अँगीठी जलती थी, कमरे को गरम रखने के लिए।

"झोले में और नहीं है क्या? फिर तो लाना होगा, कल जाती हूँ।" माँ ने कहा।

अगले ही दिन रिक्शा से माँ और मैं लाने गए क्योंकि चाचा और पापा दोनों ही काम में फँसे थे। ठंड और कोहरा दोनों ही चरम पर था, बीस मिनट लग गए हमें दुकान पहुँचने में। हम दो-दो स्वेटर पहनकर भी कँपकँपा रहे थे और वहीं दूसरी तरफ दुकान के बाहर सड़क पर पास की झोपड़पट्टी के छोटे-बड़े बच्चे सिर्फ दो सूती शर्ट पहने बेफिक्री से खेल रहे थे।

"माँ इनको ठंड नहीं लगती होगी, सर्दी खाँसी नहीं होती?" इनको ऐसे देख मुझे बहुत दिक्कत हो रही थी।

"पता नहीं मुझे।" माँ ने पीछे पलटकर बच्चों को देखा भी नहीं। उनको इतना उदासीन पहले नहीं देखा था। हमने कोयला लिया और वापस घर की तरफ मुड़ गए। "ठीक से अपना सर ढको, ठंड बहुत है।" माँ ने मुझे अपने शॉल से ढकते हुए कहा।

अगले ही दिन। "मैं जरा आज फिर से उस तरफ जाऊँगी। कुछ खास काम नहीं बस गई और आई।" माँ ने पुरानी वाली अलमारी से कुछ निकालते हुए पापा को कहा।

"कल ही तो गई थी न तुम, आज फिर से इतनी दूर। संजय को बुला देता हूँ। दुबे जी का फोन आया था, कह रहे थे तबीयत ठीक नहीं हुई उनकी। बुढ़ापे की अपनी एक अलग परेशानी है।"

"कोई बात नहीं, आप संजय को कहिए किसी जान-पहचान के रिक्शा वाले को बुला लाए बस।"

"मैं भी चलूँ क्या माँ?" मैंने पूछा।

"ठंड और हवा दोनों ही है, तुम छोड़ दो। मैं तुरंत आ जाऊँगी।"

"प्लीज, माँ मैं अच्छे से टोपी पहनकर, नाक भी शॉल से ढँक लूँगी, चलती ही हूँ न माँ।"

"ठीक है। फिर ये बैग लेकर नीचे आ जाना, मैं अम्मा को बोलकर बाहर दरवाजे पर मिलती हूँ।"

"ठीक है माँ।"

सच में ठंड काफी थी, बर्फीली हवा जैसे शरीर के अंदर हड्डियों तक जा रही थी। आज सड़क किनारे रहने वाले परिवारों के बारे में सोचकर रूह तक काँप गई। माँ जल्द ही बाहर आ गई थी, दो और थैले अपने साथ लेकर।

बाहर संजय चाचा पंडित जी रिक्शा वाले को बुलाकर लाए थे। इनका नाम पंडित जी ज्यादा पूजा-पाठ करने की वजह से रखा गया था। पंडित चाचा पहले मुझे और दीदी को स्कूल पहुँचाते थे। बचपन के स्कूल नहीं जाने के बहानों वाले कितनी बाल्टी आँसू इनके कंधों पर गिरे होंगे, याद नहीं।

"कैसे हैं चाचा?" रिक्शा पर समान रखते हुए मैंने पूछा।

"अच्छा हूँ। मुन्नी, आपकी तो स्कूल की पढ़ाई खत्म हो गई होगी?"

"हाँ चाचा, बड़े स्कूल में हूँ अब, और दीदी भी मेडिकल मतलब डॉक्टरी की परीक्षा की तैयारी में लगी है।"

"अरे वाह! डॉक्टरी!" उनकी आँखें बड़ी हो गईं, "पढ़ो-लिखो खूब बड़े आदमी बनो। हम भी लोगों से बोलेंगे कि इन डॉक्टरनी को हम अपने रिक्शा पर स्कूल पहुँचाया करते थे।" रिक्शा के सीट पर हाथ मारकर सीना तानकर उन्होंने कहा। छोटे शहरों की ये बात सबसे अच्छी लगती है, सब एक-दूसरे को जानते हैं। एक-दूसरे की जीत हार, खुशी या गम से लोगों को फर्क पड़ता है।

तभी, मेरा ध्यान उनके पैरों पर गया। इतनी ठंड में तो सिर्फ चप्पल में पैर सुन्न हो जाते होंगे, रिक्शा कैसे खींचते हैं पता नहीं। "चाचा, ठंड बहुत है, पैरों में मोजा क्यों नहीं पहना?" रहा नहीं गया, सो पूछ ही लिया उनसे।

"बिटिया, मोजे में पैर चप्पल में टिकते ही नहीं, इसलिए नहीं पहनता। वैसे ठंड में बाहर निकलकर थोड़ी वरजिश हो जाती है। घर बैठना तो ना मेरे लिए अच्छा है न ही मेरे परिवार के लिए। पता नहीं कब रुकेगी ये शीतलहर।" अपने पुराने मफलर को कसकर बाँधते हुए उन्होंने कहा। तभी पापा-माँ भी बाहर आ गए, पापा के हाथ में कुछ था, शायद जूता। उनकी भी नजर पंडित जी के ठंड से सिकुड़े पैर पर गए होंगे।

"पंडित जी, जरा पैर डालिए तो इन जूतों में, मुझे थोड़ा बड़ा होता है।" पापा ने अपना पसंदीदा जूता एक बहाने में लपेटकर पंडित जी को दिया। दोनों के भाव की गर्माहट उनके ठंडे पड़े पैरों को जूते में मिली होगी। मैं और माँ रिक्शा पर बैठ

गए, रिक्शा घुमाते हुए पंडित जी ने कहा, "बड़की बेटी जब डॉक्टर बनेगी सबसे पहले मिठाई मैं ही बाँटूँगा भैया।"

"बिलकुल। उसकी पढ़ाई की शुरुआत तुम्हारे रिक्शा से ही तो हुई है। स्कूल तुमने ही समय पर पहुँचाया है।" पापा ने हँसते हुए जवाब दिया।

बाजार में एक कोने में पड़े झोपड़पट्टियों के पास माँ ने रिक्शा रुकवाया और वहाँ खेल रहे कुछ बच्चों के हाथों में एक-एक स्वेटर पकड़ाया। उनमें से एक बड़ी बच्ची भागकर झोंपड़े के अंदर से शायद अपनी दादी को बुलाकर लाई। दादी बूढ़ी और बीमार-सी लग रही थी। किसी तरह अपने तन को दो-तीन साड़ियों में लपेटा हुआ था। उनको देख माँ ने प्रणाम किया और कुछ बिस्किट और नमकीन के पैकेट उनके हाथ में पकड़ाए।

"देवी माँ खूब तरक्की दें आपको।" पैकेट खोलकर देखते हुए बूढ़ी महिला ने कहा।

माँ मुस्कराई और मैं बस देखती रही। बच्चे पैकेट खोलकर उसमें रखी क्रीम बिस्किट की क्रीम देखकर इतना खुश हो रहे थे, जैसे क्या मिल गया हो। उनकी दीदी ने पैकेट खोल एक-एक चिप्स सभी बच्चों में बाँटें और पॉकेट को सहेजकर उसी बैग में डाल दिया। बच्चे उस एक चिप्स को भी निहारते हुए मजे ले, कभी इधर से काटते कभी उधर से। खाकर इतने संतुष्ट लगे कि मेरी आँखें डबडबा गईं। किसी भी बच्चे ने दूसरी बार नहीं माँगा। इनकी सहजता और संपन्नता की भावना ने मुझे अपनी उन जिद, उन नखरों की याद दिला दी, जो खाने-पीने के लिए मैं करती हूँ। वह पिघलती आइसक्रीम एकदम से आँखों के सामने आ गई, जो मैंने गुस्से में फेंक दी थी, क्योंकि मुझे वह दीदी की आइसक्रीम से छोटी लगी थी। बड़ी मुश्किल से खुद को समेटकर हम घर लौटने के लिए रिक्शा पर बैठे, पैर इतने भारी थे कि उठ नहीं रहे थे। मैं तब तक उन बच्चों को पीछे मुड़कर देखती रही जब तक रिक्शा बायीं ओर नहीं मुड़ गया। माँ की वह बात कानों में गूँजने लगी, जो खाना बरबाद करने पर अक्सर गुस्से में कहती- "तुम्हें हर समय का खाना मिलता है, इसलिए तुम्हें इसकी कद्र नहीं। उनसे जाकर पूछो जो पूरे दिन में एक बार भी पेटभर नहीं खा पाते।"

हम दोनों पूरे रास्ते चुप थे, मेरा शरीर इतना गरम हो गया था कि ठंड भी नहीं लग रही थी। घर के पास पहुँचने पर मैंने माँ से पूछा, "माँ तुम इस परिवार

को जानती थी क्या?"

"नहीं, जानती तो नहीं, पर दर्द या कष्ट समझ सकती हूँ। जानते तो हम सब हैं एक-दूसरे को, इंसानियत के रिश्ते से। प्यार, खाना, कपड़ा, सेहत, घर-परिवार और पैसे की जरूरत हम सब की एक जैसी ही है, बस उनको पूरा करने की सहूलियत और किस्मत अलग-अलग है। यह सब तुम्हारी नानी को करते देखती थी। आज पहली बार इतने पास से, इसको महसूस किया है। पर तुम इसे बार-बार महसूस करो ये आशीर्वाद और विश्वास है।" कहकर माँ दूसरी ओर घूम गई।

घर आ गया था, बाहर चाची दीदी के साथ टहल रही थीं। "क्या हुआ तुम्हें? तबीयत ठीक है न?"

"दीदी थोड़ी बेचैनी लग रही थी। अम्मा ने कहा कि बाहर बगीचे में टहल लूँ। दादी को फिर से बुखार चढ़ गया है, अम्मा ठंडी पट्टियाँ कर रही हैं।"

"डॉक्टर साहब को फोन मिलाया तो था, पर बात नहीं हो पाई, अभी मरीज देख रहे हैं।" किसी नर्स ने कहा।

"अच्छा! मैं देखती हूँ, पर तुम ज्यादा देर बाहर मत रहना, ठंड लगेगी। मैं अजवाइन पानी में उबाल रही हूँ।" माँ ने झट से गैस ऑन कर पानी चढ़ाई और मुझे अजवाइन भूनने को कहा।

"छोटी की बहुत याद आती है मुझे। वह रहती थी तो मुझे आँगन, अम्मा और दादी की ज्यादा चिंता नहीं रहती थी।" माँ जल्दी-जल्दी हाथ चलाती हुई अपने-आप में ही बुदबुदा रही थी। करीब 4-6 महीने पहले चाचा ने पटना यूनिवर्सिटी में व्याख्याता का कार्यभार सँभाला था इसलिए सभी पटना चले गए थे।

माँ भागकर दादी के कमरे में गई, "ऐसे अचानक से बुखार कैसे आया अम्मा?"

"पता नहीं, मैं अंदर आई तो देखा शरीर तप रहा था। मुकुल जी (डॉक्टर) से बात हुई है, बुखार उतारने की दवा दी है।" छोटी दादी ने कहा।

बुखार अब कम था, पर ऐसे बिना सर्दी-खाँसी के बुखार क्यों आ रहा है यह चिंता की बात थी। दवा के असर से उनको थोड़ा आराम लगा और वह उठकर बैठीं। "दादी आपको आराम तो लग रहा है ना?" दादी की बार-बार बिगड़ती तबीयत से पापा परेशान थे।

"हाँ ऐसे ही कभी थोड़ा ज्यादा आराम करने का मन करता है, तो बुखार ले

आती हूँ।" दादी ने हँसते हुए कहा। "मेरी बात छोड़ो चलो अब सब ये बतलाओ कि 31 की रात को क्या-क्या बनेगा? घर के लोग यहीं आँगन में अलाव जलाकर इकट्ठे होकर खाना-पीना, गाना-बजाना कर लेंगे। टीवी का कार्यक्रम हम बड़े देख लेंगे, तुम बच्चे उधम मचा लेना, अच्छा लगेगा। पोताबहू और हमारे परपोते को भी पता लगेगा कि परिवार में सब साथ खुशियाँ कैसे मनाते हैं।" दादी ने कहा।

चाची की ड्यू डेट जनवरी में ही थी। "अम्मा अभी डायरी ले आऊँ क्या? अब तो बस कुछ दिन ही हैं, अभी ही सामान की सूची तैयार कर लेते हैं।" माँ ने उत्सुकता से पूछा।

"छोटे से बड़े सभी के मन का एक-एक पकवान बन जाए, तो बाद में कोई मुँह नहीं फुलाएगा।" बुढ़िया दादी के पास आज हर सवाल का जवाब था, लगा जैसे काफी दिन बाद उनको आज अंदर से अच्छा लग रहा हो।

"दादी आप ऐसी ही अच्छी लगती हैं, हँसती हुई, हमारे कान खींचती हुई, हमें दुलारते हुई। आज आप बिलकुल मेरी पहली वाली दादी ही लग रही हैं। हम सब कब से इंतजार में थे, आपको ऐसे फिर से देखने के लिए।" पापा ने खुश होते हुए कहा।

"अब मैंने मन बनाया है मुन्ना, जैसी भी तबीयत रहे, मैं खुश रहूँगी। जाना तो एक-न-एक दिन सबको है, अब उस एक दिन के लिए हर दिन क्यों दुखी रहना। क्यों ठीक कहा न मैंने?" बुढ़िया दादी ने बाबा की तरफ घूमकर पूछा।

"आप कभी गलत बोलीं है क्या?" दोनों ने मुस्कुराते हुए एक-दूसरे को देखा।

बुढ़िया दादी के कंधे पर सर टिकाकर बगल में बैठे चाचा ने भी आगे बढ़कर बुढ़िया दादी के गोद में अपना सर रख लिया, "ये देखिए दादी फिर इस छोटे ने ज्यादा वाली जगह ले ली। ये कब सुधरेगा?" चाचा की शिकायत लगाई पापा ने।

पापा और चाचा को ऐसे लिपटे देख मेरी दादी ने कहा, "ये तो बिलकुल बचपन के दिन जैसे हो गया अम्मा, अभी अगर इनकी बहनें होतीं तो अपने दादाजी के पास चिपकी होतीं। है न बाबूजी?"

"बिलकुल सही बहू। मेरी प्यारी पोतियाँ... एक छड़ी लेकर भागती तो

दूसरी बालों में चंपी करती। आह! क्या दिन थे वो भी।" कहकर उन्होंने अपनी आँखें बंद कर मुस्कुराते हुए कुर्सी पर सर टिका लिया। जैसे मैंने दादाजी की बात सुनी, मैं और दीदी जल्दी से उनके कुर्सी के पीछे गईं और उनके बालों में चंपी करने लगीं।

"बुआ नहीं हैं तो क्या हुआ बाबा, हम तो हैं।" मैंने हाँथों को चंपी जैसे चलाते हुए कहा। छोटी बहन भी झट से बाबा की गोद में चढ़ गई।

उसे प्यार करते हुए उन्होंने कहा, "इसमें क्या शक है, तुम तीनों तो बुआ से भी प्यारी हो मेरे लिए भी और अपनी बुआओं के लिए भी।"

हम सबके अंदर कहीं-न-कहीं एक बचपन बैठा रहता है, जिसे हम सब से छुपाकर रखते हैं। पर कभी जब ये उमड़ते हुए उछलकर बाहर आता है, तो आँखें छलक आती हैं। हम सब की आँखें भर आई थीं, कुछ की पुरानी बातों को याद कर और कुछ की समय को ना थाम सकने की विवशता पर। आज बड़े दिनों बाद हँसी और आँसू आँगन में साथ में छलक रहे थे।

अगले दिन धूप अच्छी खिली थी, पीले रंग की साड़ी पहने बुढ़िया दादी का रंग धूप की किरण जैसा ही चमक रहा था। वह व्यस्त थीं ऊन का गोला बनाने में। बच्चों वाला सबसे कोमल ऊन मँगवाया था दादी ने।

"छट्ठी में ठंड पूरी रहेगी इसलिए इस पीले रंग में अपने कलेजे के टुकड़े को ऊपर से नीचे तक ढँककर रखूँगी, अच्छा गरम रखेगा यह ऊन।"

"आपके हाथों की गरमाहट जो होगी दादी इसमें। आपका पोता या पोती उतने ही प्यार से पहनेगा जितने प्यार से आपने बनाया है इसे।" चाची ने कहा।

"बिना अपने छोटे के बच्चे को ये पहनाए मैं कहीं नहीं जाने वाली, यमराज आएँगे तो भी इंतजार करना होगा उनको।" उनकी इस बात को बीच में ही रोकते मैंने गुस्से में कहा, "दादी आप हमेशा जाने की बात क्यों करती हैं? हमें सुनकर बिलकुल भी अच्छा नहीं लगता।"

"मुझे भी बिलकुल अच्छा नहीं लगता, पर यह बात मैं तुम लोगों को नहीं, बल्कि अपने-आप को समझाती हूँ, क्योंकि सबसे ज्यादा तकलीफ मुझे ही होने वाली है।"

जीवन की यह लाचारी भी अजीब है, जिसके सामने सब नतमस्तक हैं। जो दुनिया में आने वाला है उसका टकटकी लगा इंतजार हम 9 महीने करते हैं,

पर जो अगले पल ही जाने वाला है, उसे कई बार जी भरकर देख भी नहीं पाते।

शाम को चाची की सोनोग्राफी रिपोर्ट आई, जिसमें RBC काउंट को छोड़ बाकी सब ठीक थी, जिसके लिए डॉ. सरोज ने लाल साग, शलजम, चिकन वगैरह अच्छे से खाने को बोला था।

"अरे इसमें क्या है, तो फिर मँगवाओ, आज चिकन बनेगा, बढ़िया पुलाव और चिकन।" बुढ़िया दादी ने कहा।

"हाँ दादी एकदम ठीक रहेगा, आप लोगों के लिए पनीर बना देती हूँ।"

"चिकेन का नाम सुन मुझे तो अभी से ही भूख लग गई है, आज मैं मदद करूँ माँ आपकी, थोड़े मसाले भी पहचान लूँगी मैं।" मैंने कहा।

"बिलकुल चलो, मुझे भी एक असिस्टेंट मिल जाएगा।" माँ ने हँसते हुए कहा।

"इस बार 'मनोरमा' या 'गृहलक्ष्मी' वाले अंक में एक बड़ी अच्छी 'मेथी चिकन' की फोटो देखी थी, वही बनाओ ना।" मैंने सुझाव दिया।

"चलो जाओ कमरे से लेकर आओ।"

अभी लाई, कहकर मैं फुर्र से ऊपर भागी।

आज भी खाना बनाना, खिलाना, हँसना और हँसाना मुझे बहुत पसंद है। यह भी मेरे आँगन की ही देन है, जिसके कारण मैं दोस्तों के बीच चर्चा में रहती हूँ।

खैर, चाची और हम सबके पेट भर खाने-पीने के बाद, 31 के खाने की लिस्ट भी बन गई। इतनी भिन्न प्रकार के व्यंजन थे कि अगर आज यूँ जी भरकर चिकेन न खाया होता तो शायद फिर से भूख लग जाती। "पापा, अगर भाई होता तो ये खाने की लिस्ट देखकर पागल हो जाता। आपकी चाचा से बात हुई क्या? स्कूल तो बंद होगी, वह भी आ जाता तो कितना अच्छा रहता।" मैंने पापा को कहा।

"मेरी बात हुई है, बोल रहा था, अभी फाइनल नहीं है, अगर चलेगा तो फोन करेगा।"

"आएगा तो अच्छा ही लगेगा, मेरा सबसे मिलना भी हो जाएगा और अब बहू की डिलीवरी का समय भी तो आ ही गया, उसके बाद के कार्यक्रम में तो आना ही होगा।"

"ठंड आज रोज से ज्यादा है।" रोज सुबह रजाई से हाथ निकालकर पापा

सबसे पहले यही बोलते थे। "साल का आखिरी दिन है, सारी कसर भगवान को आज ही निकालनी है।" दाँतों को किटकिटाते हुए पापा ने कहा। सुबह उठते ही हम सबसे पहले दादी के कमरे में जाते, उनकी रजाई में कुछ देर लेटकर फिर मुँह-हाथ धोने और दूध पीने का कार्यक्रम शुरू होता। शाम की तैयारी चल रही थी और आज की सबसे अच्छी बात यह थी कि पटना से चाचा-चाची भाई तीनों आ गए थे और इतनी ठंड में भी हम आँगन के हर कोने में उधम मचा रहे थे।

लिस्ट के हिसाब से लिट्टी-चोखा, बैगन-भर्ता, मटर की कचौड़ी, पनीर टिक्का, पनीर बटर मसाला और हाँ तंदूरी चिकन के अलावा भिंडी फ्राई और चाची के लिए रसरंग दुकान की फेमस आलू टिक्की चाट आई थी। इसके साथ खास पकवानों में दादी के हाथ की खास खीर और पीले वाले रसगुल्ले थे।

मनोरंजन के नाम पर दादाजी की रेडियो और मुहम्मद रफी के पुराने गीतों की एक रिकॉर्डिंग थी। मंजू माँ भी अपने पूरे परिवार के साथ आ गई थी। परिवार के साथ एक यादगार शाम बीती और इसी मौज-मस्ती के बीच यह भी मालूम हुआ कि चाची बहुत अच्छा गाती हैं। भाई ने आजकल एक नया डांस 'ब्रेक डांस' सीखना शुरू किया था। जमीन पर लोट-लोटकर पैरों और हाथों को मोड़कर उसने करके भी दिखाया।

"वैसे मेरी छड़ी से भी ये डांस बहुत अच्छा किया जा सकता है।" दादाजी ने छड़ी दिखाते हुए भाई को कहा, "यह भी कोई नाच है भला?"

12 बजे रात तक आधे-अधूरे नींद में डूबे हमने एक-दूसरे को नए साल की मुबारकबाद दी और अपने कमरे में आ गए। अगले नए साल के पहले दिन साफ धुले कपड़े पहनकर सभी छोटों ने बड़ों से आशीर्वाद लिया और फिर आँगन में दादी ने हारमोनियम पर रामायण की चौपाई पढ़ी। कल रात से चाची के पेट में दर्द हो रहा था, इसलिए सब थोड़ा परेशान थे। दादी की बैचनी भी काफी थी। काफी देर तक वह चाचा के ही कमरे में थीं। कभी चाची का सर सहला रही थीं कभी आँसू पोछ रही थीं। दोपहर तक चाची को अस्पताल ले जाया गया।

"दीदी, मुझे इतनी बेचैनी तो कभी परीक्षा के नतीजे में नहीं हुई जितनी अभी हो रही है। हे भगवान! चाची को जल्दी से इस दर्द से निकालो।" हम सब प्रार्थना कर रहे थे। चाची के घर भी खबर कर दी गई थी, उनके पापा-माँ भी यहाँ के लिए रवाना हो गए थे। बुढ़िया दादी की बैचनी देखकर, हम उनका ध्यान बँटाने

की कोशिश कर रहे थे। लूडो खेलने का मन किसी का भी नहीं था, फिर भी हमने लूडो की बोर्ड सजाई। लैंडलाइन फोन का जमाना था। जैसे ही फोन की घंटी बजती हम दो छलांग में कमरे के बाहर। बुढ़िया दादी की घोषणा थी- "जो भी कमरे में पहले खुशखबरी लाएगा, उसे मुँहमाँगा इनाम मिलेगा।" इसने उत्सुकता और भी बढ़ा दी थी। रिश्तेदारों के कई फोन आने के बाद, आखिरकार रात करीब नौ बजे काम का फोन आया। पापा की आवाज बता रही थी कि खुशखबरी आ गई है।

"वाह! साल की शुरुआत ही खुशखबरी से हुई है।" इतना सुनना था कि हम भागते-दौड़ते दादी के कमरे में पहुँचे और दादी ने हमें देखते ही पूछा कि लड़का या लड़की?

हमने एक-दूसरे की तरफ देखा क्योंकि ये पूछना तो हम भूल ही गए थे कि 'लड़का या लड़की?' अब वापस जाकर पूछने का समय नहीं था क्योंकि पापा कमरे के बाहर ही थे, "मैं फिर से चाचा बन गया, दादी छोटे का छोटा आ गया। लड़का हुआ है।" बुढ़िया दादी बहुत खुश थीं क्योंकि जिस दिन की खुशी वह सभी के साथ मनाना चाहती थी, आज वह दिन था। इसी दिन ने दादी को कुछ और दिन जीने की चाह दी थी।

"बुढ़िया दादी, अब तो मुँह माँगा इनाम बड़े पापा को मिल जाएगा?" भाई ने मुँह बनाते हुए कहा।

दादी ने सबसे पहले उसे मिठाई खिलाई और बोली, "बड़े भैया हो गए हो अब तुम, मिठाई खाओ और खुश हो जाओ।"

"बोल तुझे क्या चाहिए मुन्ना?" बुढ़िया दादी ने पापा से पूछा।

"जो चाहिए था मुझे मिल गया दादी। और कुछ भी नहीं चाहिए।" कहकर पापा दादी के गले लग गए।

"मुझे भी अब कुछ नहीं चाहिए। मैं बहुत खुश हूँ। एक अच्छा जीवन, एक अच्छा परिवार, इससे ज्यादा माँगूँगी तो भगवान भी सोचेंगे कितनी लालची है।" दादी के हाथ पर दादाजी ने अपना हाथ रखा।

"कब तक आएगी बहू घर?"

"कल शाम तक आ जाएगी, दादी।"

"अच्छा, ठीक है।" एक लंबी साँस लेकर दादी लेट गईं।

चाची के घर आने के दिन हमने पूरा घर सजा दिया था, खीर हलवा बना था। चाची के घर में कदम रखते ही दादी ने शंख बजवाया। मेरे नए छोटे भाई को गोद में लेकर बुढ़िया दादी की खुशी देखते बन रही थी। और उस दृश्य का वर्णन करना मेरे बस मैं नहीं। "नजर उतारो मेरे परपोते की।" कहकर उनकी आँसू बस बरबस निकलने लगे, पता नहीं कहाँ छुपाकर रखे थे। चाची को प्यार भरा आलिंगन देकर दादी फिर लेट गईं। छठवें दिन छट्ठी की पूजा हुई। बुआ, बड़की दादी, मँझली दादी सभी आ गईं थीं। बुढ़िया दादी सब से मिल रही थीं और खुश थीं। पूजा करती चाची की गोद में दादी का बनाया स्वेटर पहने और आँखों में काजल लगाए हमारा छोटा भाई खूब सज रहा था और दादी के हाथों की गर्माहट उसे अच्छी नींद दे रही थी। आँगन में बाकी की रस्म और पूजा हुई और उस दिन का खास खाना दाल पूड़ी, परवल आलू की सब्जी, कढ़ी, साग, कोहड़े की सब्जी और टमाटर की चटनी, सभी ने आँगन में नीचे बैठकर खाया। बुढ़िया दादी को कुछ हल्का खाने का मन था, सो उन्होंने सिर्फ दूध रोटी ही खाई। सुबह से ही वह थोड़ी शांत लग रही थीं, पर मिल सबसे रही थीं। मेहमानों के जाते काफी देर हो गई थी, सब समेटकर सोत-सोते रात के दस बज गए। जब माँ दादी के कमरे में रात वाली दवा खिलाने गई, तो वह अपने चेहरे पर क्रीम लगा रही थीं, फिर सिंदूर और बिंदी भी सजाई।

"अरे वाह दादी! नाइट क्रीम, बहुत अच्छा। चलिए आपने लगाना शुरू तो किया। आपने आज जो साड़ी पहनी थी वह मुझे बहुत पसंद है।" माँ ने उस पीली रंग की साड़ी को देखकर कहा।

"तो तुम रख लो बहू, तुम पर बहुत सजेगी।"

माँ ने दादी की आँखों में आते भाव को देखकर मना नहीं किया।

"अरे वाह दादी! आप कितनी अच्छी लग रही हैं! जैसे लग रहा है कहीं जाने की तैयारी है।" कमरे में अंदर आते ही मैंने उनको देखकर कहा। दादी ने मुझे गले से लगाया और कहा, "ये इनाम वाले 500 रुपये ले, तुम बच्चों ने खुशखबरी दी थी न उस दिन, मैं देना भूल गई थी।"

मैंने झट से ले लिए, "अरे वाह दादी! आपने याद रखा था।" कह उनसे चिपककर उनकी मुड़ी-सी चोटी को हाथ से घूमाने लगी, उनके पतले बालों को सहलाना मुझे बहुत अच्छा लगता था।

सुबह जब आँख खुली तो कमरे में कोई नहीं था, पर नीचे आँगन में चहल-पहल की आवाज आ रही थी। ऊपर खिड़की से देखा, तो नीचे डॉक्टर साहब दिखे। दीदी को उठाया और हम भागकर नीचे आए। बुढ़िया दादी हम सब को छोड़कर जा चुकी थीं। साथ सो रहे बुढ़वा बाबा को भी पता नहीं लगा, ये कब हुआ। दादी आराम से अंदर अपने पलंग पर लेटी थीं, उतनी ही सुंदर लग रही थीं, जितनी सुंदर वह थीं। चेहरे पर चमक, माथे पर बिंदी, सलीके से सिमटी पतली-सी चोटी, अगरबत्ती की सुगंध और कमरे में शांति सब वैसे ही था जैसे रोज होता है, बस नहीं थीं तो इस कमरे की जान 'मेरी दादी'। मुझे यकीन ही नहीं हो रहा था कि कल तक मैं जिनसे बात कर रही थी, आज अचानक कैसे चली गईं? बाहर आराम कुर्सी पर बैठे बाबा का रेडियो आज अंदर बंद पड़ा था और वह चुप-चाप दादी की कुर्सी पर बैठे आसमान की ओर देख रहे थे।

हम रो रहे थे और बात-बात पर आँसू निकालने वाली मेरी बुढ़िया दादी की आँखें आज सूखी थीं। हँसता हुआ उनका शांत चेहरा, आँगन की यादों के साथ हमेशा के लिए मेरे मन में बस गया था।

"माँ, जब कल रात मैंने दादी से पूछा कि दादी तैयार तो ऐसे हैं जैसे कहीं जाने की तैयारी में हों। तब उन्होंने कुछ नहीं बोला था न?"

माँ ने मुझे गले से लगा और कहा, "मैं जब उनको तैयार कर रही थी तो मेरी भी समझ नहीं आया बेटा।" हम सब माँ को पकड़कर रोने लगे।

"बुढ़िया दादी बहुत संतुष्ट होकर खुशी-खुशी गई हैं, उन्हें हम खुशी से विदा करेंगे। बाबा की यही इच्छा है।" दादी ने अपने आँसुओं को पोंछते हुए कहा।

कल जहाँ छट्ठी की पूजा हुई थी, आज वहीं आँगन में दादी का पार्थिव शरीर रखा था, जिसको घेरे कई सारे लोग बैठे थे। सुगंधी अगरबत्ती की सुगंध में वहाँ बैठ 'भगवद गीता' का पाठ कर रहे थे। वहीं दादी के पास बाबा एक कुर्सी पर बैठे थे और एक टक उन्हें ही देखे जा रहे थे।

"बाबू जी आप थोड़ा आराम कर लीजिए सुबह से ऐसे ही बैठे हैं।" मेरे दादाजी ने उनसे कहा। दूसरी बार कहने पर उन्होंने सुना तो कहा, "नहीं आज देख लूँ मैं इन्हें जी भरकर, नहीं तो शिकायत रह जाएगी कि जाते समय भी मैंने ठीक से देखा नहीं।" आँसू से भरी आँखें जी भरकर दादी को अपनी आँखों में बसा लेना चाह रही थी। अपनी शादी वाली चुनरी सर पर ओढ़े बुढ़िया दादी सच

में दुल्हन जैसी लग रही थी। भगवद् गीता के अध्यायों में दादी हमेशा पढ़ती थीं कि आत्मा नश्वर है, शरीर नष्ट होता है, पर आत्मा नहीं। शरीर रूपी ढाँचे के गिरने के बाद आत्मा एक नए शरीर में प्रवेश करती है और अपना जीवन-चक्र बालावस्था से फिर से शुरू करती है। मैं बार-बार इस जीवन-मरण के नियम को समझने की कोशिश कर रही थी, पर मन और आँखें इस नियम को समझने से इनकार कर रहे थे। आँसू से भरे मेरे आँख कभी अभी जन्मे मेरे भाई को देख रहे थे और दूसरी तरफ बुढ़िया दादी को। आँगन ने कइयों का आना-जाना देखा है, अपने अंदर कितना कुछ समेट आज भी हम सब को ये आँगन आश्रय और जीवन के कई सुख-दुख के पलों की अनुभूति देता है।

राम नाम के साथ आँगन से बुढ़िया दादी की अंतिम विदाई हुई। उनके जाने के कई दिन बाद तक हम आदतन दादी के कमरे में उनको पुकारते चले जाते थे। वहाँ दराज में रखी उनकी कंघी जिनमें कभी उनके टूटे बाल फँसे देख मैं गुस्सा करती थी, आज उन्हीं सफेद बालों को छूने का मन करता था। हम सब को उनकी बहुत याद आती थी, पर उन्हें सबसे ज्यादा याद करने वाले बुढ़वा बाबा ही थे।

आँगन में हम सब जब साथ बैठते तो घंटों बुढ़िया दादी की ही बाते होतीं। मुझे उनकी वही बात बार-बार याद आती- "अरे मैं यहाँ से कहाँ जाऊँगी, यहीं रहूँगी इसी आँगन में, उस तुलसी चबूतरे में, इस पूजा घर में, वहाँ रखी आराम कुर्सी में, अपने कमरे में। जब भी मेरी याद आए, तो आँगन के इन खंभों में आँखें बंद और मन शांत कर कान लगाना, हँसी जरूर सुनाई देगी मेरी। हाँ पर मेरे हाथ वाली खीर नहीं मिलेगी खाने को।" कहकर बुढ़िया दादी हँसने लगती थीं। आज भी उनकी बातें, उनका चश्मा, उनका चेहरा सभी की बहुत याद आता है, पर यह यकीन है कि वह उसी आँगन में बसी हैं, जहाँ अब मैं नहीं रहती, पर मेरे मन में आज भी वह आँगन बसा है और यकीनन हमेशा रहेगा।

सिमटता-सा 'आँगन'

अभी सुबह के 6:30 ही बजे हैं, पर जाने क्यों नींद खुल गई, पर इतनी शांति क्यों? सुबह-सुबह शोर सुनने की तो जैसे हमारे कानों को आदत ही हो गई थी।

ये कहाँ हूँ मैं? ना चापाकल की आवाज न ही झाड़ू की खड़-खड़। हड़बड़ में मैं पलंग से नीचे उतरी, इधर-उधर देखा तो ध्यान आया, ओह मैं तो अपने नए घर में हूँ। 'मेरा नया घर', 'हमारा नया घर'। दीदी को अपने बगल में सोया देख मैं वापस लेट गई। नई डिजाइन के शीशे वाली खिड़कियाँ, दीवारों के नए रंग की खुशबू अभी भी घर में फैली थी। इस घर में पापा-माँ और हमारे कमरे अलग-अलग थे। मेरे कमरे की बड़ी खिड़की से उस आँगन की एक तरफ की बाहरी दीवार दिखती थी। आज आँखें बार-बार उस दीवार पर टिक रही थी और मन अंदर अपने आँगन में झाँक रहा था। अभी क्या हो रहा होगा वहाँ, मंजू माँ किस कमरे में झाड़ू लगा रही होगी? दादी क्या कर रही होंगी? इन खयालों और सवालों से आँखें इतनी भर गईं कि नींद के लिए जगह ही नहीं बची।

"समय बरबाद करने से क्या फायदा, एक बार घूमकर आती हूँ उस आँगन से।" ये सोच मैं झटपट उठ गई। मेरा ये नया वाला घर उस आँगन के बिलकुल पास था, या यूँ कहें कि उस आँगन के पीछे का दरवाजा इस नए घर के कैम्पस का एक तरफ का दरवाजा आमने-सामने ही था। कहने को दो घर थे, पर आना-जाना, बैठना उठना सब वैसे ही था, पहले जैसे। पिछले कुछ सालों में धीरे-धीरे पापा माँ ने ये घर बनवाया था। दादी-दादाजी सब की बड़ी इच्छा थी कि एक नया घर भी हो और वह भी इस आँगन के बिलकुल पास। हम उस आँगन के छत से इस घर को बनते देखते और खुश होते। उस आँगन में ऊपर जिस कमरे में हम

रहते थे, उसकी छत का एक हिस्सा बहुत कमजोर हो गया था। इसलिए धीरे-धीरे ऊपर के कमरों को बंद कर दिया गया। कमरे बंद होने लगे, लोग कम होने लगे और हमारा घर पुराना होने लग गया। लोगों का पलायन कभी उनकी नौकरी के कारण हुआ, कभी बच्चों के स्वर्णिम भविष्य की लालसा में। बुढ़िया दादी और बाबा के हमें छोड़कर जाने के बाद आँगन का स्वरूप तेजी से बदलने लगा। पहले, जब हम सब साथ बैठते तो जश्न और त्योहारों की बातें होतीं, पर अब जब बैठते तो आँगन के कमजोर हिस्सों के मरम्मत की बातें होती। सब की इच्छा थी कि मौजूदा घर के इस रूप को कम-से-कम तोड़-फोड़कर रहने लायक बनाया जाए। मिस्त्रियों से सलाह कर अभी काम शुरू ही होने वाला था कि उस साल आए जबरदस्त भूकंप ने घर को बहुत छिन्न-भिन्न कर दिया। घर की छत और दीवारों में कई दरारें दिखने लगीं, जिसकी गहराई की पुष्टि बिहार में आए भयंकर बारिश और बाढ़ की विपदा ने की। छत कई जगहों से चूने लगी और मकान के काफी सारे हिस्सों में रहना जानलेवा लगने लगा। इसलिए मोह छोड़कर फिर से घर बनाने का काम जोरों से शुरू हो गया। पुरानी आधी ढही दीवारों को तोड़ा गया और नई ईंटों से दीवारें बनीं। ये नई बनी दीवारें ऊँची थीं, इसलिए आँगन में धूप का आना कम हो गया। एक समय में जेठ मास की धूप में अचार बनाना, कपड़े सुखाना और चावलों से घुन भगाने वाला, धूप की रौशनी में खिलखिलाता मेरा ये आँगन अब कोने में ठहरे बारिश के पानी को ही सुखा ले तो बहुत था।

"अब जब घर बन ही रहा है, तो क्यों न थोड़ा अपने हिसाब से ही बनवाया जाए। आँगन, कुलदेवी, घर, सब वैसे ही रहेगा, बस अपने तरफ के कमरे, बाथरूम और किचन नए डिजाइन से बनवा लेते हैं।" मझले बाबा ने सलाह दी।

"हाँ, क्या हर्ज है, अब जो सच्चाई है वह यह है कि पुराना घर वापस लाया नहीं जा सकता। रहना हमें ही है तो अपने हिसाब से ही बनवा लें।" बड़े बाबा ने ठंडी साँस लेकर कहा।

"सही बोले भैया आप, शरीर के जैसे घर भी पुराना होता है। आज हम इस आँगन में बैठे हैं, कल को पता नहीं क्या रहे, कौन रहे।"

दादा लोगों की आपस में बाते हो रही थी।

"सब रहेगा, हम रहेंगे, घर रहेगा, आपका परिवार, आपसी प्रेम और आशीर्वाद सब रहेगा। ज्यादा चिंता ना करिए आप लोग। सब साथ हैं एक-दूसरे

के और क्या चाहिए।" पापा की बात सुनकर सभी को तसल्ली तो जरूर हुई, पर नए परिवेश में नए तरह से जीने की चिंता उनको अब भी थी। घर तेजी से बनने लगा। पीछे वाली जगह जहाँ पहले तीन-चार बाथरूम एक साथ थे, वहीं जहाँ छुट्टियों के दिन हम नहाते हुए अंताक्षरी खेलते, वहीं जहाँ बुआ कपड़े धोते हुए एक-से-एक गाने गाती थीं। उस कोने को मिट्टी से भर दिया गया और उस दरवाजे को बंद कर दिया गया। पहले बाहर से आँगन में आने के सिर्फ दो दरवाजे ही थे। एक बड़ा मुख्य दरवाजा, वहीं जहाँ अंगूर के पेड़ और फूलों का बगीचा था। वहीं जहाँ हम लुका छिपी खेलते, वहीं जहाँ चाचा के तिलक में खाना-पीना हुआ था, वही बड़ा दरवाजा जहाँ से बुआ की विदाई हुई थी और वहीं जहाँ से हमारी चाची का घर में प्रवेश हुआ था। वह दरवाजा टूट तो भूकंप के समय ही गया था, पर कई दिन से ईंट और छड़ के सहारे उसे खड़ा रखने की कोशिश के बाद आज उसे पूर्णतः निकाल दिया गया। बाहर वाले कमरे में अब कोई बैठता नहीं था। बड़े बाबा ने भी अपनी वकालत नहीं के बराबर कर दी थी। पहले जो बैठकी अपने जमीन-जायदाद के मुकदमे की कागज लिए लोगों से भरा रहता, वह आज वीरान पड़ा था।

सभी ने अपने तरफ के एक दरवाजे बाहर गली की ओर खोल दिए और आँगन में आने-जाने के लिए भी सभी ने जालीदार दरवाजा लगवा लिया। हम भी अपने नए घर में खुशी-खुशी घुलने लगे और इस आँगन आते-जाते रहते। दरवाजा तो दरवाजा ही होता है, पहले वाली बात अब नहीं रही, सभी एक-दूसरे के घरों में जाने के लिए, दरवाजा की कुंडी खटकाने लगे। समय और बुढ़ापे के बढ़ने से एक-दूसरे के यहाँ आना-जाना भी कम हो गया। सुबह पूजा के समय आँगन में सब मिलते ही थे, सबका हाल-चाल मालूम चल जाता था, फिर शाम के समय कोई आकर आँगन, तुलसी चबूतरे और मंदिर में साँझ दे जाता था। मेरा ये बड़ा पुश्तैनी घर कई छोटे हिस्सों में बँट गया था। आँगन का हर कोना अपने-आप में एक पूरा हिस्सा था, रोज की जरूरतों के लिए किसी के यहाँ जाने की जरूरत नहीं थी। सभी बुआ लोगों की शादी हो गई थी और सभी चाचा अपने परिवार के साथ बाहर रहते थे। आना-जाना साल में एक-दो बार जरूरत, छुट्टी या त्योहारों के हिसाब से होता था। क्योंकि इस घर में अब ज्यादातर बड़े-बुजुर्ग ही रहते थे, इसलिए हर बार जब चाचा या बुआ आते एक नई सुविधा देने वाली

मशीन लगवाकर जाते।

"अरे अब ये कौन-सी मशीन लगवा रहे हो?" घर में पाइप लेकर आते लोगों को देख छोटी दादी ने चाचा से पूछा।

"कोई बड़ी मशीन नहीं है माँ, पानी का फिल्टर है। मतलब इसमें अंदर छलनी लगी है, जो अच्छे से पानी को साफ कर देता है।"

"पानी तो हम और तुम सभी सालों से चापाकल का ही पीते हैं बेटा, अगर बैक्टीरिया वायरस की बात है, तो अब तो हमारा शरीर ही उनका घर होगा, छलनी की जरूरत तो लोगों को हमसे होनी चाहिए।" दादाजी ने मशीन के डब्बे को चश्मा लगाकर पढ़ते हुए कहा और फिर खुद ही हँसने लगे।

"बाबूजी, उस समय आप तंदुरुस्त थे, आपके शरीर को कीटाणुओं से लड़ने की शक्ति ज्यादा थी जो अब नहीं बची और उस पर बाहर इतना प्रदूषण, चारों तरफ कचरा है, जमीन के नीचे का पानी भी अब साफ नहीं, वैसे भी सबसे ज्यादा बीमारियाँ पानी से ही होती हैं। आप इन्हें अपना काम करने दीजिए, बस दोपहर तक हो जाएगा। आप लोग आराम से रहेंगे, तभी हम आराम से रह पाएँगे, नहीं तो आधे समय आप लोगों की ही चिंता रहती है हम लोगों को वहाँ।"

"पानी के बहाने हम थोड़ा आँगन में घूम-टहल लेते थे, इस दरवाजे का थोड़ा खुलना ही हो जाता था, अब ये फिल्टर लगवाने से तो वह भी बंद हो जाएगा।" दादी ने जाली से आँगन में झाँकते हुए कहा।

"तो आप लोग बाहर एक-दो चक्कर लगा लिया करिए सुबह, अच्छा लगेगा। अब जो भी है, बाबूजी, पीने का पानी इसमें से ही पीजिए। प्लीज!"

"ठीक ही बोलता है। तबीयत अगर खराब हो गई, तो आपके शरीर को ही दिक्कत होगी। बच्चों के पास जाकर, इस घर से दूर अगर आपको नहीं रहना तो कम-से-कम उनकी बात ही मानिए।" रात को फिल्टर से पानी भरती दादी ने दादाजी को समझाने की कोशिश की। ढलते शरीर की कमजोरी के आगे दादाजी ने भी आखिरकार अपनी जिद छोड़ फिल्टर को अपना लिया। सुबह से दोपहर तक लगातार चलने वाला चापाकल अब सिर्फ पूजा के जल के लिए उपयोग में लाया जाने लगा। जरूरत पूरी करने के लिए अब घरों में मशीनें थीं, लोग नहीं।

आँगन के साथ ही बाहर मोहल्ले में भी काफी तेजी से बदलाव आ रहा था। बड़े-बुजुर्गों की दोस्ती, भरोसा और स्नेह से बना ये मोहल्ला अब काफी अलग

था। सभी घरों में अब बड़े गेट लग रहे थे, दीवारें ऊँची हो रही थीं। हम जब पहले अपनी गली में टहलने निकलते, तो बाहर कई लोग दिखते। कोई सब्जी खरीदता, कोई क्रिकेट की कमेंट्री सुनता, कोई लूडो या कैरम की पारियों के हार-जीत का फैसला करता। हमेशा घर लौटकर आने में देर हो जाती, कभी चाय की चुस्की के साथ बातों में, कभी सब्जी में नमक चखने में तो कभी वहीं दो रोटी बनवाकर खा लेने में और कभी लूडो जीतने की शर्त लगा नई पारी खेलने में। उस समय मोहल्ले के बीचो-बीच एक पुराना चबूतरा था, जिसे मोहल्ले के लोग अपना समझ इस्तेमाल करते, चबूतरे का नाम 'लल्लू बाबू वाला चबूतरा' था। इस ऐतिहासिक चबूतरे पर कभी लड़ाइयाँ सुलझाई जातीं तो कभी यहीं से बहस की शुरुआत होती। कभी बड़े नाटकों की तैयारियाँ करते तो कभी औरतें बैठी दिन भर की थकान उतारतीं। सभी अपने बाग-बगीचों में लगे फल-फूल और सब्जियाँ आपस में मिल बाँटकर खाते और खिलाते। पापा ने भी हमारे नए घर की छत पर लौकी का पौधा लगाया जिसमें इतनी लौकी आई कि हर घर में बाँटने पर भी नहीं खत्म हो रहे थे। आलम यह था कि लोग अब लौकी के डर से हमारे घर के सामने से दबे पाँव गुजरने लगे कि कहीं भैया लौकी ना पकड़ा जाएँ। मोहल्ले भर में लौकी की तकरीबन हर तरह की व्यंजन बनाई जा चुकी थी।

बचपन वाली गलियाँ, वह जिंदादिल मोहल्ला और भावनाओं से भरा वह आँगन आज मन में जितना सजीव है, वास्तविकता में उतना ही बदल गया है। समय के साथ हम तीनों बहनें बड़ी हो रही थीं, दीदी और मैं विद्यार्थी जीवन के परीक्षाओं के चक्रव्यूह में प्रवेश कर चुके थे। इस बीच उस डेरा जाना काफी कम हो गया था। 'आँगन' की जरूरत और उपस्थिति दोनों का ही मतलब नहीं के बराबर रह गया था। कई बार तो हम आँगन में जाते भी नहीं। एक ही घर में दादी लोग आपस में हाल चाल फोन पर लेने लगे। पर जब भी चाचा या बुआ का परिवार आता तो आँगन में थोड़ी देर ही सही पर एक साथ सब जरूर बैठते। सब अपने-अपने कमरों से कुर्सियाँ, मोढ़े और स्टूल लेकर बैठने आते। आँगन की, मंदिर की, फोटो लेते और फिर आँखों में आँसू लेकर वापस अपने घर जाते। आज बड़े दिनों बाद आँगन में फिर से चूल्हा जला था। जैसे कभी बुढ़िया दादी खीर बनाती थीं, वैसे आज दादी बना रही थीं, क्योंकि आज दीदी का रिजल्ट आने वाला था।

कुछ दिन के लिए बुआ आई हुईं थी, "अरे हमारी डॉक्टरनी साहिबा कहाँ हैं, दिख नहीं रहीं।" बुआ ने पूछा।

"बुआ, दीदी सुबह से पाँचवीं बार हनुमान चालीसा पढ़ रही है। पता नहीं नाश्ता कितने बजे करेगी। एग्जाम के समय किताबें तो पढ़ी ही थी फिर अब हनुमान चालीसा पढ़ने की जरूरत क्या है। दीदी भी कुछ भी करती है।" आलू पराठा का एक बड़ा निवाला तोड़ते हुए मैंने ज्ञान दिया।

"अरे बहुत मेहनत की है मेरी बच्ची ने, सब अच्छा ही होगा।" बुआ ने कहा।

"और क्या, यह खीर उसी के लिए तो बन रही है। पहले अच्छे रिजल्ट, फिर भगवान को भोग।" दादी ने भगवान जी की रिश्वत पहले से तैयार कर ली थी। नतीजा आ गया था, दीदी और पापा उसे देखने कैफे गए थे। माँ टकटकी लगाए गेट पर देख रही थी, दादी खीर और छोटी बहन खूब सारी टॉफियाँ ले दीदी का इंतजार कर रही थी और मैं अब हनुमान चालीसा पढ़ रही थी। करीब बीस मिनट बाद लंबे कद के पंडित जी उनका रिक्शा, मुस्कुराते पापा और खिलखिलाती दीदी दिखी। नतीजा तो उनको देखकर ही पता लग गया था, बस कानों से सुनना बाकी रह गया था।

"अम्मा, मेडिकल की परीक्षा में पूरे देश में तुम्हारी पोती ने बहुत ही अच्छा रैंक लाया है।" माँ तो मारे खुशी से कुछ बोल ही नहीं पा रही थी। अभी हम कुछ सोचते इससे पहले ही पंडित जी लड्डू से भरा डब्बा लेकर सामने खड़े थे। "भाभी कहा था ना, खुशखबरी सबसे पहले हम ही देंगे। ये लीजिए लड्डू खाइए, मुन्नी डॉक्टरनी बन गई।"

कुछ दिनों में दीदी की काउंसलिंग शुरू हो गई और घर के पास कलकत्ता का मेडिकल कॉलेज मिल गया। हम सब खुश तो बहुत थे, पर अंदर-ही-अंदर दीदी के हॉस्टल चले जाने का दुख भी था। दादी रोज पूछती, ट्रेन का टिकट कब का लिया? अगले सप्ताह दीदी जाने वाली थी, अब मैं और दीदी रोज शाम उ डेरा जाते और घंटों शांत आँगन में बैठते।

"माँ जब हम यहाँ से चले जाते होंगे तो ये आँगन क्या सोचता होगा?" मंदिर को बंद करती माँ ने कोई जवाब नहीं दिया।

मैंने फिर पूछा, "माँ अगर आँगन इंसान होता तो उसे कैसा लगता?"

"बहुत कुछ खोया है इस आँगन ने। पर पाया भी तो है। सुख-दुख, जाना-

आना, ये सब जीवन और संसार का नियम हैं। यह आँगन भी यही चाहता है कि जो भी इसके आँचल में पलकर बड़ा हुआ है, वह जहाँ रहे खुश रहे, आबाद रहे।" चलो, अब उस घर चलो। आँगन में लगा छोटा बल्ब ऑन कर हम अपने घर चले आए।

खाने की टेबल पर। "दीदी ने तो अपनी एक दिशा बनाई और मेहनत करना शुरू किया, अब तुमने क्या सोचा है?" पापा ने मेरी ओर देखकर पूछा।

"पापा मेरा मन नहीं कर रहा है, घर से बाहर जाकर पढ़ाई करने का। हम सब चले जाएँगे तो फिर कौन रहेगा यहाँ? आज कितना वीरान लगता है वह आँगन, बिलकुल अच्छा नहीं लगता पापा मुझे उस घर को ऐसे देखकर, हम सब क्यों जाते हैं बाहर भला?"

"ये भी क्या बात हुई? कौन रहेगा का क्या मतलब? हम रहेंगे और तुम भी तो पढ़ने ही जा रही हो, छुट्टियों में आना और फिर सब गुलजार कर देना, पहले जैसे। अपनी प्रतिभा को आगे बढ़ने से रोकना सही नहीं। घर कभी छूटता नहीं, पगली हमेशा मन में रहता है। अच्छा एक बात बताओ, आज बुढ़िया दादी दादाजी को गए कितने साल हो गए, पर क्या तुम उनको भूल गई? नहीं न? वह आज भी हमारे साथ हैं और हमेशा रहेंगे। आज अगर बुढ़िया दादी तुम्हारी बातें सुनती तो तुम्हें डाँट पड़ती उनसे। चलो अब आँसू पोंछो।"

दीदी ने भी अपनी आँखें लाल कर ली थी। "माँ, तुम लोग मुझसे मिलने आती रहना हर महीने। मैं कुछ बोल नहीं रही इसका मतलब ये नहीं कि मुझे खराब नहीं लग रहा है।" कहकर दीदी ने दहाड़ें मारकर रोना शुरू कर दिया और मुझे देखकर कहने लगी, "रुला दिया तूने मुझे।" जिस पर मुझे नहीं चाहते हुए भी हँसी आ गई।

कल दोपहर की ट्रेन थी। माँ, दीदी, पापा, दो सूटकेस सामान और दीदी के पसंद का सारा सूखा खाना जो वह हॉस्टल में रख सके, सब लेकर कोलकाता की ओर ट्रेन चल पड़ी। मैं और छोटी बहन दादी बाबा के साथ, उस घर रह गए। पापा माँ दो-तीन दिन में वापस आने वाले थे। दादी ने एक बार फिर दीदी को अच्छी यात्रा के लिए दही-गुड़ खिलाया और खूब आशीर्वाद दिया। वह पानी का कलश जिसको देखकर दीदी घर से निकली थी, बाहर दरवाजे पर रखी थी। रात को मुझे नींद ही नहीं आ रही थी, इसलिए मैं बाहर आँगन में आकर

बैठी गई, बिलकुल शांत, हल्की-सी रौशनी आ रही थी। मन उदास था मेरा, पर अच्छा लग रहा था वहाँ बैठना। रात की रानी की सुगंध ने पूरे आँगन में अपना वर्चस्व बना लिया था। आज आँगन मुझे अकेला नहीं लग रहा था, लग रहा था जैसे सब वहीं तो हैं। पता नहीं ये पापा की बातों का असर था या सच में कुछ ऐसा था? अपने इन सवालों की गुत्थी अभी सुलझा भी नहीं पाई थी कि किसी जानी-पहचानी आवाज ने मेरा नाम पुकारा। मैं चौंक गई, इधर-उधर देखा कहीं कोई नहीं था, पर ऐसा लगा जैसे इस आवाज को मैं जानती हूँ, पर कुछ स्पष्ट समझ नहीं आ रहा था।

"कौन है?" मैंने डरते हुए पूछा।

"यहीं तुम्हारे सामने, तुम्हारा आँगन!"

"आँगन!"

"हाँ मैं आँगन, तुम्हारे कल के सवाल का जवाब देने आया हूँ। तुमने पूछा था ना 'आँगन को कैसा लगता होगा?' मुझे परिवर्तनों की आदत हमेशा से रही है, जब तुम्हारे दादी-दादा की शादी हुई थी तो मैं ऐसा नहीं था। मैं मिट्टी का था, खंभे भी नहीं थे यहाँ और इतने लोग भी नहीं रहते थे। पर मैं खुश था। मेरी ठंडी मिट्टी की जमीन को सुबह-सुबह तुम्हारी दादी पानी और गोबर से लीपती थीं। फिर तुम्हारे मझले दादा की शादी के समय ये मड़वा बना और मेरी मिट्टी की जमीन को पक्का कर दिया। फिर दीवारें बाहर का दलान बनीं, अंगूर के पेड़ लगे। पास पड़ोस में तुम्हारी बुआ, दादी और उनका परिवार रहने आया। ऊपर वाले कमरे भी बने। फिर साल-दर-साल बेटियाँ नए घर गईं और बहुएँ हमारे घर आईं। पहले गुसलखाना वहाँ नहीं था, बाहर की तरफ था, जब घर में बहुएँ आईं तो उनकी सुविधा के लिए उसे अंदर की तरफ किया गया। परिवार में कितने ही बच्चों की पहली किलकारी सुनी है मैंने। तुम्हारे पिताजी के जन्म होने पर दादाजी इतने खुश थे कि मेरे कानों में रेडियो पर गाने से ज्यादा उनके गाने की आवाज गूँजती थीं। मेरे ही गोद में छठी, मुँहजूठी, विद्यारंभ, शादियाँ, बिदाई सब हुई है। घर में लोग बढ़ते गए, कमरे बनते गए, मैं खुश होता गया। लड़ाइयाँ, झगड़े, दोस्ती, प्यार सब देखा है। पर अब देखो, न बच्चों की किलकारियाँ न ही लड़ाइयाँ, न ही कुकर की सिटी, न ही समोसा और चटनी के खाली पैकेट। अब तो चीटियाँ भी नहीं आतीं इस आँगन में।"

मैं बस सुन रही थी आँगन को और सोच रही थी ये कैसे हो सकता है, आँगन को मैं कैसे सुन सकती हूँ? आँगन ने बोलना बंद नहीं किया–

"अब तक जितने भी परिवर्तन हुए, मुझे अच्छे लग रहे थे, क्योंकि उन सब में मैं था, मेरा अस्तित्व था। लोग आँगन का मतलब और जरूरत दोनों ही समझते थे। पर इस परिवर्तन ने तो मेरा अस्तित्व ही मिटा दिया। न आँगन बचा और न ही उसकी जरूरत। मुझे मालूम है तुम सबके लिए भी ये आसान नहीं था। समय की माँग और लोगों की जरूरत ने आज ये दिन भी दिखाया मुझे, आज मैं खुद को ही पहचान नहीं पता हूँ। वैसे सच कहूँ तो कहीं-न-कहीं मुझे इस बात का अंदेशा था, पर मैं ही खुद को तैयार नहीं कर पाया। कल तक तुम लोग यहीं आँगन में बैठ घंटों मेरी ठंडी हवा का आनंद लेते नहीं थकते थे, कई बार तो तुम बच्चे यहीं दरी पर सो भी जाते थे, पर अब जब से कमरे में ठंडी हवा वाली मुई मशीनें लगी हैं, झाँकने भी नहीं आते। यह कल तो बेजान ही हो गया समझो, पूजा का एक कलश पानी भी मुश्किल है निकालना। देखो, कैसे सब बदल जाता है।"

मैं बस सुन रही थी, बोलने को कुछ बचा न था।

आँगन की आवाज अब थोड़ी धीमी हो गई थी, फिर धीरे से आवाज आई– "इन मंदिरों का ही एक सहारा है, अगर ये यहाँ नहीं रहते तो मैं कब का निर्जीव हो गया रहता। कुलदेवी की पूजा के बहाने ही सही, पर आँगन में आते तो हो। मेरी बच्ची, मैं यह बिलकुल नहीं चाहता कि मेरे बच्चे आगे ना बढ़े। मेरे सामने आगे बढ़ो, खुशियाँ बटोरो या खुशियाँ बटोरकर सामने आओ, मैं दोनों में ही खुश हूँ। मैं तो आधार हूँ तुम सब का, मैं चाहता हूँ तुम आगे बढ़ो, पर मैं ये भी चाहता हूँ कि तुम मुझे न भूलो। जहाँ रहो स्वस्थ रहो, पर अपने घर आते रहो, अपने परिवार और आँगन को देखने। मैं यही नहीं चाहता कि तुम मुझे भूल जाओ, अपनी जड़ों को उखाड़ फेंको। जड़ मजबूत रहेगी, तो पेड़ फलता-फूलता रहेगा। एक बात गाँठ बाँध लो, तुम जब भी लौटकर मुझे मिलने आओगे, तुम्हें अपना बचपन मेरी गोद में खिलखिलाता, मेरे आँचल में उमड़ता उमंगों भरा किशोरवास्था और विश्वास से भरा अपना वयस्क रूप दिखेगा, जो निश्चित ही तुम्हें एक नई स्फूर्ति से भर देगा। ये मत समझना कि यह सब कहकर मैं तुमको प्रलोभन दे रहा हूँ, नहीं, बिलकुल नहीं। मैं तो बस तुम्हें तुम्हारी जिम्मेदारियों से अवगत करा रहा हूँ। ये तुम्हारा फर्ज ही है कि अपने-आप को, अपने परिवार को

अपने बच्चों को उनकी मिट्टी से जोड़कर रखो। यहाँ अगर किन्हीं कारणों से रह नहीं सकते तो क्या हुआ, मुझे जान तो सकते हैं, कभी आकर छू तो सकते हैं। मुझे तुम पर और इस आँगन की परवरिश पर पूरा भरोसा है। पर तुम्हें भी भरोसा रखना है मुझ पर, मेरे पास से कभी भी दुखी होकर नहीं लौटोगे।"

"हाँ मुझे है भरोसा खुद पर और इस आँगन पर।" मैं बस कहती ही चली गई। "मुझे है भरोसा, मुझे है।"

"अरे उठो भाई, दिन चढ़ गया है, क्या बड़बड़ा रही हो?"

दादी की आवाज सुनकर मैं झटपट उठी, तो देखा मैं कमरे में पलंग पर सोई हूँ। ये क्या हुआ, मैं यहाँ कैसे आई?"

"यहीं तो सोई थी तुम कल, याद नहीं, पापा-माँ कलकत्ता गए हैं दीदी को लेकर।"

"ओह हाँ, आया फोन?" मैं जाग गई थी।

"हाँ पहुँच गए, कुछ देर में कॉलेज जाएँगे एडमिशन के लिए।" दादी ने बताया।

"अच्छा! दादी मैं ब्रश कर आती हूँ।" कहकर मैं बाहर आ गई। वहाँ छोटी बहन दादाजी के साथ दही-चूड़ा खा रही थी। "सुबह होते ही शुरू हो गई तुम?"

छोटी बहन दादाजी की लाडली होने के पूरे मजे लूटती है ये यहाँ। मैं आँगन में ब्रश लेकर चली गई।

"अरे वहाँ दिक्कत होगी, कल कहाँ चलता है बहुत कड़क हो गया है, अंदर ही आ जाओ।" दादी ने किचन से आवाज लगाई।

"हो जाएगा दादी, कर लूँगी मैं।" दादी को कह, मैं इधर-उधर घूमने लगी। मैंने कल जो आँगन से बातें कीं वो मेरा सपना था। दिमाग में विचारों का जो द्वंद्व था, वह कई सवालों और जवाबों में बाहर आया। बुढ़िया दादी-बुढ़वा बाबा की बात, दादी-दादा की बात, माँ-पापा की बात, मेरी बात, बुआ दादी की बात सभी की कही बातों को कल मेरे दिमाग ने निचोड़कर एक उत्तर बनाया और मेरे सामने रखा। मैं उस उत्तर से संतुष्ट थी कि नहीं ये तो पता नहीं, पर कुछ निर्णय लेने में मेरा मन जरूर सफल हुआ। मेहनत से चापाकल पर झूलकर मैंने और मेरी बहन ने ठंडे पानी से हाथ-पैर-मुँह धोए और एक-दूसरे को पानी से भिगाया भी।

"आज आँगन में कुछ कबूतर दिख रहे हैं दादी ? पहले तो नहीं दिखते थे ये ? किसी ने रखे या क्या इन्हें ?" मैंने आलू के पराठे को दही में डुबाते हुए पूछा।

"फिर से आ गए ये कबूतर ? मुझे लग ही रहा था, कल मैंने भी देखे थे।"

"फिर से मतलब पहले भी थे क्या यहाँ ?" कबूतरों का नाम सुन छोटी बहन भी भागकर आई।

"हाँ बहुत पहले जब ये आँगन लोगों से भरा नहीं था, तुम्हारे पापा 5-6 साल की होंगे तो ऊपर की तरफ कई कबूतर रहते थे, पर फिर लोग आते गए कमरे बनते गए तो ये कबूतर भी अपने परिवार के साथ कहीं और चले गए थे। देखो जहाँ आँगन खाली दिखने लगा ये वापस आ गए। अच्छा है, इनको जगह मिल गई रहने की।" दादी ने आँगन मैं झाँकते हुए कहा। "लग रहा है इन्होंने कहीं घोसला बना लिया होगा अब तक तो।"

"घोसला मुझे देखना है, दीदी। कहाँ बनाया होगा चिड़ियों ने दादी ?" छोटी बहन ने उत्सुकता से पूछा।

"पता नहीं देखो छत पर जाकर, पर दिख जाए तो तंग मत करना, वरना चली जाएँगी।" हम दोनों बहनें छत की ओर भागीं।

"कहाँ धूम मचा रही हैं ये दोनों ?" अखबार पढ़ते दादाजी भागने की आवाज सुन अंदर आ गए। "बच्चों के रहने से घर घर लगता है। नहीं तो हम दोनों तो आपस में बात ही करना भूल जाते।"

"आप ही भूल जाते हैं, मैं तो कर ही लेती हूँ आपसे कुछ न कुछ बात। आपको कहाँ फुरसत, ये अखबार, बाहर के लोग, ये फोन और टीवी, इनसे ही मन लग जाता है आपका तो।"

कुछ बदले-ना-बदले दादी बाबा की ये नोकझोंक नहीं बदलेगी। छोटकी दादी के घर की दीवार के ऊपर बीच की खाली जगह में एक घोसला दिखा, मैंने छोटी बहन को चुप रहने का इशारा किया और उसके कानों में फुसफुसाया। "जल्दी से मेरे पास आओ, यहाँ घोसला और उसमें अंडे भी हैं।"

"वाह, अंडे हैं ? जल्दी हटो, मैं भी देखूँगी।" थोड़े हल्के पीले रंग के छोटे अंडों को देख आँखें थोड़ी और बड़ी हो गईं। घोसले से थोड़ी दूर टेलीफोन की नए तार के ऊपर शायद अंडों के मम्मी पापा बैठे थे, बहन ने मेरे कानों में फुसफुसाया। हम घर में नए मेहमानों को देख बहुत खुश थे, दादी को आकर

सारी बात बताई।

"अब देखना, कल जब मुन्ना आएगा तो घोसले को देख कितना खुश होगा, पहले जब यहाँ खूब सारी चिड़िया रहती थी तो स्कूल से आने के बाद अपनी कॉपी ले ऊपर घंटों समय बिताता। कभी चिड़िया, कभी घोसला उनके अंडों की तस्वीर बनाता रहता था। और जब उन अंडों में से नन्हे बच्चे निकलते, उड़ना सीखते और एक दिन उड़ जाते और कभी लौटकर नहीं आते तो दुखी हो जाता था। पर धीरे-धीरे उसको ये बातें समझ आने लगीं।" कहते हुए दादी आँगन में देखने लगी और चुप हो गईं।

"पापा को क्या समझ आने लगा, चिड़िया के बच्चों को देखकर दादी।" बहन ने पूछा।

"यही कि जब भगवान ने पंख दिए हैं और माँ ने उड़ना सिखाया है, तो क्यों न उड़ें? समझी मेरी प्यारी सोन चिड़िया।" दादी ने उसको प्यार से पुचकारते हुए कहा।

"दादी उड़ते-उड़ते जब ये थक जाते होंगे तो वापस अपने घर ही आते होंगे ना? घर तो हमेशा हमारी राह देखता है, है न?"

"हाँ! घर हमेशा रहता है और अपने बच्चों को हमेशा याद भी करता है, उनके लिए प्रार्थना करता है, आशीर्वाद देता है। जैसे ये हमारा आँगन, इसमें गुजरा समय और उसकी यादें हमेशा मन को तरोताजा कर देती हैं, पर उसके लिए घर आते रहना, उससे जुड़े रहना और अपने परिवार अपने बच्चों को भी अपने संस्कारों और रीति-रिवाजों से जोड़कर रखना बहुत जरूरी है सभी के लिए। जब तुम्हारे बच्चे यहाँ खेलेंगे तो तुम्हें उनमें अपना बचपन दिखेगा।"

पापा सच में अगले दिन उन चिड़ियों के घोसले को देख बहुत खुश हुए। कुछ दिनों बाद अंडों से बच्चे निकले, उड़ना सीखे और उड़ गए, ये सिलसिला चलता रहा। कुछ महीनों बाद मैं भी पानी के कलश में सिक्का डाल अपनी यात्रा पर घर से बाहर निकल गई। पहले पढ़ाई की, फिर नौकरी और फिर शादी। मेरे कुछ सालों के बाद छोटी बहन भी निकल गई।

आँगन वहीं है जहाँ था, बस हम वहाँ नहीं, लेकिन घर आते-जाते रहने से आँगन भी पास लगता है।

आँगन : एक धरोहर

आशा करती हूँ, आप सब को मेरा ये 'आँगन'
अपने आँगन के जैसा ही लगा होगा
मेरे बचपन के इन कुछ चुनिंदा दिनों में
आपने अपने आपको भी कहीं न कहीं जरूर पाया होगा
होली के रंगों में रंगे दही बड़े का स्वाद आपको भी जरूर आया होगा
क्या पता आपने भी धूप में बनते अचारों पर उँगलियाँ फिराई होंगी
आपके आँगन में कई ऐसे पेड़-पौधे भी होंगे
जिन्हें आप ने दादा-दादी के साथ मिलकर लगाया होगा
उनका हमें छोड़ जाने के बाद
उनके चादर में खुद को समेट घंटों आँसू बहाया ही होगा
शादियों में उछल-कूद और नाच-गाने में
आपको भी मजा तो खूब आया होगा
आँगन या छत पर लेटकर तारों को गिनने वाला खेल
आपने भी खेला ही होगा
दादी का चश्मा बन अखबार से राशिफल पढ़
आपने भी उन्हें सुनाया ही होगा
और दादा जी की लाठी बन उनको सहारा देकर
कुर्सी से तो जरूर उठाया होगा...

ये सारी तो थीं हमारे बचपन की बातें। अब इन अनमोल पलों में से हमारे

बच्चों को हमने क्या दिया या क्या दिखाया है, ये तो हम सभी जानते हैं। हमारे बचपन वाले ये दिन अब दुबारा नहीं लौट सकते, क्योंकि अब ना कोई संयुक्त परिवार है, ना ही घर में आँगन बनाने की जगह। हम सब घड़ी की सूई के साथ भागते जा रहे हैं। किसे छोड़ रहे हैं, कहाँ और क्यों, ये कोई भी नहीं जानता। मैं ये नहीं कहती कि हम ठहर जाएँ, क्योंकि आगे बढ़ना और परिवर्तन तो संसार का नियम ही है। पर, अगर हम अपने अनमोल अतीत के लिए कभी उन पुरानी गलियों से भी गुजरते चलें तो कैसा रहेगा? आज नौकरी,पढ़ाई या अन्य कारणों से हम अधिकांशत: बचपन वाले घर से दूर रहते हैं। मैं अगर अपने परिवार की बातें करूँ तो आज हम सब एक अलग महादेश में हैं। ऐसे में अगर 'हम' अपने बच्चों को उनकी जड़ों से परिचय नहीं कराएँगे तो कौन कराएगा? मैं आप सब से अनुरोध करती हूँ कि अपने व्यस्त जीवन से थोड़ा समय निकाल अपने घर जरूर जाते रहें। उन खेलों को अपने बच्चों के साथ जरूर खेलें जो आपने बचपन में खेले थे। उन पड़ोस वाली बुआ-दादी के बारे में जरूर बताएँ जो पूरे दिन आपके घर में रहती थीं। रिश्तों का मोल समझाएँ, किश्तों में प्यार बँटोरना सिखाएँ, अपनों को याद करना सिखाएँ, क्योंकि इसमें ही जीवन का असली मजा है।

आजकल की जीवन-शैली और कम जगहों में बने घरों में आँगन बनाने की बात करना शायद संभव नहीं है। इसलिए, अगर हम अपने मन, दिल या अपने घर को ही एक 'आँगन' का रूप दें तो कैसा रहेगा? प्रत्यक्ष रूप में आँगन के ना रहने पर भी अप्रत्यक्ष रूप में उसके होने का अनुभव करना और उसके प्रति अपनी जिम्मेदारी समझना हमारा कर्तव्य है। यदि अपने लोगों से मिलना-जुलना, अपने संस्कारों को याद रखना, विचारों का आदान-प्रदान करते रहना हमारी जीवन-शैली में शामिल हो जाए तो एक अच्छा रिश्ता और सुखमय जीवन, जीवनपर्यंत कायम रह सकता है।

आइए सब मिलकर एक नया आँगन बनाएँ, जिसमें हमारे त्योहार हों, हमारे संस्कार हों और सभी के अपने विचार हों। थोड़ी नोक-झोंक भी हो और थोड़ी मान-मनुहार भी हो। और इन सभी के बीच पलता रहे 'बचपन', हमारा, हमारे बच्चों का, उनके बच्चों का, क्योंकि...

'आँगन एक धरोहर है, इसे नष्ट ना होने दें!'